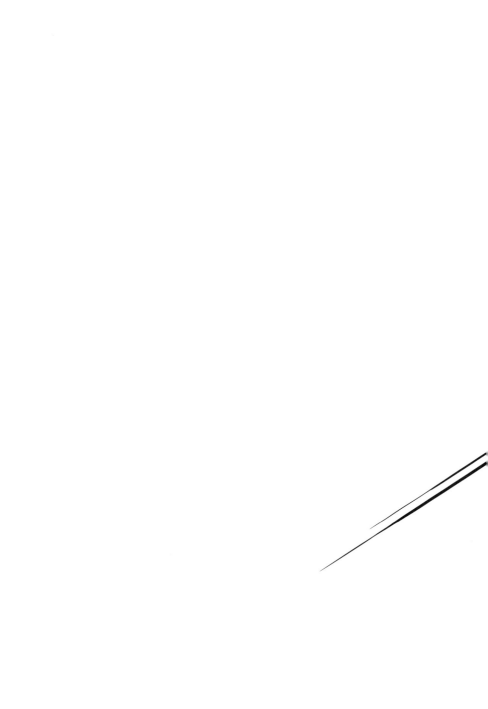

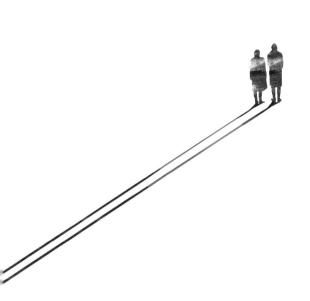

再见，牛魔王

李云雷 著

作家出版社

李云雷

1976年生，山东冠县人，2005年毕业于北京大学中文系，博士。曾任《文艺理论与批评》副主编，现任职于《文艺报》。著有评论集《如何讲述中国的故事》《重申"新文学"的理想》《新世纪底层文学与中国故事》《新视野下的文化与世界》《70后批评家·李云雷卷》《当代中国文学的前沿问题》《如何讲述新的中国故事》，小说集《父亲与果园》等。曾获2008年年度青年批评家奖、十月文学奖、《南方文坛》优秀论文奖、《当代作家评论》优秀论文奖等。

目 录

001　序一：云里藏着一个雷　　　王祥夫
005　序二：在简朴中呈现"真切"　石一枫

001　界碑
020　电影放映员
037　暗夜行路
060　三亩地
078　再见，牛魔王
098　纵横四海
115　织女
131　红灯笼
148　并不完美的爱
167　梨花与月亮
184　乡村医生
201　哑巴与公羊
218　哈雷彗星
236　林间空地
254　我们去看彩虹吧
271　泉水叮咚响
289　小偷与花朵

306　后记：我怎么写起小说来

序一：云里藏着一个雷

王祥夫

　　有句话是，血管里流出的是血，水管里流出的是水。虽然这是句老话，但读云雷的小说就突然让人想起这句听上去好像很扯淡的老话，这句话因为总是被人们挂在嘴上，说来说去的结果就是没有一点点新鲜感，而读云雷的小说，突然就想起了这句话而且感觉到这句话真是很好，正好用来说说云雷。云雷的小说和云雷的这个人，是很一体的，云雷的小说实践和云雷的理论主张亦是一致的。说到云雷，就不能不说到底层文学，在中国，不可否认许多精彩的文学之作都出自底层文学，云雷虽然不是第一个提出底层文学的评论家，但由于他的努力，底层文学一时间忽然风起云涌，所以说到当代文学就必绕不过底层文学也绕不过云雷。底层文学的精髓乃在于它的犀利的现实主义精神。有人说，李云雷是由批评家转小说家，其实云雷写小说更早于他的文学批评。有人说云雷是双料，那肯定是这样，评论家加小说家，二者相加一如熠熠闪光的合金钢，二者相加又一如天上的云，云虽然轻若棉絮，里边却藏着一个雷。云雷之为人，向来低调，接人待物少见他声色高扬，说到云雷，还可以用四字评之，是霭然敦厚，我以为这四个字真是用来专门说云雷的。从这四个字往文学那边引申一下，云雷的小说，我个人认为最突出的特点是它的"质朴温婉"之气，他的小说让我们感受到一种青春的处子般的清净，男作家的作品原来是可以说温婉吗，我认为在中国，在男作家那里，更多的是暴戾之气，而最缺少的恰恰是温婉。云雷近期小说的语气或者可以说其小说的调子好像是为当下的小说宣布了一种新转折，展示一种新的画面和温情，云雷对过去的讲述和对过往深情的怀恋带动着人们转向醇和清明的生活，起码，读他的小说可以让人在短暂的时间里远离混乱无序的现实生活，可以重新知见人与人之间的那种质朴和真诚。通过云雷的小说，其实我们可以感觉到他其实骨子里是拒绝时下的某种东西的，拒绝着，而又让我们不难看出他有他自己的主张和审美倾向。云雷用舒缓而动情的小说形式表达了他那个时期的个人回忆。糟粕有时候可以变成艺术，艺术有时候也可以变之为糟粕。从表面看，云雷这个时期的小说好像是没有明确的精神方向，而我以为，云雷小说的骨子里却是对时下文学"小集团主义"那种过分迷恋自我和对自己个体生活的过分渲染追求个人神话和幻想的用力一击。云雷在他的小说里表现出来的真诚感染力是巨大的。在中国，说到文学，和政治很难不是一个整体。虽是一个整体，但七八十年代自有它的温馨，云雷恰恰抓住了这个，为生活在我们这个焦虑时代的读者带去一个又一个问候，简直就是，那个时代对这个时代的问候或者是一次奇异的造访。我们知道，读好小说其实就是在接受一个温馨的问候。我以为，云雷的小说并不靠深刻的想像力，而是靠深深扎根在我们传统而美好的精神地域——似乎无法再次抵达的地域。

我喜欢读云雷的小说，首先在于他的小说有着把自己的内在情感和社会现实联系起来的力量，这必定是一种力量。这个社会只知道拼命地追求现代化而丝毫不顾惜人的价值。而云雷把这个现象反了过来，他通过小说告诉我们在这个世界上情感和人与人之间的友谊是多么珍贵。云雷的小说几乎都是采用着他自小就已经习惯了的视点，很奇怪的是一向关心社会生活与政治的云雷在他的这些小说里却是更加关心可以决定人的一生的命运。比如我刚刚读到他的一篇新作，是写他姐姐的婚恋，小说对男女之间的追求与被追求有着十分不动声色的精彩描写，而最后小说中的姐姐却没嫁给那个整天要带着他们玩的拖拉机手而是嫁给了一个高中生。这种选择看似寻常，但分析起来，某种特殊的社会时期人们的内心向望却马上会浮现出来。在云雷的小说里没有多少想像力的雄心，这一点恰好阻止了社会带给文学的让人生厌的某种东西，所以，云雷近期的小说质地就显示得十分纯净，我喜欢这种纯净。读云雷的小说，人们总是向望那个父亲的果园，苹果花开的时节的果园又让人想到契诃夫笔下的《樱桃园》，果园情结在云雷的小说里似乎有着很重的分量。虽然不必提到那个社会都发生了一些什么事情，但它时时在向读者反映着整个社会，这又和作品中年轻的主人公的青春期的微妙的情绪变化连在了一起。时下的"非虚构"这个词的出现其实是人们对中国报告文学的一种拷问，而在云雷的小说里，非虚构的影子却是靠细微而宝贵的回忆进行下去，所以读来颇为轻松而让人心里起小小的感动或惆怅之情。由于是写"过去式"——离现在并不遥远的那种过去式，云雷的小说没有受到太多的外部操纵和控制，所以他大可以舒缓他的讲述。云雷的小说创作指向了另一个方面，表达了他重新审视现实的意识和能力。也可以看作是一次对来自外部控制的对抗，作家写小说其实就是一种对抗，你如果认为作家的写作是合唱中的一个声部，那你就大错特错了。从某种意义上说，云雷近期的小说受到朋友们和读者们的好评，就在于他发掘出了他自己的"温婉醇厚"的情格储备，这一点是至关紧要的，云雷的小说从一出现那天开始，我们就从他的作品里听到了充满激情和个人质地的声音。

　　是为序。

序二：在简朴中呈现"真切"

石一枫

　　我和云雷认识，是在 2002 年前后，当时我在北大中文系读硕士，他是博士。那个年纪，我们都对文学感兴趣，但大概对于自己能否从事这个领域又并不具备信心。从刚混到一起的时候开始，云雷就是现在这种性格，宽厚平和，话不多，未言先笑。不像我，一天到晚叨叨叨，叨叨得连我都觉得自己招人讨厌。

　　在那个时候，我已经读过云雷的一些小说。大多篇幅不长，从情节和情绪的类型上说，也属于比较"淡"的那种。印象比较深的有一篇叫《初雪》，主要内容可以概括为一个大学生在日常一天里的"生活流"，并无令人惊奇的波折际遇，只是从容地记录了主人公的所见所感所想。像废名、汪曾祺以及一些日本作家的小说一样，这种小说对于读者的触动并不是金戈铁马刀刀见血的，而是像清澈的泉水一样浸润人心，不知不觉就读完了，看似没说什么事儿，咂吧咂吧又有它独特的意味——大概可以归纳成青春的迷惘、忧愁与希望之类。后来知道云雷在本科时期的第一外语是日语，写出这样的小说也许并不奇怪。

此后大家毕业，云雷去了一家研究机构主办的学术期刊，再后来果然在文学领域里做出了突出的建树，但却并不是通过写作，而是先成为了一名批评家。他认真，持重，有好恶却不偏激，有热情却不忘却立场，因此是很适合进行文学批评与研究工作的。在那几年里，他提出了在文学界影响甚大的"底层文学"概念。众所周知，中国当代文学在"新时期"之前的发展变化主要来自于政治动荡，而在"新时期"之后，尤其是八十年代到九十年代这段时间里，其演进的动力就往往来自于内部产生的文学思潮或云一个又一个"文学概念"，比如教科书上反复书写的"寻根文学""先锋文学""新写实"等等。但进入二十一世纪以后，随着文学越发边缘化以及从事文学的人越来越不得烟儿抽，也随着艺术上狂飙突进的年代逐渐远去，文学就连这种"自娱自乐"地推陈出新的劲头儿也不大有了。可以说，"底层文学"的提法恰逢其时，它不但总结概括了相当一批作家的写作，而且与中国经济快速发展但社会不公的程度也在日益增大的社会环境构成了呼应。在我看来，"底层文学"这个概念的价值与其说首先是艺术和思想方面的，倒不如说首先是社会层面的。当然，作为一个新产生的文学概念，它也面临着种种质疑，或者说其自身存在着某些可以再探讨的空间，比如：拥有一手"底层"生活经验的作家在写作经验上并不丰富，而造诣达到一定程度的作家又不免会"脱离生活"或云"主动背叛了原先的生活"，这种矛盾导致了"写底层"的作品往往在艺术上遭人诟病。再比如：为"底层"而歌而呼的作者与他们的书写对象的关系，究竟是"来自底层""回到底层"，还是停留在知识分子的同情怜悯的范畴，从而使得写作在某种程度上变成了攀登道德制高点的阶梯？对于这些疑问，云雷在他的文章中分别做出了答复，其基本的立场大概是：底层问题乃至阶级分化问题是客观实存的，也是惨烈而严峻的，面对这些问题，有声胜于无声，软弱甚或虚伪的良知胜于忘却良知。我不知道我理解得对不对，但凭借我的这点儿粗浅的理解，已经可以解决我本人对于"那一类文学是否必要"的困惑。而随着聚焦于"底层"，聚焦于中国现实的文学写作本身正在不断丰富，我想云雷也有能力在这个过程中不断完善他的概念。

拉拉杂杂说这么多，看似有点儿跑题。毕竟，我要谈的是云雷在最近这段时间所写的一系列短篇小说，而非他在文学理论和文学思潮方面的贡献。但也得承认，作为批评家的云雷和作为小说家的云雷毕竟是一个人，他对于社会，对于文学的所感所思所想不仅贯彻在了他的评论文章里，也贯彻在了他的小说写作里。

参加工作之后，云雷就曾经不止一次地表述过继续写作小说的想法，但文学批评是一件耗时耗力没准儿还不讨好的事儿，加之事务繁忙，他作为作家始终没有"高产"起来。直到最近两年，或许是摸索出了一套分配时间的科学方法，或许是创作的愿望不可遏止，他相当"突然"地写出了一大批短篇小说。其中的《暗夜行路》和《三亩地》由我作为编辑，发表在了《当代》杂志上——那一期恰好是"青年作家专号"，我还跟他开玩笑说，这是你最后一次作为"青年作家"了。《梨花与月亮》《界碑》和《再见，牛魔王》等作品则发表在《人民文学》《十月》《青年文学》等期刊上。在一段时间里，每翻开一本知名的杂志，往往都能看到云雷的作品，他的小说集《再见，牛魔王》收录了包括上述作品在内的十七个短篇小说。这些小说的篇幅都不很长，也就是一万字上下，而写作的结构、气息、特质等又相互之间多有暗合，甚至可以说是有着一脉相承之处。从过往的文学经验来看，许多致力于短篇小说的作家的系列作品往往存在着这样的特征，这使得他们的写作——尤其是在最勤于耕耘那个文体的时期——有了非常高的辨识度。当你读到欧·亨利和莫泊桑，读到前期和后期的契诃夫，总能清晰地辨认出"就是这个味儿"，云雷在近年的短篇小说写作也是如此。每每看一个开头，就知道云雷又要以一种典型的"云雷方式"讲述一个专属于云雷的故事。

假如作家如此勤奋地致力于某一个文体，那么他在那个领域一定有着相当的心得与自信，更重要的是，他应该能够形成一种区别于前人的艺术风格。尤其是短篇小说，它不以体量和气势取胜，因为篇幅的限制，也往往承载不下太多的人物、情节乃至起承转合和机巧设计，因而作家想要找到一种独树一帜地凸显自己的途径，难度是要大于中长篇的。就像在古代诗词，五言绝句也是最难做。当代作家中，曾经涌现过许多短篇小说高手，远如孙犁、汪曾祺，近如刘庆邦、王祥夫等还在持续创作，他们既丰富和完善了短篇小说这一文体，也在一定程度上给后来的作家"标定"了写作的范式。如何继承前辈作家的优点，是后来者需要考虑的问题,如何突围而出,更会让后来者焦虑。而我发现,云雷在这个方面找到了独属于他的一套办法。

以我那点儿浅薄的见识,将云雷的方法总结为"真切感"或云"亲历感"。在阅读云雷小说的时候,总有一个强烈的感受,那就是,故事并不是"故事",而是生活里真实发生的事情。譬如说,《暗夜行路》讲述的是"我"和一位少女在儿时的交往,以及若干年后两人都成为了有左翼倾向的知识分子的历程。在描写少男少女暗夜行路的时候,云雷不像许多小说家那样,让笔触流向初省人事的孩儿们之间的朦胧情愫(这是一个套路,哪怕写得再"干净"也像思想复杂的调情老手得意洋洋地追述成长史),而是使用了在短篇小说中犹显珍贵的笔墨去描写俩人对革命偶像的崇拜以及大唱革命歌曲。因其并未滑入流俗,反而愈发真实。接下来笔锋一转,到了多年以后,当"我"在一次海外会议上再次遇到当年的少女时,她已经和"我"一样,成为了一名马克思主义研究者。云雷也没有沿着作家的本能,去写乡村少年成长为知识分子的坎坷,以及"不忘初心"地坚守少年理想的执着。无论是严肃文学还是通俗文学,有经验的作家都会像长了副狗鼻子一样敏锐地、孜孜不倦地探寻"较劲"的地方,只不过探寻的方向各有不同。追求"好读"的作品会强调生活表层的冲突、纠葛、命运起伏,追求"耐读"的作品则会更强调人物灵魂深处的隐秘而微妙的变化——但两者存在着共同的风险,就是一旦开始"较劲",往往用力过猛,就跟干旱地区的打井队似的,非把地球钻穿了算——从而让有经验的读者一眼看穿了作家的良苦用心或云机心。而云雷却不同，他在交代两人的成长过程以及现状之时，都仅仅是基于"事实"的逻辑。一对少小离家、分散多年又偶然重逢的儿时伙伴在"最经常的状态下"和"最可能的状态下"应该是什么样子，他就处理成了什么样子，这甚至也不同于善于经营故事的作家们惯常用的另一个手法，也就是"留白"。留白是该"较劲"的地方故意不"较劲"，从而反倒使得小说的意味在读者那里被脑补得更加惊心动魄或者意蕴悠长，说到底还是在"较劲"，反其道而行之的"较劲"方法而已，而事实的逻辑则更为单纯、谦逊，但从另一个角度说却也是更为自信，作家认为他所呈现的"材料"并不需要再做更多加工——无论是明的还是暗的、复杂的还是简洁的加工。事实的效果也是如此，《暗夜行路》这篇小说在作家所"需要"用力的地方几乎都未用力，但从通篇看来，却极其有力地凸显了作品的主题：理想主义或云"左翼思想"在今天的时代、尤其是今天的现实生活处境中是怎样得到传承的。试想这如果是一片经过了复杂设计、精巧编排的小说，还能够获得这样的效果吗？思想的主题很可能会被淹没在故事的左冲右突之中。可以说，在《暗夜行路》这篇小说中，云雷以极度简朴的方式完成了自己的写作目标，他或许也明白，自己的写作目标只能用简朴的方式完成。而采用这种方法，在我看来既可能是一种精心选择的结果，也可能是性格的结果。云雷的性格决定了他的写作选择，无论是在主旨上还是实现主旨的方法上。

同样，《三亩地》《界碑》等作品也都充满了简单、明亮而又高度"真切"的气息。在发表《三亩地》的时候,《当代》杂志的洪清波老师说,这篇作品就是放进"纪实"栏目里也不会被读者看出破绽——那篇作品讲述了地主后代和祖上曾经拥有的三亩地之间的故事,以没有产权的产权意识呈现了不同中国乡村的前世今生,今夕何夕。后来我把这个意思告诉云雷,他嘿嘿笑着回答我:那真是小说。看到充满巧合与设计的作品,我们总会在潜意识里明确地告诉自己"那是编的",随后对小说的评判会沿着一个惯性走下去,简言之就是看看作者编得好不好。而云雷的短篇小说打破了这个惯性,我们想要捕捉的是其中专属于"真"的感人与震撼之处。就像在多篇小说中出现的那个"我",贯穿下来可以拼接出一个令人喜爱、亲切乃至敬佩的人物形象:他生于乡村,纯真烂漫,对身边的人与事充满善意;他背井离乡,懂得人生在世的坎坷与困顿,但从未因为那些坎坷与困顿生出对世界的攫取欲望;最令人感动的是,他永远念及着别人、与他同时代的千千万万的人所受的"苦",因而"苦"没有磨灭反而滋养着他的那颗赤子之心——于是底色里反而浸润着一丝甘甜。我本人在写作的时候,也经常采用"我"这个第一人称视角,但那多是一种叙述策略,为了描摹世态,"我"有着多重身份,可以是文化混混儿,可以是理工男,也可以是懵懂呆傻的孩子,偶有和作者重合之处,立刻条件反射地虚与委蛇,再使个障眼法让人觉得"那不是我"。而云雷的那个"我"则更不像小说人物而像现实中人,他所看到的想到的经历的事情也就更"真"。因其太"真",真得无视小说套路,以至于我一直怀疑云雷所写的乡村往事会不会"果然是真的"。但即便作为朋友和责任编辑，我也并不想去询问云雷这样的问题，因为既然是小说，在事实层面追寻真假也就没有意义了——我一直觉得"如有雷同纯属巧合"之类的声明对于小说这个文体是多此一举。而作为一系列具有无以复加的真实感的小说，我们应该探寻的也并非是它们"说明了什么真实的事情"，而是它们"真实地说明了什么事情"。

这也就要重新涉及云雷作为批评家的那一方面了。毫无疑问，批评家的身份使得他具有了一个长处，就是高度熟悉并且能够理性地看待小说作为一项艺术的种种门道。但这还不是最重要的，在我看来，云雷将他的小说写作和他在理论以及社会方面的思考相结合，试图解决一些对他而言、对许许多多从事文学的人而言更重要的问题。在一次和云雷闲聊的时候，我们都谈到了文学写作存在着这样一个难题，即"理念"在文学中的作用和处境：假如没有"理念"，那么作品纯然贴地，格调难以保证，但假如理念过强，理念先行，为了理念而写作，却反而会影响作品的表现力乃至艺术性。这其实是一个旧话题，但也是几乎所有从事写作的人永远都要面临的新话题。另一个问题则是：如果从十九世纪以来，小说存在着"理念"方面的某种普世的、一脉相承的渊源，那么基本可以确定是"人道主义"或云"资产阶级人道主义"，于是对于有着左翼思想背景的作家而言，他又如何寻找、构造出一种新的"理念"？这其实也是一个旧话题，并且是在中国现当代文学历史上经历了不太成功的尝试之后基本无人再提的话题，然而却是云雷依然持续思考的问题。作为一个有着鲜明倾向性的作家，云雷试图解决这个问题的迫切程度也许超过了同时代的大多数人。因为中国的特殊历史，这种姿态在作家中并不多见甚至被视为雷池，以至于我们的同行在涉及日常生活的时候总能夸夸其谈，涉及历史判断和公共领域时却总是面目模糊，但恰恰因为中国的特殊历史，能够真挚地坚持某种倾向的人反而是格外值得尊敬的——但前提是真挚。而云雷以他独特的真挚，为他的思想背景、理论倾向找到了一条写作上的出口。我们可以做出这样一种推测，云雷希望通过短篇小说的写作来延续、丰富、完善他在"底层文学"乃至整个左翼文学层面的思考，他试图通过"真切"和"亲历"这种化繁为简、化巧为拙的写作策略来实践他的上述思考。当然，作为一种写作策略，它的最大价值也许不在它本身，更不在于这种策略是否最终被证明成功，而在于：作家为何必须去寻找这样一种策略。

界　碑

1

小学四年级之后，我们村没有五年级，我只好到北边的直隶村去念书，跟我一起去的，还有我们村的黑五和四海。每天早上，天还黑蒙蒙的，四海在胡同里喊我一声，我来不及吃饭，抓一个窝窝头，便匆忙跑了出去，我们两个再到村西去找黑五，到他家门口，喊一声，黑五也跑了出来。我们三个人便背着小书包，一起向村后走。我们向北，要穿过一片麦田，穿过一片菜地，穿过一条很宽的大沟，那条沟很深，平常里有人在这里走路、赶车，沟底被踏成了平路，沟底的草木特别茂盛，一个人走会有点害怕，沟沿上的狗尾草看上去也很高，在风中摇摇摆摆的，像是要遮住了整个天空。我们还会路过一口浇地的机井，有水的时候，我们会停下来喝几口，往对方身上泼水，玩闹一会儿。然后再穿越一片小树林，我们就来到了一条大路上。从这条大路拐弯，向西走不多远，就到学校了，我们一路踢踢踏踏地走着，说笑着，打闹着，很是欢快。

从我们村到直隶村，不过三四里路，但是在那个时候，我们却觉得很漫长，在心里也觉得很遥远。我们从小在自己的村子里长大，还没有走过那么长的路，也没有到过那么陌生的地方，在这个村子里，我们没有熟悉的人，一切都显得那么陌生，又那么新鲜。我们来到这个村子，像是来到了不属于自己的领地，我们在自己村里都是疯马野跑的孩子，到这里一下安静了许多，可这也增加了我们三人的亲密，似乎在这里，我们才第一次意识到，原来我们是同一个村里的人。

可在直隶村孩子的眼中，我们是另一个村子的人，像是外来者或入侵者，他们不跟我们玩，总像是用一种嫌恶的眼光看我们。那时候我们玩的游戏，主要是弹玻璃球与对拐，弹玻璃球就是在地上挖几个小坑，谁把对方的玻璃球弹到坑里去了，就算赢了；对拐则是将一条腿屈起，盘在另一条腿上，突出的膝盖形成一个"拐"，男生们一只脚着地，踮着脚以"拐"互相撞击，谁把对方撞倒，就算赢了。现在我还记得，那时候刚到直隶村，下课后，常常是我们三个在一起玩，直隶村的孩子在一起玩。我们教室的前面有一棵大槐树，不知有几百年了，像一把巨大的伞，遮下了很大一片绿荫。下课后我们就到树荫下面玩，我们三个在树下弹玻璃球，直隶村的孩子则三五成群地在那里玩对拐，互相碰撞，爆发出一阵阵笑声、喊叫声，在他们的映衬下，我们三个弹玻璃球，也弹得很落寞。

在我们与他们之间，很快就发生了冲突。直隶村好像姓高的很多，有一个孩子叫大刚，他是个粗壮鲁莽的家伙，还有一个孩子叫高秀才，他学习很好，后来我才知道，他的父亲在我们县邮局的前面摆摊租书，他家里有很多书和连环画，那时在我们的眼中，他好像是大刚的军师，是躲在后面出主意的。在他们身边，还有很多孩子，有姓高的，有不姓高的，还有一个孩子姓邴，因为他的姓很少见，所以我现在还记得，但已经记不起他的名字了。

有一天课间休息，我和黑五、四海在大槐树下玩玻璃球，正轮到我弹时，玩对拐的队伍挤挤撞撞地向我们这边走来了，我正专心地瞄弹球的路线，大刚一个趔趄，一脚踩住了我的手，随后啪的一下摔倒在地上，他爬起来冲我破口大骂，说我碍了他们的事，又要冲过来打架，我一下蒙了，愣在那里。这时四海冲了上去，一拳打在大刚的胸脯上，大刚后退了两步，高声大叫，"在这里，你们还敢撒野啊！"说着抡起拳头，就朝四海打去，我和黑五也急了，跳上去和他扭作了一团，这时高秀才在后面高叫，"他们敢打咱们村里的人，快上啊！"一群直隶村的孩子拥了过来，拳头如雨点般落在我们身上，我们也不甘示弱，揪住一个人就狠狠地打，一时间鬼哭狼嚎，直到有人叫来了老师，才结束了这一场混战。

在这场冲突之后，我们与直隶村的孩子在情绪上更加对立了，经常会怒目而视，或者找碴儿打架。在放学回家的路上，四海还教给我们打架的技巧，他说把大拇指夹在食指和中指之间，打过去会比较狠，又说，别管多少人来打我们，我们只盯住一个人，揪住他狠狠地打，打伤他一个，其他人也就怕了。放学之后，我们沿着来时的路向回走，从学校向东，走一段大路，然后穿小路走过一片小树林，路过机井，走过那条大沟，再穿过菜地、麦田，就回到了我们村，一路上我们都在商量怎么对付可能的危险，等我们回到村里时，家家户户都已经飘起了炊烟。

但此后我们也没有再发生大的冲突，只是有一次，下课后我着急上厕所，那时我的课桌在最里面，我好不容易从一长排凳子后面挤过来，大刚正好迎门堵在那里，他挑衅性地瞪着我，"干什么去？"我说，"让开，我要出去！"他说，"叫一声爷爷，就放你过去。"我一把将他推开，夺门而出，向厕所跑去，厕所在学校南门附近，要穿过长长的校园。大刚在后面追了几步，停下来，恶狠狠地喊着，"好小子，等你回来算账。"我回来以后，本以为会有一场恶斗，但大刚正在和别人兴高采烈地玩对拐，好像已经忘了要跟我算账的事，我也就跑回教室了。

有一段时间，在上学的路上，我们可以看到很多工人在修路。我还没有说，那时我们平常所走的，都是田间小路，即使我说的那条大路，也是黄土路，只是更宽一些，一下雨路上满是泥泞，还有不少深深的车辙，走上去硌脚，也很容易滑倒，一到晴天，路上的浮土很多，一辆汽车或拖拉机驶过去，便飘起了漫天的灰尘。那时在修的，就是这条大路，我们看到，很多大卡车运来渣土、水泥、石块，在路边还架起了一个大铁锅，在烧沥青，散发出刺鼻的气味。那些人很忙碌，有的在筑地基，有的在铺石子，有的在浇沥青，还有的开着压路机在路上碾来碾去。他们的工程进展很快，一段一段的，在从东向西延展。每天放学之后，我们三个会站在路边看他们修路，看上很大一会儿才回家。还有一个工人见我们常在那里看，就丢小石子逗我们玩，我们躲开石子，慢慢凑近煮沥青的那个大铁锅，只见下面的大火熊熊燃烧着，火苗舔着锅底，锅内煮沸的沥青在翻滚着，黑色的，黏稠的，冒着黑烟，气味直冲鼻子。

路终于修好了，修路的队伍向西转移了。我们走在以前常走的这条路上，下雨天脚下不再泥泞。新铺的沥青路看上去一望无际，是那么崭新，那么宽阔，我们走在路上，都很兴奋。很快我们就发现，这条路的边上，有一些小小的界碑，其中有一个稍大的界碑上写着：309 线 706。每次我们路过的时候，都很好奇，但不知道是什么意思，只能叽叽喳喳地猜。直到后来，我才知道，这是一条国道，309 是说它横贯东西，706 表示到这里的公里数。每次走过这里的时候，我都会念上几遍"309 线 706"，但我不知道它的起点在哪里，它要往哪里去，它要经过多少个岔路口，它的终点将会走到哪里。

2

我们和直隶村的小孩也不是水火不相容的，时间一长，相互之间的隔阂慢慢减少，便玩在了一起。过了没多久，黑五邀请高秀才参加弹玻璃球的游戏，四海也开始和大刚他们玩对拐了，他们都玩得不亦乐乎，最初我还感觉有点困惑，不太适应，但很快也就加入其中，和他们一起玩了起来，有时玩对拐，有时弹玻璃球，人一多，就更热闹了。那时候，男生和女生不在一起玩，在我们旁边，是一群女生，她们在跳皮筋、踢毽子，有的在叽叽喳喳地说笑，和男生离得很远。大槐树下筛落一地阳光，斑斑驳驳的。

有时下课后，我也一个人到直隶村中学去转一转。直隶村中学在我们小学的西边，中间隔着一堵高高的围墙，在最北边本来有一个小门，但常常是锁着的。也不知从什么时候开始，有人在靠南的围墙上打开了一个洞，有半人高，那里就成为我们钻入钻出的通道，从我们小学钻过去，就到了直隶村中学。直隶村中学比我们小学大得多，我们学校只有一排平房做教室，直隶村中学不仅有好几排教室，还有操场，有花坛，有食堂，有宿舍。下课的时候，很多人在操场上打篮球，生龙活虎的，很热闹。我在校园里走着，这儿看看，那儿看看，感觉很新鲜。那时候墙上还经常出墙报，在一排平房教室最东边的墙上，有一块大黑板，由这排教室的三个班级轮流负责，不少人在上面登作文，画画，还有不少趣味小知识。我记得有一期墙报介绍有趣的对联，出了一个上联"烟锁池塘柳"，五个字的偏旁正好是"金木水火土"，让对下联，我很感兴趣，但是想不出来，那几天就经常钻过墙洞去看墙报，直到有一天，新一期的墙报上才公布了下联，"炮镇海城楼"，我盯着那块黑板，想着这十个汉字，感觉很奇妙。还有一次，在操场西边那排教室的墙报上，我第一次读到了科幻小说，仅仅只有两三百字，写在地球末日来临之前，人类终于研制出了新型的宇宙飞船，可以飞往另一个星系，他们登上旋梯，最后看了一眼地球，朝太空飞去……这个故事很长一段时间都让我着迷，一直期待着后续，但直到我毕业，也没有等到。

那时候对于中学，我既感到陌生，又有些新奇，走在校园中，看到比我们大几岁的孩子走来走去，很羡慕他们，很想像他们一样快快长大。但是这些孩子也会恶作剧，也会欺负小孩子。我记得有一次，我正在花坛旁边的一个水龙头上喝水、洗脸，这时走来了一个学生，那时在我眼中他很高大，他端着一个搪瓷缸子要来接水，看到我在喝水，不耐烦等，就说，"哪儿来的野孩子，快滚！"我关上水龙头，抹了一把脸，不巧水珠溅在了他的衣服上，他一脚踢了过来，还嚷着，"敢弄湿老子的衣服！"我一躲，他没有踢到，好像有点生气了，把缸子放在井台上，就朝我扑过来，我见他这样不讲理，也扑上去跟他扭打，但终究力不如人，很快就挨了他几拳。正当我力不能支的时候，突然身后传来了一声，"别打了，快放开！"那人丢开我，"呸"了一声，这时我看到，高秀才出现在我面前，他把我从地上拉起来，拍了拍我身上的土，又转身冲那个大孩子嚷："你打谁啊？"那个大孩子大概知道他是本村的，也不敢惹，瞪了他一眼，转身抓起搪瓷缸子就走了。我和高秀才一起向回走，钻过那个洞口之后，我们似乎就成了朋友。

我和高秀才一起去过他家里，他说他家里有很多连环画，我想去看看，那一天放了学，我们便一起到他家里去。他家在村子的北边，我们出了校门向东走，走到一个路口再向北，沿着一条大路走一会儿，再向西。那时候村里都是土路，胡同也很狭窄，我跟着他东转西转，像走入了一个迷宫，只能紧紧地跟着他，那还是我第一次进入另一个村子的腹地，感觉像到了另一个星球。最后我们在一个破旧的门楼前停下，他打开门，带我进到院子里，他家有门楼，一进门还有迎门墙，那时在村里应该是富裕的人家。我们转过迎门墙，他连喊了几声，家里没有人，他就直接带我到了东厢房，从窗台上摸到钥匙，打开锁，进了门。屋里停放着两辆自行车，再往里，靠墙是一张床和一张桌子，高秀才告诉我，他就住在这个屋子里，他让我在桌旁的凳子上坐下，他爬到床底下，不一会儿拉出一个木箱子来，我凑过去一看，满满一箱子，都是连环画！那时候我们都喜欢连环画，我看得简直眼睛放光，高秀才自豪地告诉我，他父亲在我们县邮局前面摆摊，向外租书，租连环画，他家的连环画多得不得了，看也看不完，说着他带我到另一个房间，一进门就看见满地都是书，墙边的铁架子上也摆满了书，还有一辆地排车，上面也都是书，简直像进了一个宝藏。那时候我还是对连环画更感兴趣，高秀才带我来到铁架子旁，指给我看，有两大排。他还告诉我，他屋里那一箱子是他挑出来的，他想要的，就不再出租了。我们正在翻看，听到大门响动，又听见有人叫"秀才"，不一会儿，院子里出现两个人，将地排车放下，高秀才告诉我那是他的爹妈，又大声对他爹妈说，"我同学来了。"他爹他妈大概是刚从地里干活回来，满身都是汗，但对我很热情，他妈到水龙头那里洗脸，顺手洗了一个西瓜，切开，快声快语地招呼我吃。我却突然拘谨起来，有点不好意思，跟高秀才说我要回去了，高秀才劝我，再玩一会儿，再玩一会儿吧。但见我执意要走，他也不再坚持，就说，"我送送你。"说着他跟父母说了一声，带上我挑好的两本连环画，跟我一起往外走。

我们从他家向东，走上了村里的大路再向南，走到学校那条路又向西，就沿原路回到了学校。我说你回去吧，他说我再送送你，我们转一个弯向南，就到了我平常上学的那条柏油路，从这里向东，我们两个慢慢地走着，一路上说着话，很快就到了309线706。到了那里，我说你别送了，快回去吧，他说好，突然又把手一指，说，"你快看！"我顺着他的手指向西一看，只见西边的天空布满了七彩云霞，夕阳在云霞之中穿梭，将整个世界照耀得又红又亮，我们两个人的影子也被拖得很长，我们两个看着那漫天的彩色云朵，在天空中随时变幻着形状，一时竟有些呆了，过了好一会儿，才像苏醒了过来。

在309线706那里，我们依依不舍地盘桓了一会儿，高秀才对我说，"你等一会儿。"说着他向北跨过路边的壕沟，到了一块麦地里，我不知他在那里做什么，也跟了过去，原来他在采麦穗。那时正是麦子快成熟的季节，麦粒灌满了浆，但还没有变得硬实，我们把麦穗采下来，放在手里搓一搓，吹去外面的浮皮，剩在掌心里的就是饱满的青色麦粒，这种青麦嚼在口中，既有小麦的清香，又有鲜嫩的口感，很好吃，我们搓了两把青麦吃，高秀才又采了一把麦穗递给我，说让我回家吃，我们两人便分别了。回到家中，我吃着青麦，看着那两本连环画，一本是《强中更有强中手》，一本是《三打白骨精》，现在我还记得前一本是中国武术故事，后一本是西游故事，在摇曳的煤油灯下，我一直看到很晚。

小学毕业后，我很久没有再见到高秀才。读高中的时候，我从学校骑自行车回家，会路过我们县里的邮局，有一次我看到，高秀才正坐在邮局外面租书的摊子后面，我下车跟他简单聊了几句。他说他初中毕业后就不上学了，现在他父亲的腿脚不好，他就来替他父亲摆摊，租书。他坐在那里，样子看起来很冷淡，很生硬，常常一个人拿着本书看，有人来租书，他也爱答不理的。从那之后，一晃20年过去了，我再也没有见过高秀才。现在我从外地回到我们那个小县城，看到在邮局前面，那些摆摊租书的早就消失了，有时我路过那里，禁不住会想，不知道高秀才现在在做什么。

3

小孩子的心思很难猜，现在回忆自己小时候，有时也很难明白那时候的心理。我们三个，黑五、四海和我，三个人之间有时也会闹些矛盾，闹些情绪。一阵黑五和四海好了，冷淡了我；一阵黑五和我好了，冷淡了四海；一阵四海和我好了，又冷淡了黑五。我记得有一段时间，我和四海的关系很好，和黑五的关系不好，上学的时候我们也不去叫黑五了，就我们两个人一起走。四海家在后街，我起来得早的话，就去后街叫他，从我家那个胡同出来向东一点，向北有一个胡同，走到头，下面是一个大坑，坑里没有水，种满了白杨树。从南边的坡下去，穿过一片空地，一片小树林，就到了坑的北坡，四海的家就在坡上。每次爬上那个大坡，我都累得气喘吁吁的，当当当地敲着他家的铁门，高声喊着四海的名字。一会儿四海挎着书包出来了，我们两个便一起走，走到路口，我们也不再向黑五家的方向拐弯，直着向北，再向西，从那条宽沟向北走，就是我们熟悉的路了。

四海是个很机灵聪敏的人，他说话快，走路也快，我得紧跟着，才能跟上他的步子。他的记忆力也很好，那时候我们乡村里还没有电视，村里人都是晚上听收音机上的评书，我家里很穷，连收音机也没有，有时我晚上跑到别人家去听，有时就在第二天清晨听四海讲。那时收音机上正在播送刘兰芳讲的《杨家将》，我有一半都是听四海复述的，他讲起来绘声绘色，眉飞色舞，一会儿是"天官寇准"，一会儿是"八贤王赵德芳"，一会儿又是杨六郎、杨五郎、杨四郎、杨宗保、穆桂英，他讲起来头头是道，模仿起他们的声音，每个人都惟妙惟肖，让我简直听得入了迷，讲到关键的时候，他也像刘兰芳一样来一句，"欲知后事如何，且听下回分解"，听得我心里痒痒的。

我们两个在路上走，有时也会遇到黑五，那时就会很尴尬。有一次我们在前面走，黑五远远地跟在后面，有一阵我看到黑五明显加快了步伐，看样子是想赶上我们，跟我们一起走。四海也看到了，他对我说，"咱们快走!"说着他的步子迈得更大更快了，我也只好紧紧追着他，边走我边回头看黑五，见他追了一阵，没追上我们，步伐又明显慢了下来，那一刻我突然觉得黑五很可怜，我们似乎不应该这样对待他，再说我和他是一个院里的，按道理应该是我俩更亲近一些，尤其不该这样，但在那时候，似乎也想不了这么多。还有一次，黑五走在前面，他发现了我们，步子明显慢了下来，似乎想要跟我们和好，走到机井那里，他干脆停了下来，用手在那里撩水，往空中洒，看上去像是在玩，但又分明是在等我们，我正不知道怎么办才好，四海也发现了，他拽拽我的衣袖，说，"咱们从这边走。"说着他从西侧爬上了宽沟的边沿，带着我绕了一条田间小路，绕开了黑五。我看到黑五还在撩水，他的手向上一扬，一道水流被抛向了天空，在朝阳的照射下散发出五彩，他玩了一会儿水，扭头看看宽沟，已看不到我们了，他迷惑地四处张望，终于在西边的小路上，看到了我们匆匆走去的背影。他叹了口气，不再玩水，背着小书包，垂头丧气地跟在我们后面，向学校走。

那时候我觉得黑五很可怜，但没有想到，很快可怜的人就是我了。有一阵黑五和四海关系好，不跟我玩了，而我还不知道。那天早上，我仍像往常一样，从我家的胡同出来，穿过那个大坑，当当当去敲四海家的铁门，过了一会儿，出来的不是四海，而是四海的娘，她看到是我，有点奇怪地问我，"四海上学走了，他没去叫你呀？"我点点头，就从他家跑开了。到了路口，我拐弯向黑五家的方向走去，到他家门口，高声喊叫黑五的名字。过了好一会儿，才从里面传出黑五他爹的粗嗓门，"黑五上学去了！"我只好一个人闷闷不乐地向前走，我穿过麦田和菜地，穿过那条宽沟和机井，穿过那片小树林，平常里感觉很近的路，这一次却分外遥远，我低着头走路，小书包啪啪拍打在我的屁股上，那是我听到的唯一的单调的声音。

那一段时间似乎很漫长，我记得每天早上，我都是一个人去上学，放了学，再一个人回来，一个人穿过麦田、菜地、宽沟、机井、小树林，走过309线706，再向西走到学校，放学后再向东走，路过309线706，穿过小树林、机井、宽沟、菜地、麦田，再回到家里。但是每天早上，我都渴望听到熟悉的声音再次响起，叫我一起去上学。有一次，我还睡在床上，隐隐约约听到黑五在外面喊我的名字，便连忙跑了出去，到胡同里一看，只见空空荡荡的，什么人也没有，只有风旋转着落叶，在地上飘来飘去。

时间久了，一个人在路上走来走去，也不再觉得寂寞，我看看风，看看云，看看地里的庄稼，看看田间小路上的杂草和各色野花，心里也会很欢乐。那时候学校里的音乐老师刚教了我们《游击队歌》，"我们都是神枪手，每一颗子弹消灭一个敌人，我们都是飞行军，哪怕那山高水又深"，我轻轻吹着口哨，在田埂上走着，穿过麦田、菜地和小树林，穿过309线706，想象着自己是一个坚强的战士，没有什么能将我压倒。

但是人总有脆弱的时刻，我表面上好像满不在乎，但是内心里却很在意。我记得有一天放学后，黑五和四海在前面走，我在后面远远地跟着，我走得快，他们也走得快，我走得慢，他们也走得慢，显然他们还并不想跟我和好。后来我也索性放弃了，踢着一块小石子慢慢向前走，走两步踢它一下，走两步踢它一下，让它带着我走路。走了一会儿，我抬头一看，黑五和四海在路边停了下来，说着什么话，像是在等我，我见了心中大喜，连忙抓起那块小石子，就向他们跑了过去，但就在我快跑到他们身边的时候，他们两个人拉着手，突然快步跑开了，只给我留下了远去的背影。我呆呆地愣在那里，不知所措，后来我将手中攥着的小石子奋力向他们奔跑的方向掷去，蹲在地上轻轻哭了起来。

过了好一会儿，我抬起头来，他们两人早已不见了踪影，我发现自己正好蹲在309线706附近，我在那块小界碑上坐下来，茫然地看着东来西去的汽车，心中一片迷惘。不知什么时候，天上飘起雨来，丝丝细雨笼罩了整个天地，浸透了我的衣裳，我在雨中坐了很久，我看着庄稼，看着汽车，看着不知通往何处的309线，感觉自己是多么孤单，多么渺小，像是被整个世界都抛弃了。

4

小学毕业之后，我考上城关中学，此后再也没去过直隶村小学。后来我考上大学，离开家乡，一直在外地漂泊。很久以来，我总以为自己的经历是自然而然的，直到有一天，我才突然意识到，在我的人生中充满了岔路口，从我人生的起点并不必然会通到现在，恰恰相反，和我的同龄人同村人相比，我的人生才是特殊的，大多数人的生活和我并不相同，当我想到这一点时，我才发现我离开家乡已经很远了，我感到很孤单，很怀念人生路上曾走过一程的那些朋友。

在小学毕业后，黑五和四海都考上了直隶村中学。四海在初中毕业之后，没有考上高中，就不上学了，在村里干活。我们虽然在一个村里，平常里也很少见到，我上了高中开始住校，一周才回家一次，他大概也很忙，在村里也很少遇到。我记得也见到过两三次，他光着膀子站在路边，我下车跟他说几句话，只是简单的寒暄，好像也没有更多可说的，时间过去了许久，我们已不像小时候那样亲密了。这时候关于四海的消息，我都是听家里人说的。我听说四海很早就结了婚，生了孩子，很快他就跟他哥哥分了家，单独另过，很早就支撑起了一个家。后来四海到县里的建筑队上去干活，在那里不知为什么跟人发生争执，他失手打伤了一个人，那人伤势很重，城里又有人，四海不但承担了巨额赔偿，而且人也被抓到监狱里，被判了七年刑。好在他媳妇并没有离他而去，一个人在家带着孩子，苦苦地等着他。七年之后，四海出了狱，总是会被人嘲笑或歧视，他感觉在村子里抬不起头来，便带上老婆孩子到南方去打工，一去好多年，有时过年也不回来，两三年才回家一次。有一段时间他好像发了财，回来时衣服穿得很光鲜，很时髦，出手也很大方，跟村里人讲起南方的见闻和经济问题，也头头是道。大约五六年前，四海带着老婆孩子又回到了我们村里，从此就不再出门打工了。

三四年前，我过年回家的时候，在村里见过一次四海。那时他在村里的路口站着，正和几个人在抽烟、闲聊，我跟他简单打了个招呼，就回家了。让我感到奇怪的是，大冬天的，四海也戴着一个安全帽，就是建筑工地上用的那种。后来有人告诉我，四海不只冬天戴安全帽，大热天的也戴，一年四季他都戴着那顶帽子。他们说，四海可能是在建筑工地上，被高空坠落的东西砸过脑袋，砸出毛病来了，必得一年四季都戴着帽子，也有的人说，他可能是被什么吓着了，心理上出了问题，只有戴上那顶安全帽，才能有安全感。我跟四海说话的时候，看他的样子也有些呆滞，迟钝，完全不像小时候那么机灵聪敏了。我不知道究竟是什么样的遭遇改变了他，让他变成了现在的样子，让他必须得一年四季都戴着安全帽。我想在他的内心深处，一定隐藏着深深的恐怖，和难言的痛苦。

黑五和我一样，也读了高中，后来他考上了东北的一所军校，就在那座城市扎下根来。黑五在我们村里被人议论最多的，就是他的离婚。原来黑五在高中时就谈了一个女朋友，上军校后他与她一直有联系，毕业后他们就结了婚，这个女孩的家好像是在我们县里哪个部门的，当时我们村里人还说，人家能看上咱们庄稼人的孩子，还真是不赖。结婚后他们是两地分居，很快也有了孩子，黑五在外地，这个女孩搬到我们村里来住，在家里照顾孩子，照顾老人，很是尽心，村里人对她印象都很好。我也见过这个女孩，高挑的个子，一头黑发，很漂亮，也很朴实，当时我是从外地回来，去看黑五的爹娘，她正要去县城上班，简单打了个招呼，她就骑一辆凤凰自行车飞身走了。黑五的爹娘说起这个媳妇来，都啧啧称赞，说这个孩子真好，也真不容易。

后来的事情我都是听说的，也不知道是否准确。他们说黑五在城市的机关里干得很好，机关的一位大领导很欣赏他的聪明才智，这位领导的女儿也喜欢上了他，到最后竟然非他不嫁。在这个过程中，黑五是主动的还是被动的，他是喜欢领导的女儿还是需要领导的赏识，他是否有过内心的纠结与矛盾，我们都不知道。我们知道的只是，黑五从东北回来了一趟，专门办理离婚手续。那位领导的女儿也跟他一起回来了，她住在我们县城最好的宾馆里，也不到我们村里来，村里人都说，她是专门来督促黑五办手续的，怕他一回来见到那个女孩心软，改变了主意。那一段时间，黑五家里充满了戏剧性的冲突，据说那个女孩不说离，也不说不离，只是插上门，谁也不见，趴在床上哭，哭得昏天黑地；据说黑五的娘也是哭天抹泪的，数说着那个女孩的好处，责骂黑五是黑了心的陈世美，甚至说，你要跟她离，也别要你这个老娘了！这样哭哭闹闹的日子持续了好几天，最后黑五终于敲开了那个女孩的门，他和那个女孩谈了好久，也不知道都谈了些什么，最后那个女孩终于在离婚协议书上签了字。这些我都是听村里人陆陆续续讲的，我们村里人的道德观念很保守，或许他们真的把黑五讲成了陈世美，我也知道，现在无论在城市还是在乡村里，离婚都不是什么大不了的事情，但见到黑五和他后来的妻子，我心里总是感到有点别扭，总是会想起那个女孩来。

　　可我见到黑五的机会并不多，我们两个人都在外地，要回来也只是春节，但又不是每个春节都能回来，有时候我回来他不回来，或者他回来我不回来，碰在一起并不容易。不过我和黑五是一个院里的，要是都回来，总能够碰上面。我上一次见到黑五，大约在两年前，那天晚上我们在一个兄长家里吃饭，好不容易见一次面，我们都喝了不少酒，喝着酒不知怎么聊起了以前，我问他，"你知道高秀才在做什么吗？"

"高秀才？"黑五眯着眼，似乎竭力想从记忆深处打捞什么，但终究也没有想起来，他问我，"高秀才是谁？"

"直隶村的，咱在那里上五年级的时候，还跟咱打过架。"

黑五愣了好一会儿，似乎终于想了起来，他说，"是常跟大刚一起玩的那个？学习很好？"

我点了点头，没想到他最先想起来的是大刚，这有点出乎我的意料。

"你不说，我都想不起他来了。"

"那你还记得309线706吗？"我又问他。

"那是什么？"黑五愣了一下，反问我。

"咱们去直隶村的路上，309国道边上的一个小界碑，你不记得了？"

黑五摇摇头，说，"不记得了，真有这样一个界碑吗？"

他这么一说，一时我也陷入了恍惚，或许真的没有309线706，是我记错了？但我分明记得我们无数次在那里走过，每走一次，我就会念一遍309线706，我在那里哭过，也笑过，我在那里走来走去，跳来跳去，走过了一年的时光，那不会只是我的幻想吧？

第二天傍晚，我在家里没事，想再去找找309线706。刚下过雪，地上还有点滑，我沿着以前的路向北边走，但是一路上已经没有了麦田、菜地、宽沟、机井和小树林。我们村临近城区，这些年盖了不少工厂，修了好几条公路，宽沟被填平了，机井被拆掉了，麦田、菜地和小树林也都消失了。我艰难地辨认着周围的景致，绕过几家工厂高高的院墙，好不容易才来到309线。309线也改变了模样，那时候309线宽阔平整，周围是绿油油的庄稼，一片空旷，一眼望不到边。现在309线的北面修了高速公路，很多车都走那里，309线上的车并不多，但是两边都盖起了高楼，有厂房，有饭店，有住宅楼，有加油站，跟我记忆中完全不一样了。我按着印象中的方位，寻找着309线706，在那里走来走去，怎么也没有找到。加油站的一个工人见我像丢了什么东西，就走过来询问，我问他309线706在哪里，他想了一下，向东一指，说你去那边看看。我向东走了一两百米，终于在一棵行道树下看到了那块小界碑。那块石碑略有些歪斜，白漆上的红字已显得很陈旧了，看到它，我心情有些激动，我站在面前看了一会儿，又像当年一样在界碑上坐下来，点燃了一支烟。

这时天色暗下来，又飘起了雪，我看着在雪中匆匆赶路的人们，又想起了黑五和四海，想起了大刚和高秀才，想起了在直隶村那一年的时光，我看到了整个世界在变，所有的人都在变，而我自己也在变，幸好309线706还在，让我看到了一点不变的东西，让我看到那逝去的一切并不是虚空。我轻轻地闭上眼睛，似乎嗅到了青色麦子的芳香，似乎听到了丝丝细雨正在浸透我的衣裳，我想当我睁开眼睛，就能看到一个小孩踢着小石子向我走来。

2015 年 8 月 28 日—9 月 5 日

电影放映员

　　那时候我大约六七岁，很喜欢住在姥娘家，我小姨那时十八九岁，她初中毕业之后，就从学校回到我姥娘的村里，在生产队里干活，总是她在带着我玩。那时候还不兴外出打工，乡村里大姑娘小伙子很多，在村庄里，在田野上，到处都能听到他们的欢声笑语。我小姨也有几个好姐妹，她们一起扛着锄头到地里锄草，回到家里，又聚在一起纳鞋底。她们总是坐在我小姨西厢房的窗台下，一边纳鞋底，一边叽叽喳喳地说话，时而爆发出一阵大笑，时而一个女孩突然站起来就跑，另一个在她后面嘻嘻哈哈地追着，两个人嬉闹一番，又拉着手回到原先的座位上，继续干活，继续说笑。她们纳着鞋底，一直要纳到掌灯时分，我姥娘在厨屋里做好了饭，喊我小姨吃饭了，她的那些好姐妹才纷纷回家。"就在这儿吃吧，饭都好了。"我姥娘招呼她们。"不了不了，家里也都做好了。"她们叽叽喳喳地说笑着，欢快地跳跃着就回家了。有时候吃完饭，她们还会再回来，挤在我小姨的西厢房里，在煤油灯摇曳的灯光下，一直说笑到很晚。

我小姨和她的小姐妹都很喜欢我，她们到地里干活也会带上我，让我在地头的树荫下等着，一会儿从哪儿的瓜秧上扭一个甜瓜，拿来让我吃，或者发现了一种草棵子，带我去摘上面红色的小溜溜。在村子里，可吃的东西就更多了，桃、梨、杏、枣，她们爬到树上摘下来给我吃，或者是从家里带来两块饼干、桃酥、馃子，逗我说喊一声姨才让吃，我脆声地叫喊着，她们就笑得乐开了花。

不过我最喜欢的，还是跟我小姨一起去看电影。那时候乡村里常会放电影，每一次放映都是全村的节日。现在我还记得，放电影都是在村里小学附近的一块打麦场上，乡里的放映员拉来银幕、放映机、电锅、发电机、石英灯，他们要在两棵大树之间拉起那块银幕，将发电机、电锅、放映机和银幕连接好，再在距银幕十来米的地方摆放一张小桌子，在桌上摆好石英灯，就算布置好了，放映员就被拉到村支书家里吃饭去了。在他们开始布置的时候，村里就一传十、十传百地传开了，等不及的孩子搬着板凳提前来占座，一排排高矮不一的板凳在银幕前摆开，还有的小孩会为争抢座位而吵嘴、打架，不少大人围在一边看，嘻嘻哈哈地说笑着，还有卖瓜子的、卖花生的、卖甜棒的外乡人，不知从哪里知道了消息，也都一股脑地赶过来了，他们在银幕一侧占好有利的位置，高声地吆喝着，还有的村里人知道晚上要放电影，把出了门的闺女也接了来，扶老携幼，一家人都来了，孩子笑着闹着，好久不见面的人相互寒暄着，问候着，说笑着，整个村庄洋溢着欢快的氛围。每到放电影的时候，我小姨也很高兴，她让我搬着小板凳早早去占位置，等到吃过晚饭，她和她的小姐妹带着我一起来看，有的时候，到了打麦场才发现，板凳被向后挪了好几排，我小姨很生气，就上去跟人家说理，直到人家换过来才肯罢休。

天黑下来很久，电影放映员才在村支书的陪同下来到打麦场，点燃石英灯，放映员坐在那个方桌后面，石英灯白炽的光照在他脸上，那一双剑眉很英俊，村里的人都看着他，他坐在那里淡淡地笑着，很从容。在放电影之前，照例是老支书要讲一番话，讲讲国际国内形势，讲讲庄稼的长势收成，讲讲村里的好人好事坏人坏事，最后才讲到这次放电影的意义，村里人早听得不耐烦了，吹口哨的、起哄的、骂街的，老支书双手往下压一压，"我最后再说两句……"又说了好几分钟，他才结束了发言。石英灯灭了，银幕上刺刺拉拉闪耀出人影，从模糊到清晰，终于对准了焦，才开始放起来。那时候常放的电影是《喜盈门》《咱们的牛百岁》《李双双》《柳堡的故事》等故事片，战争片是《地道战》《地雷战》《南征北战》，我记得还演过戏曲片《朝阳沟》《七品芝麻官》。我们小孩都爱看打仗的片子，看完之后就满村跑着打仗，我小姨和她的小姐妹却喜欢看故事片，看完之后还跟着唱电影里面的主题歌，《柳堡的故事》演过之后，有很长一段时间，她们都在唱：

九九那个艳阳天来哟

十八岁的哥哥呀坐在河边

东风呀吹得那个风车转

蚕豆花儿香呀麦苗儿鲜

风车呀风车那个依呀呀地唱哪

小哥哥为什么呀不啊开言

　　她们扛着锄头上工的时候在唱，坐在窗台前纳鞋底的时候在唱，走路也唱，干活也唱，路上有人跟她们开玩笑，"唱得真好听，想小哥哥了？"她们就呸一声，羞红了脸，赶紧快步走开。我小姨胆子大，有时候还冲上去要跟他们算账，那帮人一看势头不好，吓得连忙跑走了。

　　那时候放电影，是一个村放完，再到另一个村放，一个个村子演过去，喜欢看电影的人，就跟着放映队，今天在这个村子看，明天再到相邻的村子看，一路跟过去。我小姨就是一个爱看电影的人，在我姥娘村张坪看完，还要再跟到萧化村、七里佛堂、五里墩、吴家村、直隶村、三里韩村去看，越跟越远。每次跟着去的时候，她和小姐妹都带上我，走三里五里的路，赶到那个村子里，看完电影，再一路走回来。夏天的晚上，走在乡间小路上很凉爽，看电影的兴奋劲还没有过去，走着走着路，一拐弯，一弯新月悬在半空。

　　在路上，我小姨和她的小姐妹叽叽喳喳地议论着，说笑着，一部电影看过好多遍，她们都有话说，说故事，说人物，说着说着又唱起来了。有时她们也会说起那个电影放映员，说那个小伙子"真俊"，又说要给我小姨说婆家，干脆就说给他吧，说着说着她们又嬉笑打闹起来了。我不知道她们的说笑，我小姨是否当真了，但是那一段时间，我小姨看电影看得却更多了，一个个村子跟得也更远了，有时她那些小姐妹嫌路太远，不愿意去了，她还一个人带上我跑很远的路去看。还有一次，她竟然连我也没有带，一个人跑去看了。

　　在我姥娘家，我跟我姥爷姥娘住在一起，住在堂屋的东间。北面一张大床，是我姥爷姥娘睡的，南面靠窗一张小床，是我的。现在我还记得，我躺在小床上看到的风景，那时候还很少有玻璃窗，我姥娘家的窗子是木头格子的窗户，夏天钉上纱窗，冬天糊上白纸，上面的隔扇还可以打开，透风。我记得我躺在小床上，经常去数有多少个格子，从左到右，一排数过去是8个，从上到下，一行数下来，是两个6个，下面固定的部分是6个，上面可以打开的隔扇也是6个，每天躺在小床上，我都会数一遍，好像不数一遍，那些格子就会消失一样。有时数着数着数错了，就从头再数一遍。我也还记得，我站在小床上，刚好可以到达隔扇那里，扒住隔扇向外看，可以看到整个院子，东边是厨屋、猪圈、茅房，院子里是几棵高大的梧桐树，西边是我小姨住的厢房、鸡窝、狗窝，再往南就是大门了。下雨的时候，我扒住隔扇向外看，可以看到雨滴从房顶上滴下来，可以看到一院子的水，那时整个天地都是寂静的，只能听到雨点啪、啪、啪，砸在水洼里的声音，水滴落到窗台上，溅到我身上，有一丝丝凉意。

　　那时候乡村里的窗子都很小，晚上点的又是煤油灯，房间里整天都是黑洞洞的，大白天关上门，屋里也是昏暗一片，有时候姥爷姥娘和小姨都去地里干活，我一个人在家，摸索摸索这里，摸索摸索那里，也很有意思。我姥娘有一个放吃食的篮子，悬挂在梁顶垂下来的绳子上，那为的是防老鼠，也防小孩。那篮子里放的都是好吃的稀罕东西，每次我刚到姥娘家的时候，我姥娘就会把那个篮子取下来，从里面拿出好吃的东西给我，有醉枣、酸梨、蜜三刀，等等，像是一个神秘的宝库。有一天早上我醒得晚，他们都去地里干活了，我在家里趸摸着玩，一抬头，发现了那个篮子，心里怦怦直跳，我想去够那个篮子，篮子挂得很高，我在下面垫了一只小板凳，也够不着，我又把八仙桌边上的太师椅拉过来，踩上去，仍够不着，后来把小板凳摆在太师椅上，很小心地爬上去，才抓住了篮子。上面很昏暗，看不清楚，过了一会儿，我的眼睛才慢慢适应了，看到里面有一袋芝麻糖。芝麻糖那时是很稀罕的吃食，里面是酥糖，外面沾满了芝麻，有长条形，有麻花形，吃起来又酥又甜又香，平常里我们很少能吃到。我一见心里大喜，打开袋子，从里面小心地抽出了一根，我怕姥娘发现，又原样封好，拿着那根芝麻糖慢慢爬下来，爬到我的小床上，一点点把它吃完了。

吃完之后，我感觉意犹未尽，往那边一看，篮子在那里挂着，还在晃动，太师椅和小板凳还在那里摆着。要不要再去拿一根？我心里犹豫着，又想吃，又怕我姥娘知道了打我，最后还是美味的诱惑更有力，我在心里安慰自己，就只再拿一根，我姥娘肯定发现不了，嗯，就这么办！下了决心，心里很轻松，我又爬上去拿了一根，下来后把太师椅和小板凳都拉回了原处。可是吃完以后，我的心思又发生了动摇，我只好再把太师椅拉过去，拿了第三根，然后是第四根，然后是第五根。看看袋子里的芝麻糖，已经所剩不多了，我索性心一横，一把抓在手中，也不怕我姥娘的责骂了，想痛痛快快地大吃一顿，但就在我兴奋地往下爬的时候，一不小心踩空了，从半空中摔了下来，跌在地上。我嗷嗷地哭了一会儿，也没人理我，看看手中的芝麻糖还在，我就含着泪，把剩下的芝麻糖一根一根吃完了。吃完之后，我又忍着疼痛，把太师椅和小板凳放回了原处，一个人爬到小床上，看看膝盖都磕得发青了。我姥娘回来之后，没有发现她的篮子被动过，倒是看到我的腿磕破了，还让我小姨给我炒了两个鸡蛋。

那几天我心里总是提心吊胆的，怕我姥娘发现芝麻糖不见了，会打我一顿，但是一天天过去，她好像也没有发现，我才慢慢放下心来。有一天晚上，我躺在小床上迷迷糊糊快睡着了，隐约听见我姥娘在跟我姥爷说话，"我放在篮子里那袋芝麻糖，你动了吗？"

"没动。"

"那咋没了？"

"再想想放哪儿了？"

"就是放篮子里了，咋没了呢？"

"放别的地方了吧？明儿个起来再找找。"

"找了半天了，我记得是放篮子了呀，是不是叫老鼠拖走了？"

"这两天我也听老鼠吱吱叫，把碗柜都咬了。"

"明儿个到谁家抱一只猫来吧。"

"明儿个我一早去赶集，买几个老鼠夹子回来。"

我迷迷糊糊睡着了，不知睡了多久，半夜里醒来，听见我姥爷和我姥娘还在说话，屋里黑魆魆的，也没有点灯，他们躺在床上说话，像是在商量什么事。

"东三里庄李家又托媒人跟我说，想跟咱闺女见个面。"

"他们家人性咋样，那孩子是做啥的？"

"那年挖河的时候，我跟他在一个工地干过活，那是个老实疙瘩，他家的小孩，说是在烟庄乡的税务所上班，吃国粮。"

"你不是说让她舅打听一下那人家，他咋说？"

"上回赶集我碰见了他，他说也托人打听了，说那家人人性很好。"

"那就让他们见见面吧？"

"行，那就让他来家里见见吧。"

多年之后，我仍然记得当初的那个夜晚，我已记不清我姥爷姥娘是否说了这些话，但我仍然记得他们说话的氛围和语气，他们劳累了一整天，晚上熄了灯，在静谧的黑暗中，躺在床上说说话，唠唠家常，说说心事，那是多么缓慢安稳的生活。

过了没有多久，在一个夏天的傍晚，一个陌生的老头带着一个陌生的小伙子来到了我姥娘家。那个老头笑得很夸张，声音很大，热情地夸赞着我姥娘家的狗、粮囤、门楼。那个小伙子默无声息地跟在他后面，很腼腆，很紧张，一直低着头，偶尔才敢抬头看一眼，很快就又低下了头。我姥爷让那个老头在八仙桌西边的太师椅上坐下，又让小伙子在靠西墙的板凳上坐下，他坐在东边的太师椅上，我姥娘坐在靠东边的马扎上。他们便闲谈了起来。他们先是说庄稼的长势，地里的收成，又说到各个村里的熟人，有谁发财了，又有谁让车撞了一下，没什么大碍，虚惊了一场。那个老头还带来了一大包礼物，放在了一进门的小饭桌上，我蹲在饭桌旁边通向东间那个门的门口，好奇地张望着，不知他们在做什么，只是看到他们的影子很大，晃来晃去的。他们说着说着，天色渐渐暗了下来，我姥娘点着煤油灯，放在八仙桌上，屋里便有了一片昏黄的灯光。后来我姥娘又到厨屋去炒菜，煎炒烹炸，很快做好了四凉四热八盘菜。

从厨屋往堂屋里端菜的时候，我姥娘让我去西厢房里喊我小姨，我跑到我小姨的房间，见她正坐在床边发愣，我喊了她两声，她也不理我，我伸手去拉她，才发现她的手上滴满了泪水，我小声地说，"小姨，你哭啦？"我小姨也不说话，把我紧紧抱在怀里，过了一会儿，她才放开我，说，"你出去玩吧，小姨在屋里待一会儿。"

我跑到厨屋，我姥娘已经把菜都端到堂屋里，摆到八仙桌上了。那个小伙子也坐到了八仙桌靠南的一侧，他仍然默默地不说话，叫喝酒就喝酒，叫夹菜就夹菜，但是倒茶倒酒很勤快，那个老头在不停地夸他，说他人踏实，又勤谨，现在在烟庄乡上班，上上下下都说他好，给他介绍对象的可不少哩。那个小伙子静静地听着，慢慢地红了脸，有点不好意思地又站起来倒茶。突然他发现了我躲在身后，把我叫到他身边，轻声问我想吃什么，我说不吃，他从烧鸡盘子里掰下来一个鸡腿，递给了我，让我慢慢吃。我拿着鸡腿到院子里转了一圈，很快就吃完了，又回到堂屋里，那个小伙子见我空了手，又给我夹了两个藕盒，我一手拿一个，边走边啃，心里也对这个小伙子有了好感。

那时候在我们那里，喝酒吃饭，女人是不上桌的，我姥娘炒完了菜，端了过来，就出去了。我看到我小姨那屋里点亮了灯，走进去，才发现我姥娘也在这里，她和我小姨都坐在床头，两个人在说着什么，我小姨的脸背对着光，看不清她的表情，只能看到她的两条辫子垂在床沿，泛着黑亮的光泽。我姥娘见我吃着藕盒进来，让我到堂屋东间自己的小床上去吃，吃完别忘了洗手。我在院子里转了一圈，吃完了藕盒，才回到自己的小床上，在那里躺着，不知不觉睡着了。不知过了好久，我被一阵夸张的笑声惊醒了，隔着门一看，只见那个陌生的老头还在笑着，我姥娘带着我小姨走过来，他们都站了起来，说了两句话，我小姨一掀门帘，又出去了。那个老头高声说笑着，带着那个小伙子向外走，我姥爷也站起来，跟在后面送他们。那个老头的笑声转移到院子里，又转移到胡同里，渐渐地远了。

那年夏天的雨水特别多，我小姨似乎有了心事，她扛着锄头上工时也不唱歌了，回到家里，也不坐在窗台前纳鞋底了。她的那些小姐妹来找她的也少了，偶尔有两三个结伴来找她，她们就躲在我小姨的房间里，脑袋聚在一起，叽叽喳喳地说悄悄话，像是在密谋着什么。说一阵话，就又走了，她们也不再嘻嘻哈哈地打闹了，走起路来，快得像一阵风。

　　那个夏天小姨也很少带我出去玩了，也没有去看过电影，我在姥娘家过得很没意思，盼望着我娘早点接我回去。每天姥爷姥娘和我小姨下地之后，家里就只剩下我一个人，我就站在小床上，扒着隔扇向外望。那是一个下雨天，院子里积了一地的水，雨水从梧桐树叶子的边缘滴落下来，砸在小水洼里，泛起一个个小水泡，小水泡在水面上滚来滚去，旋生旋灭，我呆呆地看着，院子里很安静。突然我听到胡同里有人吹着口哨走过来，很清亮，很熟悉，原来就是我小姨喜欢唱的那一首《九九艳阳天》。口哨声由远而近，停在了我姥娘家门口，就在那里不走了，吹了好一会儿。我正在纳闷，突然看到墙头上出现了一个人，他紧张地张望了一下，一纵身跳了进来。难道是家里来了贼？我紧紧地盯着他，只见他又四处看了一下，随后快步走到我小姨的窗口，掏出一个东西，压在了一块破砖头下面，转过身，三步两步跨上墙头，一闪身，又不见了。这时我才想起，他的身影很像那个电影放映员，当他张望时，我好像看到了那一双剑眉。

　　我很好奇，从小床上爬下来，走出堂屋，冒着大雨来到我小姨的窗台前。那个窗台很高，我探起身子去够，慢慢掀开砖头，在下面摸索，摸了好一会儿才摸出一样东西来，原来只是一张小纸条，这让我有点失望。我拿下来的时候没有抓稳，小纸条飘到地上，正好落在屋檐下面的小水洼里，我从水洼里捞起来，纸条全都湿了，还沾了些泥水。我拿在手里翻看着，上面只有两行字，我那时还不识字，不知道写的是什么。我想把纸条再压到砖头下面，踮起脚去够窗台，一不小心，又把纸条抓破了。这时我突然想到，纸条压在这里，也可能会洇湿，还不如等我小姨回来，我再拿给她。想到这里，我就把纸条揣在了裤兜里。但是后来，我就忘了这张纸条，直到第二年夏天，我娘给我洗衣服，在裤兜里发现了有一点纸浆，我才隐约记得有这么回事。

那一年冬天，我小姨就出嫁了，她出嫁的那一天，我去给她压嫁妆。那时候在我们那里，闺女出嫁的时候，都是要压嫁妆的。结婚的那一天，天还没有亮，男方就有人来接新娘了，娘家这边也有人送，接的和送的都是男女家族中儿女双全、脾气很好的嫂子，接了之后从娘家抬着轿子一路抬到婆家，送嫁妆的车子就跟在轿子后面。经过各个村里的时候，村民都会拥在路边挤着看，指指点点的，新娘在轿子里，他们看不见，他们最关注的就是嫁妆了，这家的嫁妆有六车，那家的嫁妆有八车，这家的嫁妆中有五斗橱和大衣柜，那家的嫁妆中有自行车和缝纫机，在很长时间里都会成为村里人谈论的对象，对于嫁妆多的他们啧啧地称赞着，对于嫁妆少的则会摇头叹息，低下头轻声议论着，将来再有谁家的孩子结婚时，他们就拿来比较，说谁家过得真殷实，嫁女儿也那么大方，或者说这家的家底真薄，打整嫁妆才打整了三车，连个缝纫机都舍不得陪送，等等。——这在那个年代可是乡村生活中的一件大事。

那一天，天还没有亮，接我小姨的人就来了，我姥娘家厨屋里早炒好了菜，招待她们吃完，她们就催促着要走。可是我小姨就是躲在她的房间里不出来，我溜进去看我小姨，只见她坐在床边默默地流泪，不少婶子大娘围在她旁边劝，过了一会儿，她说想安静一会儿，让所有的人都出去，等一会儿。那些人都出去了，我小姨插上门，又坐到了她的床头。过了一会儿我们就听到了她的哭声，最开始是低声啜泣，后来她的哭声慢慢大了，到最后是号啕大哭，哭得上气不接下气。来接她的人和要送她的人都面面相觑，她的那些小姐妹一个个也都愁眉不展的，有的也在默默地流泪，或许她们也都想到了自己的将来。有两个嫂子在门外轻声地劝着她，让她开门，我小姨就是不开门，哭得撕肝裂肺的。她哭了好一会儿，接送的人都没有办法，不知道该怎么办好，她们悄声议论着说见过出嫁的女儿哭的，还没见过哭得这么痛的。最后不知谁想到了主意，让我姥娘过来劝她。我姥娘颤巍巍地来到我小姨的窗台前，轻轻地敲着窗棂，说，"闺女，别哭了，别哭了，娘在这里呢。"说着她也淌下泪来，又说，"闺女，别哭了，谁家的闺女不出门子呀，咱做女人的早晚都有这一天。"又说，"闺女，娘也知道这门亲事不如你的意，你别闷在心里，想哭就哭吧，哭完了咱还得往前走。"又说，"闺女，别哭了，天快亮了，也该出门了，走得晚了，让人家笑话咱不懂礼，让人家笑话你爹、你娘……"

我小姨一听见我姥娘的声音，哇的一声，哭的声音更大了，过了好大一会儿，才慢慢平静下来。她打开门，我姥娘走进去，她一把抱住我姥娘，又流出泪来，我姥娘哽咽着拍打她的后背，说不出话来。我小姨重新洗了脸，换了衣裳，站在门口看了看她的桌子，她的床，她桌上摆的插花，就走了出来，在众人的簇拥下，坐上了花轿。

花轿出门了，前面是鼓乐班子，十几个人敲锣打鼓，有吹喇叭的，有吹唢呐的，有吹笙的，他们吹奏着喜气洋洋的乐曲，走在村子里的大路上。那些人一边吹着乐器，一边向路边围着看的人挤眉弄眼，动作和表情很夸张，惹得看热闹的人群不时爆发出一阵大笑。看热闹的人很多，有早起拾粪的白胡子老头，有抱着孩子的妇女，有扎着围裙的老太太，有扛着锄头准备下地的男女，他们站在路边，看着鼓乐班子走过，花轿走过，拉着嫁妆的大马车走过，看着，说着，笑着。还有跑来跑去的孩子，他们等不及在自家门口看新媳妇，鼓乐班子一响，他们就跑了过来，跟着迎亲的队伍在人群里跑，一会儿摔倒了再爬起来，一会儿呼朋引伴大喊大叫。看着这些孩子，我心里很是得意，以前我也是跟着奔跑的孩子，现在不用再跑了。我坐在高高的马车上，跟着嫁妆车一起向前走，在这个清冷的早晨，迎着刚刚升起的朝阳和满天彩霞，在乡村小路上逶迤前行。

那时候所谓压嫁妆，是拉嫁妆的大马车上，每一辆都坐一个小男孩，到了新郎家里，小男孩不下车，新郎家里的人就不能将嫁妆卸下来，所以嫁妆车到了新郎家门口，新郎家里的人就会说好话，塞红包，如果小男孩不满意，新郎家里的人就会不断地加红包，不断地哄着，直到小男孩满意了才会下车。在压嫁妆的小孩中，坐在第一辆上的小孩又最重要，他是所有小孩的领头羊，也是重点被关照的对象，他一下了车，其他的小孩就也都下车了。

这次给我小姨压嫁妆，我就坐在领头羊那辆车上。在压嫁妆的前一天晚上，家里人就为我准备好了新衣服，又跟我说，到了那里，不要轻易下车，要为难一下新郎家里的人，让他们知道娶我小姨多不容易，他们以后才会对我小姨好，这话我暗暗记在了心里。

等进了新郎那个村，我的心就开始紧张了，到了新郎家门口，早有人迎在门口了，一大挂鞭炮悬挂在门楼上，噼里啪啦地炸响着。花轿抬进院子里，车子在院门口停下，一群人簇拥上来，有一个花白胡子老头来到我面前说，一路辛苦了，冻坏了吧？快到屋里烤烤火，说着往我兜里塞了一个红包，伸手要把我抱下来，我连忙把他推开说，不行，别想骗我！那个老头不急也不恼，笑着说，你这个小孩还很难缠哩，来，我再给你加一个红包，说着他又掏出一个红包来，塞到我手里说，这回行了吧？外边多冷啊，快进屋里吧！我才不吃他这一套，身子躲着，往家具缝里钻，连连说不行不行，这个老头无奈地摊开手，说这是最后一个了，都给你！你快下来吧，我接过红包，塞进口袋里，还是说，不行不行！这个老头无奈地摇摇头，苦笑着说这个小孩真难缠，说着他走开了，这时换上了两个中年男人，他们赔着笑脸，一会儿给我扔红包，一会儿又说，你看人家别的小孩都下车了，快到屋里去暖和暖和吧。我不理他们，爬到嫁妆车的最高点，那个大衣柜的顶上，就是不下车。他们在下面说着好话，晃着红包哄我下去，我坐在大衣柜顶上，两条腿垂下来，看着他们，不为所动。这时我想起我小姨在上轿之前的痛哭，心里很难受，突然也放声大哭起来。那些人看我哭了，一时不知所措，有的连忙问，咋啦，咋啦，磕着哪儿啦？有的赶紧跑去叫人。过了一会儿，新郎匆匆忙忙跑了过来，他爬上马车，攀上大衣柜，把我抱了下来，我的头偎依在这个曾给过我鸡腿和藕盒的小伙子怀里，仍然痛哭不止。

现在是夏日的一个下午，中午我和我小姨夫喝了一瓶白酒，两个人都有些眩晕，坐在院子里葡萄架下的躺椅上，喝着茶闲聊。现在我小姨夫已经从烟庄乡税务所内退，在家里养养鸽子，种种葡萄。他和我小姨生了三个孩子，大儿子在家，去年结了婚，二儿子在南方一个城市打工，最小的是女儿，还在读大学。多年来我已习惯了这个家庭，和我家一样熟悉，但是在喝酒时聊起我第一次见他的样子，那时他还是一个腼腆的愣头青。这时我的脑海中突然浮现出了那时的种种印象：想起了我小姨带我去看电影的那条路，想起了我姥爷姥娘在黑暗的夜里说话，想起了相亲那个晚上昏暗的灯光，想起了压嫁妆那天早上凛冽的寒风；我也想起了那个电影放映员，在我的记忆里他的形象已经模糊不清了，只记得那一双剑眉，我不知道我小姨和他之间有没有感情，有没有故事，有没有撕心裂肺的往事；我也不知道，我隐藏的那张纸条是否改变了我小姨的命运，但是这个模糊的形象在我脑海中渐渐清晰，让我意识到我小姨完全可能有另外一种生活，另外一种人生，而多年来我已经习惯了的这个稳固的家庭，或许也只是无数偶然所构成的一个必然。

我抬头去看我小姨，此刻她正带着她的小孙子蹒跚学步，清亮的阳光洒落下来，她两手抓住那个小孩的两只小手，在身后不停地鼓励他往前迈步,正在向我们走来。在她的身旁,三五只鸡在踱来踱去,这儿啄一下,那儿啄一下,还有一条狗趴在狗窝前面,热得吐着舌头不停地在哈气,周围的世界如此清晰,又好像是那么虚假,我像喝醉了酒一样,看到这个世界在眼前晃来晃去。

我想起多年前的那个夜晚,那天我小姨带我走了很远的路去看电影,在回来的路上,她问我喜欢不喜欢看电影,我说喜欢,她又问我想不想天天看电影,我又说想,这时她指着天上那轮圆月对我说,只要你有这个念想,天天想,天天对着月亮说,就能梦想成真了。我望望天上的月亮,又望望我小姨明媚的脸庞,用力地点了点头。我小姨轻轻刮了一下我的鼻子,拉着我的手继续向前走。我们穿过田野,穿过河流,穿过乡间小路,她的步伐是那么轻快,那么愉悦,一路上她都在轻轻哼唱着她最喜欢的那首歌:

九九那个艳阳天来哟

十八岁的哥哥呀细听我小英莲

哪怕你一去呀千万里呀

哪怕你十年八载呀不回还

只要你不把我英莲忘呀

等着你胸佩红花呀回家转

2015年9月7日—13日

暗夜行路

1

上初中的时候，我没有住校，每天早上我骑自行车到学校去，到晚上再从学校骑车回家。那时候从我家到县城，大约有七八里路，我们学校在县城的最西边，到学校就更远一点。每天早上，我6点半左右起床，匆匆忙忙吃过早饭，就从家里出发，从村里的大路向北，走到一条破旧的柏油路上，再从这条柏油路一直向西，穿过两个村庄，就到了我们县城边上。在这里，有两条路可以走，一条是继续向西，一直走到百货大楼，那里是我们县城的中心，从那里向南，走一座小桥，再向西走，就到我们学校了。这条路上人很多，也很嘈杂，我不喜欢走这条路，我喜欢走的是另一条路，从县城东边那条路向南，一直走到河边，再从那里向西走，这一条路紧靠着南边的小河，人很少，很安静。

那时路的两边种植着高大的白杨树，浓密的枝条在空中相连，形成一条绿色走廊，白杨树的叶子又大又亮，风一吹，哗啦啦响，我总是能够看到阳光透过枝叶的缝隙，在空中闪耀。在这条路上，我要路过一个兽医站，路过一个文化站，路过一个电影院，在北街的路口，还要穿过熙熙攘攘的人群，以及卖水果、卖肉和卖烧饼的小摊。过了电影院，再向西，还要路过卖羊肉包子的马家铺，路过一个烈士陵园，路过一个图书馆，再向前走，我们学校的大门就在眼前了。

在学校里，我们上午是四节课，下午是三节课，晚自习也是三节课。下了晚自习，到自行车棚里推上自行车，骑上车往家走。回来的时候，我仍然走河边这条路，晚上的时候，这条路上就更加寂静了，几乎没有什么人，我一路骑得飞快，到了路的尽头再向北走，从那里走到那条破旧的柏油路，再一直向东骑，就骑到我们村里了。

那时候出了我们县城，过了那座小桥之后，道路的两边就没有路灯了，路上一片漆黑。一个人骑在路上，总是有点害怕，不停地在心中打鼓。路两边的大树黑黢黢地站在那里，树丛后面是无边无际的庄稼，风吹过原野，带来各种声音与响动，树叶的哗哗声，庄稼的拔节声，虫子的鸣叫声，以及偶尔划过夜空扑棱棱飞去的禽鸟，都让人感到触目惊心。这时候骑车走在路上，以前听过的各种鬼故事，都一一复活了，我听我们村里人讲过，一个人在夜里走路，看到前面有一个大姑娘，黑辫子在背后甩来甩去，他赶上去拍了一下她的肩膀，那个姑娘转过脸来，转过来的头上却没有面孔，而是后脑勺和一条长辫子。我还听他们讲过，有的鬼就跟在你后面不出声，这时你不能向后看，你一转身，就可以看到鬼的脸，又细又长像一道锋刃，那时你就倒霉了。这些故事当时听了，吓得我哇哇直叫，晚上不敢一个人去上厕所，现在骑在车上，黑暗中的各种物体看上去都鬼影憧憧，令人胆战心惊。我只有将车子蹬得飞快，像疾风一样飞驰，才能缓解心中的恐惧，才能尽快骑到家里。

可是往往事与愿违，车子骑得飞快，路又坑坑洼洼的，有时骑着骑着，只听咯噔一声，车链子掉了。这是最令人害怕的事情了，但是我也只能忍住惊惧，翻身下车，将车子闸起来，蹲在车子后轮那里，摸着黑抖抖索索地安链子，又紧张又害怕，往往不能顺利安上，这时吹来一阵风，也会让人浑身起鸡皮疙瘩。好不容易安上了，手上也粘了黑乎乎的一层油，可是骑上车，走不了多久，车链子又掉了，只能下车再安。甚至还有更糟糕的情况，车链子不是掉了，而是断了，链子上的一个扣环"啪嗒"一响，我就知道坏了，那就根本安不上，车子也不能骑了，这时候我只能推着车子往家里走。速度一慢下来，周围各种声音听得更加真切，脑子里的鬼影也更加活跃，我只能强迫自己镇定下来，努力去想一些别的，压抑心中的恐惧。这时候我常常想起的，是我们在课本里学到的那些英雄和伟人，我一边推着自行车向前走，一边在脑子里念叨着岳飞、文天祥、戚继光、马克思、恩格斯、列宁、斯大林、孙中山、鲁迅、毛泽东，我念着他们的名字，想着他们的面容，想着他们在历史上的丰功伟绩，心中的恐惧慢慢减少了，自己似乎也变得勇敢了，四周黑魆魆的树林和庄稼也不那么可怕了，我深一脚浅一脚地走着，直到走到我们村的路口，看到谁家亮起的灯光，才长长地舒一口气，加快脚步往家里走，家里我爹娘还点着灯，在等着我呢。后来我慢慢地有了经验，每当我在暗夜里感到恐惧时，我就会想想岳飞，想想马克思，想想毛泽东，想起他们，我的心就慢慢安稳下来了。

在暗夜里行路，也不是只有恐惧，有时候也会让人感到愉悦。我最喜欢的是有月亮的晚上，我每天骑车过了县城边上的小桥，便抬头看天上的月亮，月亮每一天都在变化，我看到月亮从一弯浅眉，慢慢变成了上弦月、凸月、满月，再从满月到凹月、下弦月，最后又是一弯新月，周而复始。满月的清辉洒遍大地，骑车走在路上，周围的一切都看得很清晰，那条颠簸的柏油路在月光下伸向远处，看上去闪着灰茫茫的光亮，那些树丛和庄稼也不让人害怕了，虫儿们的鸣叫也变得温暖和谐，像是在奏着一曲缓慢的乐章，我在路上慢慢骑行着，四周一片静谧，内心也感到欢欣平静。我记得在这条路上，我看到过最圆的月亮，那一天晚上我刚骑过小桥，抬头向天上一望，不禁惊呆了，在左侧树梢上的上方是一个又大又圆的月亮，那月亮像是有人用圆规在天上画出来的那么圆，又散发出淡黄色的光辉，月亮上的亭台楼阁似乎也能看得清清楚楚，在月亮的外围，是一圈明晃晃的月晕，环抱着月亮，像环抱着一个婴儿，我盯着这轮最美的月亮，内心充溢着惊喜，不住地盯着它看，一路盯着它，一路骑到家。

有时回家的路上，也会遇到下雨。那时我没有雨衣，也没有雨伞，下雨的时候我就冒雨在路上骑行。有时是小雨，丝丝缕缕地滴在身上，让人感到很凉爽。遇上暴风雨的时候，我也只能低下头猛蹬着车子，奋力向前赶路，那时狂风怒吼着，雨点啪啪啪砸在身上，路边的树拼命地摇摆着，树叶发出哗啦啦的声音，树干也发出吱吱扭扭的声音，像是很快就要折断了。突然一道闪电划过，我能清楚地看到闪电在天空中的线条，白亮地倏忽一闪，就消失了，紧接着传来的是一阵雷声，咔嚓——好像就响在耳边，雨下得更大了，瓢泼一样从天上倒下来，我在暴雨中浑身都淋得湿透了，但这时我却并不害怕，一边蹬着车子，一边往天上看，想把闪电看得更清楚一点，突然又是一闪，我看到了闪电的枝杈和毛细血管一样的小分叉，闪过之后又是黑暗，又是暴雨，但我却更加勇敢，更加兴奋了，我想起了高尔基的《海燕》，一边在暴雨中猛蹬，一边大声呼喊，"让暴风雨来得更猛烈些吧！"

2

我一个人在路上骑行了大约有一年。有一天，我们邻村的一个远房亲戚突然找到我家，说他们院里有一个女孩跟我上同一个中学，下了晚自习，她一个人骑车路上很害怕，家里人又没空天天去接她，问我能不能跟她一起走，跟她做个伴。我觉得这也没什么，就答应下来。在那之后，每天下了晚自习，我就到学校的自行车棚，跟这个叫小霞的女孩会合，再从那里骑车走出校门，沿着河边那条路一直向东走，走到尽头向北拐，到小桥那里再向东。出了县城，在黑暗中沿着那条破旧的柏油路，骑五里路就到了她们村，再向东两里路，就到了我们村。最初的时候，到她们村口后，我还跟她一起进村，一直走到她家门口，看她开门进去了，我才又折回去，重新回到那条马路上。后来她跟我说，不用把她送到家，到村口她就不害怕了，一个人敢走了，我听她这么说，就不送她了，每次到她们村口，我就停下来，一只脚点地，看她一个人向南骑去，直到她的身影消失不见了，我才骑车继续向东走。

最开始跟她一起走的时候，我感觉很不习惯，我一个人独来独往，很自由，想什么时候走就什么时候走，想骑多快就骑多快，多了一个人，总是会受到一些限制。再说她还是一个女孩，交往起来总感觉有些别扭，那时候在我们学校里，男生和女生很少说话，很少在一起玩，都是男生和男生玩，女生和女生玩，如果一个男生跟女生说了话，很长时间都会受到别人的嘲笑，让人觉得很没面子，很不好意思。那时候我也是这样，一跟女孩说话就脸红，就会不知所措，不知道把手往哪里放。在跟小霞一起骑车往回走的时候，我们基本上也没有说过话，只是专心致志地骑车，有时我骑在前面，她跟在后面，有时我们两个并排着骑，但中间会隔着很宽的空隙，就这样在黑暗中默默地蹬着车子，一直骑到她们村口。我停下来，她说一声"走了啊"，就转向了南边的路，我冲她挥挥手，一直看着她的身影消失。

那时我对小霞并不了解，后来才慢慢听说了她的一些事情，原来她并不是在我们这里长大的，她的父亲是我们这里的人，年轻时闯关东，在东北成了家，生了孩子，等年纪大了，他不想再在那里待着，就带着老婆孩子从东北回到了老家。小霞是跟他父母一起回来的，她转学插班，就插到了我们这个年级，在另一个班。我听说小霞在她们班上很活跃，唱歌，出墙报，打扫卫生，都很积极主动，课间休息时，我也能看到她活泼的身影，一会儿和女生打闹，一会儿和男生打斗，她笑起来很爽朗，喊叫的声音也很大，和我们这边的孩子很不同。但是下了晚自习，我们两个一起向回走的时候，她却和我一样沉默着。我想在黑暗中她心里还是害怕，再说我们两个也不熟悉，我的沉默或许也太严肃了。

但是这种局面很快就打破了，那天我们两个骑车走在那条破柏油路上，我在前面，她在后面，走着走着，突然我听到后面传来一个声音，"等等我！"我回头一看，已将她落下了很远，我忙骑车转回来，问她，"怎么啦？"她说，"我的车子好像掉链子了。"我放下车子，来到她的自行车旁，清亮的月光下，她正蹲在自行车旁，已经弄了一手黑油，我说，"让我来。"她闪在一边，我摸清了链条与齿轮，一手挑起链条，扣上齿轮上的一个齿，另一只手转着车蹬，轻轻向前一转，齿轮和链条就扣合在一起了。我说，"好了，走吧！"说着向自己的车子走去，见她还站着不动，我又问，"怎么啦？"她愣愣地看着自己的右手，说，"都是油！"我说，"这儿没法洗手，你去路边拽一把草擦擦，到家再洗吧。"她看了看我，似乎有点不好意思地说，"我不敢去。"我放下车子，走到路边薅了一把草，拿回来递给她，她擦了擦手，这才又骑上了车子。这次怕她的链子再掉，我们并排骑着，我在南边，她在北边，中间的空隙仍然很大，我们默默地向前骑着。又过了一会儿，她突然说，"你这个人其实挺不错的。"顿了一顿，又说，"就是太闷了。平常里你也不说话吗？"

"说什么呀？"

"就是聊天，想说什么就说什么呗。"

"我不知道说什么。"

"说说家里的事呀，学校里的事呀，朋友的事呀，多好玩呀！"

"我不会说。"

"看你这个人，连聊天也不会。"她爽朗地笑了起来，"那我给你唱首歌吧！"说着她就轻声唱了起来，那是一首苏联歌曲《小路》：

> 一条小路曲曲弯弯细又长
>
> 一直通往迷雾的远方
>
> 我要沿着这条细长的小路
>
> 跟着我的爱人上战场
>
> 纷纷雪花掩盖了他的足迹
>
> 没有脚步也听不到歌声
>
> 在那一片宽广银色的原野上
>
> 只有一条小路孤零零……

我骑着车子向前走，静静地听着她唱歌，她的歌声清亮，悠扬，和着清风，和着虫鸣，飘荡在黑暗的田野上，听起来是那么优美动人，这还是我第一次听到这么好听的歌，她的歌声似乎为我打开了一个新世界，将我的思绪引向了无限寥远的远方。

　　从此之后，我们两个骑车走出县城之后，在黑暗的道路上，她就开始唱歌。她唱的大多是苏联歌曲，《莫斯科郊外的晚上》《喀秋莎》《三套车》《山楂树》《红莓花儿开》，等等，她唱起来是那么熟悉，那么兴奋，她还跟我讲，她在东北的时候见到过苏联人，那时都叫他们老毛子，那些男人都很高大健壮，留一撇小胡子，就跟画上的斯大林一样。那时候我们的小城很闭塞，我们都没有见过外国人，不要说外国人，就是外省人、外县人，在我们的生活中也很难见到。她是我所遇到的第一个见过外国人的中国人，我看着她，觉得她又神秘，又辽远，在她的背后，好像隐藏着一个深不可测的世界。

　　有时她唱完了歌，就问我，"好听吗？"

　　我说，"真好听！"

　　"还想再听吗？"

　　"再唱一首吧。"

　　于是她就又唱了起来，在那银色的月光下，她认真唱歌的样子很美，很动人。我想在电视上唱歌的那些演员，都没有她好看。

　　有一次，她唱完了一首歌，突然转过头来对我说，"这样不对呀？"

　　我说，"怎么了？"

"总是我唱歌，你听，我还没听过你唱歌呢，你也唱一首吧。"

"可……我不会唱呀。"

"哪儿有不会的，随便唱什么都行。"

"我真不会唱。"

"这不公平，你要不唱，我也不唱了。"

我搔着自己的后脑勺，不知该怎么办才好，我从小就五音不全，我们学校里也不重视音乐教育，也没有学习过唱歌，我左思右想，真想不出会唱什么歌。

她偏过脑袋，像是考验我，又强调了一遍，"你要不唱，我以后就再也不唱了！"

"真的？"

"真的。"

"那你不许笑话我。"

"我不笑话你。"

我转过脸去，不再看她，盯着向远方延伸的灰茫茫的道路，硬着头皮，唱起了那首我们小时候都学过的歌：

　　我们是共产主义接班人

　　继承革命先辈的光荣传统

　　爱祖国，爱人民

　　鲜艳的红领巾飘扬在前胸……

我还没有唱完，她终于忍不住放声大笑起来。我说，"你不是说不笑话我吗？"她又笑了一阵才停下，说，"这是小孩唱的儿歌呀，你都这么大了，还唱这个……"

"我说我不会唱，你非让我唱，唱了你又笑话我……"

"你真的不会唱别的歌了？"

"我还会唱这个：准备好了吗？时刻准备着，我们都是……"

这次她笑的声音更大了，整张脸伏在车把上，车子在马路上到处乱晃，好一阵才恢复了直线，她好不容易喘匀了气，将车子靠近我，摸了一下我的头发，说，"你这个可怜的家伙……"

"那你以后还唱歌吗？"

"唱，以后我教给你唱。"

3

那一段时间，我跟小霞学会了几首歌，她不仅会唱苏联歌曲，还会唱很多流行歌曲，每天晚上下了晚自习，我们向回走的时候，都是边走边唱，也不再觉得道路漫长了。

不过那时候，我跟她放学后一起走，很快引起了同学的注意，也受到了他们的嘲笑。最初我们两个是在学校的自行车棚会合，后来有时她们班下课早，她就到我们班门口来等我，再一起去自行车棚。或者我临时有事，晚上不能一起走了，我也会到她教室门口，跟她说一声。班上的同学见我跟她关系好，一见她在我们班门口出现，就对我挤眉弄眼的，还有人冲着我大喊，"你媳妇来了！"班上的人一阵哄堂大笑，我又羞又急，脸腾地一下就红了。还有关系好的同学把我拉到僻静处，亲昵地问，"老实交代，你跟她是什么关系？"还有的问，"你跟她亲过嘴没有？"我急赤白脸地说没有，可他们就是不信，一见到她就跟我开玩笑。

到最后，我们班主任靳老师也知道了这件事，他把我叫到办公室，笑眯眯地问我，"听说你跟二班的小霞经常来往，是怎么回事呀？"

我紧张地说，"小霞是我一个亲戚家院里的，下了晚自习，她一个人走夜路害怕，我正好路过她们村，就跟她一起走。"

"你们没谈恋爱吧？"

"啥是谈恋爱？"

"就是搞对象……"

"不是大人才能搞对象吗？"

"嗯，行了，你先回去吧，下次注意点。"

"注意什么？……"

"不注意什么，哦，对了，以后再有人问你和小霞，你就说是你亲戚家的孩子，就没人说你了。"

"嗯，好的。"

从班主任那里出来，我满头都是汗，那些同学再拿我跟小霞开玩笑，我就跟他们说我家跟她家是亲戚，果然开玩笑的就少了很多。

现在想起来，我和小霞在黑暗中骑车，我也对她萌生了朦胧的好感，她漂亮的眼睛、爽朗的性格和美妙的歌声，对我很有吸引力，似乎唤起了我心底蠢蠢欲动的情绪，但我那时候什么也不懂，虽然很愿意跟她在一起走，但又时常感到惊惶。老师和同学的关注让我更加紧张，我拼命压制着内心的躁动，在小霞面前也故意表现得很冷淡，跟她在一起骑行，说的话也越来越少，甚至不愿跟她一起向自行车棚那里走，怕同学看见了会笑话。但小霞表现得比我要大方，她并不在意那些人的玩笑，该来找我时就来找我，该一起走就一起走，我想这主要是她并不像我一样心虚，也可能是她在东北长大，要比我们更开朗一些。但是她的活泼遇到我的沉默，也渐渐降了温，我们在一起骑车走，话说得越来越少，她也很少唱歌了，在路上只是匆匆骑行，到了她们村的路口，就直接拐弯，回家了。

在那之后，没有多久，我们那里发生了一个案件，对我们造成了很大的影响。那一天早上，我快要迟到了，骑自行车抄近路从河边走，在那里穿过一片小树林，再绕过一段河堤，就可以直接走到县城那条河边的路。那片小树林很僻静，我们县里不少谈恋爱的人会到那里去。那天我刚走到小树林附近，赫然看到两个警察拦在前面，他们后面还拉起了警戒线。警察拦住我，"做什么的？"

"去上学。"

警察审视了我一下，大约看我确实像个学生，便朝我挥挥手，"这条路被封了，你去走别的路吧。"

"出什么事了？"

"杀了人啦!"

我一听赶紧掉转车头,从另一个路口上了马路,一路向学校狂奔。后来我才听说,在河边那个小树林,确实出了一宗人命案,死者是一个青年女子。那一段时间,在我们附近几个村庄都在流传这个案子,人们议论纷纷,各种说法都有,有的说她是自杀的,有的说是被强奸害命的,有的说是被男朋友报复杀害的,还有的具体描述死者的种种惨状,等等。多年之后,这个案子在我们那里还有回响,不过在这里,我想说的只是,自从发生了这个案子之后,晚上我和小霞一起走夜路,再也不像以前那么轻松愉快了,但也似乎更加亲密了。

那片河边的小树林,就在那条破柏油路的南边,我们从县城出来,走三四里地,在路的不远处就可以看到河堤,河堤下去就是那片小树林。白天还没有什么,一到晚上,我们骑车在路上走,关于女鬼的种种恐怖传说,那些凄厉的尖叫、飘舞的白绫和吐出的红舌头,在黑暗中仿佛就在我们身边,让我们胆战心惊。

那一段时间,小霞骑车骑到她们村的村口,她也不敢一个人走剩下的路了,让我陪她走进村,一直走到她家门口,才匆匆忙忙走进去。有一次她在进门前问我,"你回去一个人害怕不害怕?你要害怕,我让我爸送送你。"

我说,"没事,我猛蹬一阵就到了。"

又有一次,她在路上问我,"你走夜路不害怕吗?"

"刚开始走的时候也害怕,后来才不害怕了。"

"那怎么才能不害怕呢?"

我想起以前被她笑话的事情，不好意思跟她说，我害怕时会不断地想起那些英雄与伟人，召唤他们的英灵，在他们的激励下勇敢前进，我只是说，"当你害怕时，你就想想你心中最厉害的人，就不害怕了。"

　　"那你想的是谁？"

　　"保密！"

　　"不准保密。"

　　"那你猜？"

　　"我……猜不出来，你说说吧？"

　　我无论如何也不说，她一生气，转过脸去不理我了。

　　"如果我说是岳飞，你不会笑话我吧？"

　　"不会。"

　　"马克思呢？"

　　"也不会。"

　　"列宁呢？"

　　"也不会。"

　　"毛泽东呢？"

　　"更不会。"

　　"那……就是这些了。"

　　"还有呢？"

　　"还有鲁迅。"

　　"还有呢？"

　　"没有了……"

"哦，你怎么想象他们呢？"

我跟她讲我害怕时如何念这些人的名字，如何在脑海中浮现他们的形象，我骑着车子在夜色中飞驰，那些人的形象冲出了我的脑海，浮现在我眼前的道路上，浮现在高高的树梢上，浮现在辽阔的天空中，浮现在圆圆的月亮上，他们好像在微笑着说，"孩子，不用怕。"他们好像在向我招手，鼓励我勇敢前进。这一次，她没有笑话我，很认真地偏转过脑袋，静静地听着，等我讲完了，她也没有说话。我们默默地向前骑着，我不知道她在想什么，问她怎么不说话了，她说，她也要想一想，在最害怕的时候应该想起谁。其实在我心中，还有一个人的名字，但我始终没有说出口，我不知道她想的是否跟我一样。

4

最终我也没有等到小霞的答案，过了没有几天，在一个下雪的晚上，我们一起骑车往家里走，那天晚上天虽然黑，但路上的雪很白，路上很滑，我们都骑得小心翼翼。等出了县城，小霞突然对我说，明天下了晚自习，让我不用再等她了，我说好，在那之前，我们也有类似的情况，谁家里有事跟老师请假，不能去学校了，也会提前跟对方说一声。可是小霞又说，后天也不用等她了，以后都不用等她了，我说，怎么了，家里有什么事吗？她说，没事。我又问她，是她们村里有伴一起走了吗？她也说，没有。

我很奇怪，说那怎么不一起走了，你不害怕走夜路了？她没有说话，我转过脸去看，只见她正默默地流着泪，我也不再问她，两个人慢慢地向前骑。这时候我突然心里感到一阵恐慌，过去的大半年，我们天天晚上一起走，也没觉得有什么，但想到明天、后天和从此以后，我都见不到她了，只能一个人走了，我心里不禁有点酸楚，有点难过，有点不舍，但她似乎也不想再说什么，我们两个默默地向前走着。

等到了她们村的路口，她停下车，从书包里拿出一样东西，递给我，然后冲我挥挥手，一个人向南骑去了，在雪色的映衬下，我看到她红色的羊毛围巾在风中飘扬着，越走越远，最后消失不见了。借着夜里的雪光，我看清了我手中拿的是一盒磁带，那是一盒《小路——苏联歌曲精选》，在这一刻，我仿佛又听到了她的歌声在雪野上飘荡，那么美丽，那么悠扬，似乎永远也不会消逝。那一晚，我在雪地上站了很久，我仿佛听到了时间断裂的声音，啪嗒一下，只是很轻的一声，但似乎一切都变了。直到多年之后，我才明白那是我人生中最重要的时刻之一，那也是世界历史上最重要的时刻之一，就在那一天，苏联解体了。

一条小路曲曲弯弯细又长

一直通往迷雾的远方……

从那天之后，我在学校里再也没有见过小霞。她去哪里了？我不好意思向别人打听，只能在心里一遍遍问自己，尤其是下了晚自习之后，一个人在黑暗中骑着自行车飞驰，她的面容总是浮现在我眼前，让我心中充满了甜蜜和酸涩。我不知道她去了哪里，我想她可能是转学了，可能是回东北了，也有可能是嫁人了。那时候我们那个小县城还很落后，一般家长很少重视教育，尤其是女孩子的教育，觉得她们早晚要嫁人，读不读书并不要紧，早结婚也就早安定下来了。我们班就有一个女同学，初一还在跟我们一起上课，初二刚开学不久，她的家长就来把她带走了，把她的课桌板凳也都拉走了，后来我们才听说，她是回家去结婚。她就嫁在我们县城南边的一个村庄，有时我骑车路过那里，还能够看到她站在树底下跟人说话，她的衣裳服饰已经不像女孩，而像一个年轻的小媳妇了，又过了一年，就可以看到她抱着一个孩子，在墙角树荫下玩耍。我不知道她是否过得幸福，我跟她也不熟识，每次见到她站在那里，我就加快速度飞驰而过，我从来没有跟她说过话，也不知道该说什么好。我不知道小霞是否也像她一样，早早就结婚了，还是转到别的学校去了。我记得有一个周末的下午，我路过她们村的路口，骑着车走进了她们村，按以前的印象找到了她们家，但是她家的大门紧闭，什么也看不见，只有长在门楼上的几株狗尾巴草，在微风中轻轻摇摆着。

那一段时间，我开始锻炼身体，锻炼自己的意志力，我锻炼的方法很简单，那就是不再骑着自行车上下学了，而是跑步，每天早上，我从家里跑步到学校，下了晚自习，再从学校跑步回家，一趟来回大约10公里，每次跑完，都是一身汗，哗啦啦往下淌。早上跑步，我走的是近路，就是沿着河边那条路一直向西走，穿过那片小树林，绕过河堤，进了县城继续沿着河边的路跑，一直跑到学校。清晨，在熹微阳光的照耀下，那件曾给我们带来心理阴影的杀人案，并不能再让我害怕，但是到了晚上，一想起那个死去的青年女子，我的内心仍充满恐惧，所以回来时我不再走近路，而是沿着我们平常骑车走的那条路，出了县城，从那条破旧的柏油路上一直向东跑。尽管如此，每当我远远看到那片小树林，仍然禁不住浑身颤抖，在黑暗的夜色中，村里人讲的那些细节如此清晰，仿佛就在我眼前，这个时候我集中全部的注意力，强迫自己什么也不要想，只是盯着眼前那条灰茫茫的道路，跑，跑，一直向前跑！我在心里对自己说，你必须克服恐惧，必须锻炼意志，必须沿着这条路跑！在向前奔跑的时候，我的脑海中仍会浮现出那些英雄和伟人的面容，也会浮现出小霞的面孔，我看到她在对我微笑，在为我唱着歌，我向她狂奔而去，仿佛我一直跑着，就能够追上她，就能够再回到从前。

很多年之后，在英国小城彻斯特，我猝不及防地遇到了小霞。那一年，我跟随中国文化代表团，参加了在那里举行的"中英马克思主义学术论坛"，在会上介绍了新世纪以来中国底层文学的发展状况。在茶歇的时候，主持人米切尔教授告诉我，晚上会有一个老朋友来看我，我问是哪一位，她说要保密，但一定将带给我一个惊喜，我想了一下大学和研究生时期的同学，似乎没有听说谁在英国。米切尔教授神秘地一笑，说到时候你就知道了。那天晚上，我见到了一张美丽的中国面孔，但我一下没有认出她来，她微笑着说，"你再猜猜，连我你都不认识了？"在她的微笑中，我似乎辨识出了多年前的密码，不禁惊呼一声，"天哪，你不会是……小霞吧？"她跑上来，给了我一个大大的拥抱。

那天晚上，小霞请我喝咖啡，在大西洋岸边的一家咖啡馆里，我们聊了很久。我没有想到，在异国他乡能见到她，坐在那里如在梦中，现在想起来仍然不敢相信。小霞告诉我，她那年转学回到东北后，在那里一直读完大学，然后就到英国来了，最初她在伯明翰大学著名的当代文化研究中心读书，就在她毕业的那年，这个学术重镇被关闭了，原因至今仍然是个谜。后来她留在英国，在一个大学任教，也参加一些社会运动。她还告诉我，现在她是两个孩子的母亲，这两个孩子来自不同的父亲，她的第一任丈夫是一个特立尼达和多巴哥人，现在的丈夫是一个英国人，是某个社区的工党领袖。她还告诉我，现在她是一个女性主义者，也是一个马克思主义者，在学校里主要研究工人运动史和移民问题，也关注当前的青年学生运动，她说话时中英文夹杂，大概很久没有说汉语了，偶尔会停下来问我，这个词的中文怎么说，也像外国人一样经常耸耸肩膀。

我喝着咖啡，望着坐在我对面的小霞，仍然不能从最初的震惊中清醒过来，她的面貌仍是小霞的轮廓，但这是我认识的小霞吗？是那个怕黑的女孩吗？在我们分开之后，她的生活和内心都经历了什么？——我简直难以想象。坐在那里，想起我们那个偏僻的小城，想起我们一起骑车穿越黑暗的日子，那似乎已经是很久远的事情了，仿佛是我们的前生前世。

随后的一两天，小霞开车带我在伦敦转了一大圈，我们去了大英博物馆，去了 WATER STONE 书店，还去看了大本钟，去看了 London Eye，最后我们去了海德公园附近的马克思墓。马克思墓在一个公墓的角落里，很不显眼，但墓前树立着一座青灰色的石碑，上面有马克思的铜像，碑前还有人送的鲜花。那天我们在马克思墓前，想起波澜壮阔的人类史和革命史，想起苏联的命运，想起中国的前途，两个人都很感慨。小霞告诉我，她参加了前几年在伦敦举行的共产主义大会，齐泽克、巴迪欧等人都在重新讨论共产主义问题，她在会场上想起当年我在夜色中唱《我们是共产主义接班人》，一个人在心中偷偷笑了好久，也想了好久。我们又谈到苏联歌曲，说起《小路》，她说，"一个国家在疆域上不存在了，她在歌声中还存在，这就是艺术的魅力吧。"我说，我经常想起我们在黑暗中穿行的时光，很怀念苏联解体以前的那些日子，但我不知道自己究竟想要说什么，也不知道她是否能够听懂。我们两人在树荫下的长椅上静静地坐着，在那一刻，我们可以看到马克思的目光正凝视着远方的天空，阳光洒落在墓碑前的草叶上，白云悠悠，微风轻轻拂过。

那天晚上，从郊区回伦敦，我们又走了一次夜路。跟多年前不同的是，这次是小霞开着车，我坐在她的旁边。有很长时间我们两人都没有说话，我默默地看着车窗外，那是一片广袤无垠的田野，路旁不时闪过村庄、牛羊、树木、尖顶的教堂，看上去那么平静，像是一幅幅风景画。这好像是 18 世纪的村庄，是简·奥斯汀笔下的世界，夕阳下一切都是那么安静、朴素、自然，仿佛亘古以来就是如此。天色渐渐暗了下来，车里轻轻流淌着音乐，那熟悉的曲调又一次将我们带往苏联，带往我们那个小城。

"你还记得吗？"小霞突然说，"那时候你曾问过我，走夜路害怕时最想念谁？"

"我当然记得，我一直没有等到你的答案呢。"

"其实那时候我有点喜欢你，可又不好意思说……"

"我也是，你要是不转学，说不定我们两个能成为革命伴侣呢……"

"现在呢？"

"现在我们是革命战友！"

"现在你还怕走夜路吗？"

"当然也害怕，不过我学会了一首新歌……"

"你还会唱新歌？唱来听听。"

"你不许笑话我……"

"我不笑话你……"

"那我唱了……"

"唱吧。"

"抬头望见北斗星，心中想念毛泽东，迷路时想你有方向，黑夜里想你照路程……"

"哈哈哈哈……"

我们两人都哈哈大笑起来，气氛一时很活跃，我们跟着音乐唱起了很多歌曲，中文的，英文的，俄文的，日文的，像一首首循环往复的国际歌。我不知道这会不会是我最后一次见到小霞，但在那个时刻，我们好像又回到了那个小县城，回到了历史终结之前。在我们的歌声中，车子穿过了狄更斯的伦敦，穿过了愤怒的青年的伦敦，在车子开到伦敦桥之前，我一直在想，如果我们沿着这条路一直走下去，会不会有一个更好的未来。

2015 年 9 月 15 日—19 日

三亩地

1

　　小学的时候，我和二礼是同学，但没想到他后来会在我们村呼风唤雨。那个时候二礼很瘦小，也很调皮。我印象最深的就是他爷爷每天送他来上学。他爷爷那时大约 60 多岁，在我们眼中已经很老了，他佝偻着腰，拄着拐棍，在清晨的薄雾中，手里牵着二礼的小手，从后街慢慢走过来，走两步还要歇一歇，一直走到我们村的大路上，走到我们小学的门口，在那里亲眼看着二礼走进校门，才慢慢向回走。等到放学的时候，他又在门口等着了，他蹲坐在门口那棵大枣树下的石头上，见二礼跑过来，就牵住他的小手，一步步地往回走，夕阳西下，将他爷俩的影子拖得很长，他们踩着影子，慢慢地向后街走去。那时我们的父母都很忙，很少管我们，像二礼这样，每天有爷爷来送，来接，在我们村是很少见的，我们对二礼又羡慕又可惜，羡慕的是他爷爷对他这么好，可惜的是，二礼被他爷爷管得这么紧，不能像我们一样，放了学，就疯马野跑地玩了。

我们学校门口有一棵很老很大的枣树，每次我们上学，看到门口镌刻的"好好学习，天天向上"，也就看到了这棵大枣树。这棵树在校门口的南边，一到夏天，大枣树的绿荫就遮住了整个校门口，那时我们很顽皮，经常有人去爬这棵树，这棵树不是直着长的，从西向东有一点歪斜，爬上去很容易。在枣子快要成熟的时候，藏在叶底的果实开始发黄了，还染上了小红点，在风中摇摆着，很诱人。我们放学后经常爬上这棵树，抓住遒劲的枝条，爬到最高处，在那里吃个饱。这时我们最怕的，就是遇到二礼他爷爷，他时常在这棵树底下守着，看到有人爬树，就会很生气，大声喊着，"快下来！"或者，"别让刺扎着了！"我们从树上爬下来，一溜烟跑了，只留下他一个人顿着拐棍，在那里生闷气。有时候二礼也跟我们一起爬这棵树，我们溜下来都跑了，远远地看着他垂头丧气地站在那里，他爷爷指指点点地跟他说着什么。但让我们感到奇怪的是，二礼的爷爷并不小气，到了打枣的时候，他们把包袱皮铺在地上，爬到树上摇晃，或者用杆子打，红红的枣子散落一地，很快就堆成了一大堆，这时候不管谁家的孩子路过，二礼的爷爷都会高兴地塞给你一把枣，你不要都不行，他非要塞到你手里，塞到你兜里，直到塞满了，才让你走。

二礼很喜欢玩，那时候每年夏天，下了雨之后，我们村的人都去摸知了，摸到之后泡在盐水里，第二天用油一炸，是很难得的美味，小孩子们最喜欢了。那时候我们村里缺油少盐，更吃不上肉，炸知了对我们来说，就是改善生活的途径，嚼在嘴里，又咸又鲜，有一种特殊的香味。摸知了也需要技巧，一般是在下雨之后，傍晚的时候，我们三两个人结伴，到南边河堤上的树底下去找，没有蜕壳的知了我们叫知了龟，藏在地底下，很难找，我们在树下的空地上，发现地上有一个小小的孔隙，拿一根小木棍去戳，那个气孔慢慢变大，出现了一个孔洞，再往里挖，就可以看到一只缩在里面的知了龟，见到被人发现了，知了龟好像预感到不好，开始醒过来，拼命挣扎，但这时已经无济于事了，我们将它抓在手中，丢在随身携带的瓶罐中，就不怕它跑了。不过说起来简单，要发现知了龟洞穴的小孔并不容易，一要眼尖，二要有经验，地上看似小孔的东西很多，虫洞，叶梗，草籽，这些黑色点状的东西我们都不会放过，但用小木棍一拨，大多数时候都会很失望，如果发现一只知了龟，那就高兴得不得了。除了傍晚，晚饭之后和凌晨时分也是捉知了的好时机，傍晚捉的是藏在洞里的知了龟，晚饭之后，知了龟都从洞里爬出来了，要往高处爬，这时我们拿手电筒在树上照，往往能发现正在向上爬的，可以捉到不少，凌晨时分，知了龟已爬到一定高度，开始金蝉脱壳，从壳里慢慢向外伸展，这个时候捉知了，它无法飞，也无法动弹，最好捉，刚蜕壳的知了又很嫩，很鲜，很多大人都喜欢这时候去捉，而我们往往等不到这个时候就去睡了。

二礼也喜欢捉知了，为此他还曾受到过惩罚。那一次他上课迟到了，我们班的苏老师问他为什么来这么晚，他说去捉知了了，苏老师很生气，当时不少学生都起早贪黑去摸知了，耽误了学习，他早就想刹刹这个风气了。那时候，我们的老师经常体罚学生，家长把孩子送到学校，也总是对老师说，"这孩子该打就打，该骂就骂。"苏老师胆子很大，他瘦高个，大眼睛，打起人来很凶狠，而且他不像别的老师，只打男生，不打女生，他是男生女生一起打，他经常拿粉笔头、黑板擦投不听话的学生，还有一根柳条做成的细长的教鞭，抽起人来，一鞭下去就是一条血痕。那天苏老师大发雷霆，但是并没有动用他的教鞭，而是对二礼说，"你喜欢摸知了龟，就别上课了，去外面给我摸几只吧。"说着把他赶出了门外。二礼没有办法，又是老师的命令，只能到外面小树林里去转悠。

下了课，苏老师让人把二礼叫过来，问他摸了几个，二礼说摸了五个，说着要拿给苏老师，苏老师说你先拿着。等上了课，苏老师让二礼站到讲台前，面对着大家，他说，"有的同学喜欢摸知了，因为摸知了竟然还迟到，你到学校是来吃的，还是来学习的？二礼，你说说！"二礼低着头在那里不出声，苏老师说，"我要让你们记住这个教训，二礼，把你摸的知了举起来，让大家看看！"二礼从兜里掏出那几个知了龟，举在手里，那几只知了龟还在挣扎着，苏老师说，"大家看清楚了吧？你们爱摸知了龟，爱吃知了龟，好啊，我就让你们吃个够！"说着他用教鞭一敲桌子，"二礼，你把你摸的知了龟吃了！"二礼愣在那里，我们也都愣在那里，炸知了虽然好吃，可是生的怎么吃啊？我们还在发愣，苏老师一教鞭就抽在了二礼身上，"你还愣着干什么？还等着我给你炸，给你煎，给你炒！""老师，这是生的啊！""不是生的，哪能轮到你吃！"又一教鞭打在他脸上，我们看到，可怜的二礼被打得终于忍不住，张开嘴生吞了一只知了龟，接着又是一只，从第三只他开始咀嚼，黄黑相间的汁液从他嘴角流了下来，接着是第四只，他的眼泪也流了下来，到第五只时他开始呕吐，班上的女生也开始呕吐，接着是男生，整个教室弥漫着腥臭与酸腐。"这次长记性了吧？"苏老师冷冷地瞪着我们，"你们谁再摸知了，这就是下场！"苏老师这一招果然有效，从此以后，我们班再也没有人因为摸知了而耽误学习。

二礼也经常跟我们一起玩，那时一到夏天，我们村西的大西坑就积满了水，我们就到那里去游水。记得有一次，我们三五个人去游，我一猛子扎到水中，不小心被坑底的玻璃碎片扎破了脚，他们赶紧把我捞起来，二礼背上我一路狂奔，往村西马路那家卫生所跑，那家卫生所是我们村铁锤他爹开的，他看我浑身是血，急忙为我包扎，二礼他们满身是汗，紧张地围着看。不知谁去叫了我姐姐，她一路跑了过来，见我伤得这么重，又急又气，上去就打了二礼一巴掌，怪他们带我下水。二礼刚喘过来气，一下子就被打蒙了，呜呜地哭起来。我连忙大喊，"是我要下水的！他们救了我，是二礼把我背来的……"那次扎伤，在我右脚踝处留下了一条长长的伤疤，至今还有疤痕，我也总是会想到那惊险的一幕，那天铁锤他爹用白纱布缠了我半条腿，他说，"幸亏来得及时，再晚一点，你小子就小命难保了！"那次受伤之后，我一个多月才能下地，到了学校里，见到二礼和铁锤，感觉更加亲密了。

那时候，我们学校的房屋很破烂，我们没有课桌，只有一条条长石板，架在垒起的红砖上；也没有椅子，每天上课，我们都是从家里背一个小板凳来坐，放了学再背回去；教室里也没有窗户，窗户的位置是一个很大的墙洞，我们跳上去，可以从那里进出。到小学三年级，我们学校才盖了新教室，但在建设新房的那一年，我们学校借用了村东头河堤北边一家农户的房子，我们到那里上课。在那里，我们连石板也没有了，我们每天上学要背两个板凳，一个大板凳当课桌，一个小板凳当座椅，等下了课，再背回来。

新教室盖好之后，重新搬回学校，我们都很高兴，苏老师粗着嗓子教给了我们一首新歌，我们大家也跟着唱，但二礼给我留下的印象最深。放了学，他从柳树上折下一根枝条，恶狠狠地抽打着路边的小花小草，边抽边唱：

> 洁白的雪花飞满天
> 大雪覆盖了我的校园
> 漫步走在这草地上
> 留下了脚印一串串
> ……

2

现在想来，我们的小学也不过存在了 20 年左右，我们上学的时候，正是新生婴儿潮，几乎家家都有上学的孩子。但是到后来，适龄入学的孩子越来越少了，我们村里富裕的人家也开始把孩子送到镇里、县里、市里去读书，穷困的人家外出打工，也把孩子带在了身边，这样村里剩下的孩子就没有多少了，我们村里的小学越来越寥落，最后就停办了。有一年我从外地回来，路过那个小学，进去看了看，只见大门紧锁，院子中长满了青草，一片荒无人烟的样子，校门两侧的"好好学习，天天向上"经风雨侵蚀，字迹早已模糊，只有门口那棵大枣树还依然茁壮地矗立在那里，叶色碧绿，果实透亮。

那时我正在读大学，有一段时间对土地改革与合作化很感兴趣，读了不少书，也做了一些社会调查。那一年暑假，回到家里跟父母谈起来，问我们村有没有地主，我爹跟我说，有啊，二礼他爷爷就是。这让我大吃一惊，又想起那个佝偻着身子的遥远身影来。我们上学的时候，村里已经不兴批斗地主了，我们对地主都没有什么概念，这还是我第一次将"地主"这个概念和生活中的人联系在一起。我爹告诉我，那个时候二礼他们家的地占了我们村的一大半，从学校那条大路向东，村里所有的地都是他们家的，一直到吴家村。当年很多人都在他们家"扛活"，我爹也在他家扛过活。路西边靠北，那一大片地也是他家的，我们学校所在的地址就在这里，村里人都叫"三亩地"，原先最早是他们家的坟茔地，种了很多松柏树，阴森森的，还专门雇了人看守着。土改以后，他们家的土地都被穷人分了，我们家才有了一块自己的地。

那个暑假，我还在村里见到了占理大爷，他是我们村合作化时的老支书，那时已经快70岁了，但说起那时候的事，还都记得很清楚。他说，土改的时候，二礼他爷爷别的地都被分完了，不过一直给他家保留着"三亩地"，到合作化的时候，他们家才把"三亩地"也入了社。到我上学那时候，村里开始土地承包，二礼他们家一直想再要回"三亩地"，但这时我们村向西发展，已决定在这个地方建学校了，后来经过村里和他们协商，决定这块地归村里使用，但这块地上合作化以后栽种的枣树，都归二礼他们家。听他这么一说，我才明白了，难怪当年二礼的爷爷那么爱护那棵大枣树！

占理大爷说起来就刹不住，说我们的学校，也就是"三亩地"在入社之后，村里将那一大片地平整成一个巨大的打麦场，到夏天麦收的时候，全村几千亩土地上的麦秸都拉到这里来，堆起高高的麦秸垛，村里人在那里打场，日夜忙个不停，真是热闹得很，白天像一个大集，人挤人人挨人的，晚上还要派人看守着，防止阶级敌人搞破坏。我问他，哪有阶级敌人？他说就是地主啊，二礼他爷爷，你想他们家的地都被我们贫下中农分了，他们能不对你心怀仇恨吗？就像现在，我们要把你辛辛苦苦攒下来的家产都分了，你能不恨我们吗？道理是一样的，不过他家的财产是祖祖辈辈剥削咱们贫下中农的，我们是剥夺剥削者，是把颠倒的历史再颠倒过来。我又问，二礼他爷爷搞过破坏没有？占理大爷一瞪眼，说他敢，算他聪明，我们的民兵时刻准备着呢。占理大爷一笑，似乎又恢复了青年时期的光彩。接着他又跟我说，大炼钢铁的时候，我们村的小钢炉也建在"三亩地"上，那时整天烈火炎炎，浓烟滚滚，全村的人都在这里炼钢，那可真是热火朝天啊，除了肚子吃不饱，别的都很好。我想象着那样热闹的场面，我小的时候，土地已经分到了各家，我见过的打麦场只是三五家合在一起，打麦子的时候也很热闹，有人从麦秸垛上向下扔麦捆，有人把麦捆向这边运，有人站在打麦机前往里送，有人在出口那里张开口袋接麦粒，打麦机像拖拉机一样突突突突地轰鸣着，烟尘弥漫满天，扯来的电线上吊着 200 瓦的大灯泡，把整个打麦场照得亮如白昼，那场面已经很壮观了！我难以想象全村一千多人，在"三亩地"上打麦子的热闹场景，我想我们村以后可能也不会再有了，如今我们村很多人外出打工，村里的年轻人已经越来越少了。

暑假里没什么事，我经常在村里转悠。那时候我们村虽然不像后来的变化那么大，但已经跟我小时候不一样了，以前我们上学的那条路修成了一条柏油路，路西边那一行粗大的柳树也被砍掉了；很多人家都修了新房子，以前那种砖瓦泥坯的老房子越来越少，新盖的房子都是抱厦房，五大间，水泥抹顶，看上去很气派；村里的大西坑也被填平了，不少熟悉的标识都发生了相对的变化，不少地方我都需要想一想，才能认出是哪里。

那一天傍晚，我还像小时候那样，在路边摸知了。突然在我身边停下了一辆小车，从车窗里伸出一只手向我打招呼，我一看，是二礼。他下来给我递了一支烟，问我什么时候回来的，我们寒暄了一会儿，他让我去他家坐坐，我正好没事，就坐上了他的车。我很久没见二礼了，他告诉我他现在跟两个朋友做生意。到了他家，他家倒是没有什么变化，仍是我小时候去过的那座砖瓦房，我们进去的时候，他爷爷也在，他正坐在树荫下的小板凳上，红彤彤的夕阳照过来，看上去很慈祥，很安闲。

那天二礼刚回到家，手中的大哥大就响了，他回房间打了很长时间。我在院里陪他爷爷坐着，突然想起他是个"老地主"，就问他以前的事情，没想到他记性很好，也很有兴致，跟我说了很多。他告诉我，当时把他定成地主完全是一个误会，他父亲去世很早，他哥哥在外地读书，后来参加了八路军，日本人打过来的时候，他才十四五岁，那时他觉悟很早，是我们乡里的儿童团团长，带着各个村的孩子查路条，给游击队送信，"受到过当时地下县委的表扬"，打走了日本鬼子，我们这里是老解放区，土改很早，他说那时自己跟着共产党走，"思想上很先进，也觉得该把自己家的土地分给穷人"，他写信给哥哥，他哥哥也同意，他就找土改工作组组长，说要把他们家的地"献出来"，工作组讨论了一晚上，又向上级请示，没有同意，他很着急，怕被批斗，又找工作组，找农会，"当时你占理大爷是农会会长，我就找到他，说你看咱是一个村的，老辈子的交情了，你也知道，我参加了抗日，我哥哥也是八路军，打过日本鬼子，你能不能给工作组说说，算是俺家将功赎罪，把俺家的地都给你们，不批斗了行不行？那时你占理大爷很神气，把眼一瞪，说，咋？你还跟共产党讲条件？不批斗你可不行，咱贫下中农不答应！这不是咱个人之间的事。咱两家是老辈子的交情不假，可那是啥交情？你家祖祖辈辈吃香的喝辣的，俺家祖祖辈辈给你家扛活，究竟是谁养活了谁？不打倒你家的气焰，咱贫下中农出不了这口气！——我一听就知道毁了，非挨批斗不可了，我不怕分田分地分房，就是怕批斗，村里的老少爷们儿一个个上来控诉俺，俺从来没这么丢过人，俺家祖祖辈辈在村里也没这么丢过人！开完批斗会，农会把俺家的地分了，房分了，家具分了，衣裳也分了，俺家原来是三进的大院子，就给留了两间门房，俺娘、俺嫂子和侄子，俺和俺媳妇，都挤着住在一起，这也没啥，分地时俺家五口人，按说能分六七亩地，我又找到你占理大爷，说俺家的好地坏地俺都不要了，就要'三亩地'那块，咋说那里也埋着先人哩，这回你占理大爷做主，把那块地分给了我家，可那块地上都是树和坟头，我也没咋种过地，庄稼长得都不好，一家人都饿得面黄肌瘦，我给我哥哥写信，说家里的情况，他还批评我不积极……"

二礼的爷爷陷入了往事的回忆，我也很好奇，他说的这些我在书上都没有看到过，我又问他怎么看那段历史，怎么看占理大爷，他说，"你占理大爷是农会会长，后来当了咱们村的支书，他很积极，追求上进，是咱县里的模范，到现在我也不怪他，他就是跟着形势走，形势好的时候他对我也很好，还照顾俺家，可形势不好时，他就变了脸，'文革'的时候追查阶级敌人，他和民兵连的人把俺吊起来打，吊在房梁上，吊了一整夜，把俺都打昏过去了，一睁眼，浑身的骨节都在痛，像蚂蚁咬一样，那滋味可真难受……其实说来也不怪他，那时的人都这样，就说俺哥，解放后他在河北一个县当县长，怕受家里成分的牵连，把俺嫂子接走后，十多年都没回过家，六几年的时候形势好，他回来过一次，我就抱着他痛哭，说哥呀，俺可替你把咱全家的罪都受了，该受不该受的罪都受了，俺哥也抱着俺哭了，可他啥话也没有说，晚上俺俩睡一个屋，他还给俺讲了一宿四清政策……他就回来了那一回，以后就再也没回来过，'文革'的时候他跳楼自杀了……"二礼的爷爷说到这里，抹起了眼泪，后来他又说，共产党的政策他都拥护，就是想不通为啥不让他"献地"，想不通为啥打他打得那么狠。我看着他纵横满脸的皱纹上淌满了泪水，不知该说什么好。

天色渐渐暗了下来，他的脸也慢慢隐藏在夜色中。这时二礼终于打完了电话，来到院子中，听他爷爷又在说以前的事情，埋怨了他两句，我也就起身告辞了。二礼送我出来，路上他跟我说，现在生意不好做，外面的人难对付，合伙的人也不齐心，他打算过完年就一个人干了，走到后街的路口，我们握手分别。向家走的时候，我抬头看看天上的月亮，月亮正在云层中穿行，天空忽明忽暗。

3

一晃又是十多年过去了，我在外地奔波，两三年才能回家一次，每次回家都发现我们村在发生巨大的变化，很多地方拆了盖，盖了拆，我都不认识了。走在我们村的大街上，我认识的人也越来越少，街上跑的孩子，都是我离开家之后才出生的了。每次回家，我都能听说二礼的消息，他们说二礼现在发财了，他在我们村南边开了个工厂，加工高速路两边护栏上的钢板，生意很好，据说他的资产有几百万甚至上千万。他们说二礼发财主要是靠他老丈人，他老丈人是我们邻村的支书，干了几十年，人脉很广，又说二礼最初看不上他媳妇，嫌人家长得不好看，为此还跑到青岛待了一两年，可是这个媳妇就是认准了他，二礼最后也没有摆脱她和她父亲织就的网，只能乖乖地回来跟她结了婚，没想到他一结婚，很快就发达起来了，真是狗屎运来了，挡都挡不住！也有人说，他大爷爷在河北当官，虽然死得早，但也有不少老关系，二礼是靠着这些关系，才发起了财。我们村里人说着这些闲话，一个个都眉飞色舞，又是羡慕，又是嫉妒，又是恨。

二礼家也新修了房子，就在"三亩地"那块地上。我们的小学闲置荒芜了好多年，二礼想要回他家原先的这块坟茔地，他找到我们村里，花大价钱买了过来，把那里当作宅基地，盖起了我们村独一无二的一座三层小楼。这座小楼跟我们这地方的建筑风格很不同，我们村的房子不是红砖绿瓦，就是水泥抹顶，千百年来就是如此，可这座小楼是淡黄色的，有点欧式别墅的风格，四周环绕着高大的绿树，淡雅的小楼掩映在树丛中，只露出一个角，看上去很神秘，也很雅致。围绕小楼的是一圈高大的围墙，围墙上还安装着电网，他家的大门和门楼，仍在我们读书时的校门那里——据说是请风水先生看过的，原先门口的"好好学习，天天向上"早就被铲除了，现在是一座传统的中式门楼，看上去很是高大轩敞。站在这座鹤立鸡群的小楼前，我简直认不出这是我们学校的旧址了，更难以将它与上千人打麦的火热场面联系在一起。只有门口那棵大枣树依然矗立在那里，它饱经风霜的枝条更加遒劲，弯曲着，挣扎着，顽强地扭向天空。

那天二礼听说我回来了，让他的司机把我接到他家聊聊，我还来不及感叹他家的巨大变化，他突然问我，"你知道苏老师的事吗？"我忙说不知道，他说，苏老师生病住院了，现在瘦得皮包骨头似的，怕是很难撑到过年了，过两天我们去看看他。苏老师不是我们村的人，他家在我们村南大约七八里，我们上学的时候他是民办教师，后来熬了好多年，终于转成了正式编制，也调到了另外一个村，此后我们就很少见到他了。二礼告诉我，苏老师调到新学校后，仍然脾气暴躁，经常殴打学生，顶撞校长，在学校里关系处得很不好，他不只是在学校里暴躁，在家里也经常对老婆呼来喝去，对孩子打来骂去，吃着吃着饭，一句话不中听，手中的筷子就砸了过去。他还爱喝酒，一天三喝，一喝就醉，一醉就耍酒疯。二礼说，他也有好多年没见到苏老师了，有一次他去省城办事，在路上碰到苏老师正要去坐长途汽车，就顺便将他捎了回来，那时苏老师瘦得整个人都脱了形，头发灰白杂乱，神情很落寞，手里抓着医院里那种装胶片的塑料袋。在路上，他一直都很沉默，后来才说了他确诊是肝癌，"看着他虚弱无力的样子，我想他可能再也打不动学生了，心里又难过，又解气！"

二礼说他后来让司机接送苏老师去医院，又给了他一些钱。说着他打开手机，找出一首歌放给我听：

你到我身边，带着微笑

带来了我的烦恼

我的心中早已有个她

喔 她比你先到

她，温柔又可爱

她，美丽又大方

直到有一天

你心中有个她

你会了解我的感觉

爱要真诚，不能分享

喔 对你说声抱歉

我想起来，这是苏老师曾教给我们的歌，也是我们最初学到的歌之一。现在我们很难想象那么暴躁、凶狠的苏老师，怎么会喜欢这样的歌曲，或许在他的内心中有我们不能理解的沧桑，有我们所不能到达的地方。我现在也很难理解，他当年为什么要将一首情歌教给什么都不懂的小学生，这首台湾民谣又是经过什么途径来到我们这偏僻的乡村？或许是因为它简单易学，或许只是时代风气使然？我不知道，我想苏老师一定不会想到我们在以这样的方式想念他。

天色晚了，二礼留我吃饭，他拿出了一瓶好酒，但菜却很简单，他去厨房吩咐了一下，一会儿家人端上来四个菜，一盘拍黄瓜，一盘拌青椒，一盘炸知了，一大碗热气腾腾的狗肉。他说这狗肉是县里某个人送给他的，又指着那盘炸知了说，"这可是稀罕东西，大冬天的很难吃到，别的地方也没有，夏天的时候我叫人收了一批，冻在冰柜里，想吃的时候就炸一盘。"我们喝着酒，我见二礼不停地吃着炸知了，想起当年苏老师逼他生吃知了龟的残忍情景，心想这件事或许没有给他的心理上留下阴影。二礼见我发愣，抬起头来对我说，"什么山珍海味，我觉得都没有这个好吃，能吃上炸知了，我对生活就满足了。"

我们又谈起他爷爷，二礼给我描述他爷爷去世时的盛大场面。他爷爷去世那一天，送葬的队伍从村里一直排到墓地，全村的人都来了，县里和市里的领导都送了花圈，他家的亲戚、朋友和他的生意伙伴一拨一拨来吊唁，把楼下那个大院子都挤满了。那个院子就是我们曾经的操场，我想象着那个操场上人头攒动的情景，简直就像当年大炼钢铁一样，"我爷爷受了一辈子苦，他走了，我一定要办个风风光光的葬礼，要全村的人都看看，让他老人家走得安心，走得堂堂正正……我小的时候我爷爷就跟我说，做人一定要争气，我就是要争这一口气！"停了一会儿，二礼又说，"我爷爷跟我说过，'三亩地'是我家的祖坟，当年村东一半的地都是我们家的，后来被那些穷人抢走分了，还批斗他，殴打他，这还有没有天理了？！小时候我就想，等我长大了，一定要恢复祖业！所以要宅基地的时候，我就要这'三亩地'，别的地方给我我也不要，我就要这个地方！"我没想到，二礼从小心中就有这样的志向，我想起当年他爷爷曾跟我说，共产党的政策他都拥护，就是不能理解为什么不让他"献地"，我后来见到占理大爷，跟他说起过，占理大爷笑着对我说，老地主这是改造好了，想了想他又说，他说是这样说，其实不知道他心里是咋想的哩。当时我还有点不以为然，现在听二礼这样说，我想他爷爷说的和心里想的可能确实不一样，"恢复祖业"可能也是他一直没有放弃的梦想，只是在那个革命年代，他只能压抑在心底，现在他的梦想，终于在孙子手中实现了。

"现在不是可以搞土地流转吗？我已经跟县里谈好了，我准备投入资金搞有机农业，以咱们村为核心，周围五六个村都包括在内，以公司加农户的方式搞有机蔬菜种植……其实从投资的角度来说，投资农业是风险最大的，我也不想搞，县里的人不断来找我，让我带个头，给的条件也很优惠，我想试一试……"二礼带我走到阳台上，俯瞰着我们村的点点星火，点着一根烟，悠悠地说，"说什么先富带动后富，都是面子上的话，站在这里，一眼望不到边的土地都是你的，这种感觉才最实在。"我看着二礼的侧影，他的样子让我感到有点陌生，我想起在灯影中，他默默地一只接一只吃炸知了的情景，那可真像我们想象中的老地主。

天色晚了，我告辞出来，二礼说让司机送我，我说不用了，没有几步路，正好走一走。走到院子里，冷风吹着雪花，纷纷扬扬飘下来了，我裹紧大衣向外走，二礼将我送到门口，我们挥手告别，他进去了，我向南往家里走。刚走了没有几步，听到后面有人喊我的名字，我回头一看，见一个老头佝偻着腰站在二礼家门口，吓得我一激灵，以为是二礼的爷爷显灵了，再仔细一看，才发现不是二礼的爷爷，而是占理大爷。占理大爷又叫了我一声，我走过去，问他这么晚了在这里做什么，他咳嗽了两声，告诉我他现在就住在这里，在二礼家的门房上，给他们家看门。我听了心里一惊，忙问他怎么回事？他说自己现在老了，手头没有几个钱不行，儿女指望不上，在这里看门又不累，还能挣几个花销，算是个好差事呢。我在门楣昏黄的灯光下，看占理大爷的脸像饱经风霜的硬核桃，他的眼睛仍然很大，但不再瞪人了，已失去了年轻时的英武。我不仅感到一阵悲凉，又问他是不是二礼报复他当年分地，才让他来这里看门？他紧张地朝门里看了看，小声说，可不能这么说，人家也算是怜老扶贫呢，我年纪这么大了，能有个活干就不错了，当时有好几个人想来看门，数我年纪大，人家是照顾我，才挑了我的，再说给的工资也不低。说着他摇摇头，长叹一声，说，你看你大爷英武了一辈子，没想到老了，老了……他叹息着转过身，慢慢走进了门房，棉门帘在他身后合上了。

　　这时雪已落了薄薄的一层，西北风呼啸着，猛烈地摇着那棵老枣树，发出呜呜呜呜的声音。我站在树下，看着黑暗中的三亩地，想着这块土地上的百年沧桑，不禁悲喜交集，那些熟悉和不熟悉的人影，在我眼前一一闪现，我看到了他们，看到了风雨飘摇中的命运浮沉，看到了无限遥远的过去和未来，也看到了正从我身上走过的历史的脚步。这时雪下得越来越大，慢慢沾湿了我的衣裳，夜色中的世界越来越白了，我一时竟不知该往何处而去。

2015 年 9 月 20 日—27 日

再见，牛魔王

1

不错，你所看到的就是我，不要告诉别人，咱们保守这个秘密，好吗？刚才我从北京上空飞过，看见铺天盖地的旗帜，都写着"北京欢迎你"，吓了我一跳，心想，难道我的行踪被人发现了，谁在这么热情地欢迎我？——等我看清楚了，才发现欢迎的不是我，原来是我自作多情了。我想我不可能受到欢迎，我的行踪也不会轻易暴露啊。如果我被发现了，等待我的应该不是欢迎，而是别的，因为我的身份非比寻常啊。

我刚从国外回来，还在倒时差，身体有些不舒服，你这周围有什么地方可以喝茶，我们坐下来聊一聊好吗？我想给你讲一个故事，一个关于牛的故事，一个关于牛的命运的故事。在今天这个世界上，谁还会关心一头牛呢？人们只会在餐馆里吃饭时，才会想到吃猪肉、羊肉还是牛肉，别的时候，谁会想到牛呢？谁会想到一头牛可怜巴巴的一生呢？不仅人想不到，连牛也想不到，牛只是默默地生、默默地死，他的意识只是本能的反应，没有办法认识和改变自己的命运，这或许是造物主的安排吧。然而当一头牛有了自己的想法时，那情况就完全改变了，这就是我要给你讲的。

故事发生在路上，从乡村到城市的路上。牛成熟后（他们叫"出栏"），总要从乡村运到城市，在公路上你或许也见到过运送活牛的卡车，车斗是封闭的笼子，里面挤满了各种各样的牛，地上满是屎尿，空气污浊不堪。运到城市后，这些牛要被送到屠宰厂杀死，把皮扒下来制作各种皮衣、皮具，肉会切割成不同的部位，以不同的价格出售，或者进一步加工成罐头、火腿、牛肉干等各种食品。

就是在这样一辆车上，一头牛苏醒了，或者可以说它觉醒了，他突然意识到自己正一步步走向死亡，不禁起了反抗的冲动。当然他的觉醒也有一个过程，毋宁说一开始上车时，它还很高兴、很兴奋。他在乡村里待了那么多年，早就听说了城市里繁华似锦，却还没有亲眼见过，所以当有人用一把青草把他哄上了车，他明白自己是要进城的时候，内心充满了憧憬与渴望，他想自己终于可以开开眼了，终于可以见见大世面了，所以站在车上，看着公路两旁飞驰而过的风景，他心情愉快，精神饱满，甚至还哼起了小调。

然而正在这时，突然传来了一阵轻轻的啜泣，他不满地扭过头去，看到是一头黑底白花的母牛在哭。他本想上去踹一脚，但看她是个女流之辈，也就忍住了。但令他难以忍受的是，那哭声不但没有弱下去，竟然越来越大了，周围的牛也都不安地竖起了耳朵，在车上顿着蹄子。他绕到那头母牛的身边，拍拍她的后背说，"妹子，你哭什么？咱们好不容易才能到城里来，不是很好玩吗？"

那头母牛哽咽着告诉他，"他们把我们运到城里，哪里是让咱们玩呀？这是让咱们去送死！很久以前我妈妈就告诉过我，城市是个魔窟，那里的人都吃牛肉，牛一到那里，就要被杀死，吃掉，她说她只看到过牛被拉走，但从没有见过牛回来，5 年前她被运到了城市里，到现在我也没有见过她，如今又轮到我了……"

"不会是真的吧？"他又拍了拍她的肩膀，大咧咧地说，"要是谁敢害你的命，我来保护你……别哭了，你看窗外的风景多美啊！"

可他看看四周，发现周围的牛都在看着他，有一头老牛的目光悲伤而深沉，眼中流出了浑浊的泪水，但他什么话也没说，只是那么默默地注视着他。这头年轻的公牛这才意识到，可能是自己错了，但他还是将信将疑。他把目光投向了窗外，那不断飞驰的山山水水像一个青色的梦，他好像想起了什么。

车子很快到了城市，那闪烁的霓虹灯分外迷人，他从来没有见过这么高的楼，这么宽的路，这么多的人，也从来没有见过这么美的夜色，他觉得简直像进入了一个华丽的宫殿，一个富丽堂皇的迷宫。正当他陶醉时，卡车开到了屠宰厂的门口，那铁色的大门闪着清冷的光。门徐徐开启了，车子开动，进了大门，在屠宰车间停了下来，在他们身后，那扇大门又缓缓地闭上了，最后哐的一声，震得人心里一颤。

一群嘈杂的人声传来。车笼打开了，有人在卡车的后斗斜着放了一块厚厚的木板，赶着牛群向下走，有人打开车间的大门，里面飘来一阵血腥味，正是牛血与牛肉散发出来的。只有到了这时，这头年轻的牛才真正意识到前面就是死亡，心中不由一紧，想着该怎么脱身，他身边的牛挤挤挨挨的，密不透风，那头黑底白花的母牛紧紧贴着他，浑身颤抖着，他在她耳边轻轻地说，"别怕，有我呢！"

这时，有人过来把他们排成一排，依次走进屠宰车间。排在前头的正是那头老牛，他第一个走了进去，进去之前他还甩了甩尾巴，驱走了一只苍蝇，口里反刍着草料，慢慢地踱了进去。以后每当年轻的公牛回想起这一幕，总禁不住热泪盈眶，这头老牛，他至死还在保持着一头牛的尊严！这头年轻的公牛让黑底白花的母牛走在他前面。当他走进车间时，一股更浓烈的血腥气扑面而来，他看到那头老牛的皮悬挂在空中，被一根铁钩挂住，正往制皮车间运送，而老牛似乎变得白嫩了的身体，正躺在传送带上，要被送往切割车间。

正在这时，四个人走过来，按倒那头黑底白花的母牛，要用绳子捆住她的四只蹄子，那头母牛眼含热泪望着他，哞哞地叫着。这头年轻的公牛按捺不住了，他抢过去，抬起前蹄，啪啪踢倒了两个人，又一旋，啪啪，将另两个人也踢翻在地。他又纵身一跃，扯下了老牛的那张皮，走过去扶起母牛，对她说，"你没事吧？"母牛还没来得及回答，突然口哨声响了，更多的人涌了进来，他们手持着棍棒、刀斧、警棒、枪支，一步步向他逼近，他哞地高叫一声，身上似乎增添了无穷的力量，震得大地颤抖，车间的几盏灯砸了下来。那群牛也骚动起来了，他们左奔右突，奋力挣扎着，他一跳跳到了一个高台上，大声喊，"弟兄们，向后撤，快跑！"

说着，他一个箭步跨出了屠宰车间，带头向大门冲去，那些牛都紧跟着他狂奔，更多拿着武器的人群从四面八方向他们围了过来。冲到门口，铁门紧闭，这头年轻的公牛用牛角尽力一顶，只听一声巨响，他的牛角咔嚓断了一只，而厚厚的铁门也被抵出了一个大洞，他站在洞口边，让其他的牛迅速地闯出去。这时他看到，跑在后面的牛有的被枪击中了，有的被刀斧砍在身上，血哗地流了出来，而那头黑底白花的母牛被绳索绊倒，正有几个人死死地摁住她要捆缚，他哞地大叫一声，冲上去一角抵开了那些人，扯断绳索，拉起母牛，跑到洞口，让她先钻了出去。他跑回去，还想解救那些受伤的牛，但已经晚了。

只听一声口哨，一群人把他团团围在了中央，各种棍棒、刀斧、警棒、枪支都对着他，包围圈越来越小，人们小心翼翼地向他逼近。他抖擞起精神跟他们对峙，一边慢慢向门口挪动脚步，寻思着脱身之计。但人们觉察到了他的心思，聚集在门口的人越来越多，这时人们离他更近了，有人在后面偷袭，刀斧砍在了他的背上，他忍住剧痛，长啸一声，突然奋起四蹄，朝一个薄弱的环节冲去，那些人哗地闪开，四散逃命去了。他冲出了包围圈，在厂房里狂奔起来，人们紧随在后边，冷枪嗖嗖地从他耳旁穿过，所有的灯都打开了，照耀得如同白昼。他在厂房里跑了两圈，甩不掉追击的人们，心想这也不是办法，于是直直地冲一个车间跑去，这正是他刚才进来的屠宰车间，他纵身一跃，想再跳上那个高台，突然啪啪几声枪响，他重重地跌落下来，正好摔在屠宰台上。那些涌进来的人见状哈哈大笑，一个人飞快地合上电闸，传送带转动起来，他还想站起来，但屠宰的刀具从天而降，劈在了他的身上，他仰面跌倒在这里，血喷涌了出来，唰唰唰，这些刀具锋利而尖锐，是一整套的机械装置，是设计精密的宰割流程，这头年轻的公牛就这样被送上了屠宰台。

那些人看到这头牛已被制服，于是留下两个人看守，又让两个人到各个车间去察看，其他人呼喊着，去追击那些逃跑的牛。或许你不知道，牛的屠宰有一种成套的设备与流程，这包括毛牛悬挂自动线、自动洗牛机、托腹麻电输送机、V 型输送机、光电箱式麻电机、预剥皮输送机、胴体接纳台、运河式烫毛池、烫牛机、液压刮毛机、螺旋刮毛机、手提劈半锯、桥型电锯、带式开割锯（左、右）、分割肉输送机、剔骨工作台、圆盘分检机、肋排切割锯、大排切割锯、切丁机、切片机、膘皮分离机、同步卫检线、电子轨道秤、组合式刀具消毒器、打爪机、心肝肺分离机、小肠抹粪机、内脏滑槽、燎毛器、不锈钢翻肠池，等等。一头牛从屠宰车间进去，出来则是一块块切割得整齐、规则的牛肉了。

这两个负责察看的人，没有按流程到各个车间走一走，他们直接到了包装车间，这里是最后一道工序。他们到了那儿，点了根烟，和包装的女工们开着玩笑，——因为刚才的混乱，无活可做，女工们也在等待着。等了大约半个小时左右，按一般程序，这时牛肉应该已经全部切割好了，但奇怪的是，输送带上还不见有牛肉传来。这两个人踩灭烟头，准备去上一个车间查看，突然只听砰的一声巨响，一个庞然大物撞破了包装车间的墙壁，在输送带上向他们缓缓驶来。在一团血肉模糊中，这两个人认出了这就是那头青年公牛，不由得大吃一惊，他们一个赶紧拿起了警棍，另一个吹响了口哨，众多女工吓得退缩到了墙边，还有的嗷嗷叫着跑出了车间。

传送带转到了尽头，那头公牛重重地摔在地上。过了一会儿，他缓缓地站了起来，哞地高叫了一声，那声音凄厉而悲伤，饱含着痛苦，像一声深沉的叹息或呻吟。随着这声嚎叫，这头公牛似乎恢复了体力，他抬头看了看车间里的人，转身向门口走去。那两个人和女工都吓呆了，他们从没有见过一头牛在通过宰杀的流程后还能够是一个整体、还能够活着，也从没有见过一头牛的身上有那么多伤，他身上的肉都被旋成了一片片的，每个缝隙都在向外滴着血，他每走一步，脚下都汪着一片血。众人看着这个庞然大物徐徐地向外走，心想他可能会随时摔倒，但是并没有，他的脚步反而更加有力了。

这时那两个人才回过神来，他们尾随着这头公牛，却又不敢靠得太近，急促的口哨再次吹响。其他的人听到了哨声，从四面八方赶了过来，他们看到这头满身是血的牛，也不禁大吃一惊，但还是壮起胆子悄悄向他围拢，正当他们的包围圈要形成的时候，这头公牛突然狂奔起来，他一个箭步抢到了圈外，向铁门飞驰而去，众人眼看着他从那个洞中闯了出去，急忙拥上去追赶。等他们追到门口，四处一看，却不见了那头牛的踪影，两排路灯照着空荡荡的公路，路上什么也看不见，只有清风吹过树枝发出轻微的哨声。

这头青年公牛虽然逃出了屠宰厂，但他的身体几乎散了架，每走一步，他都会感到钻心的疼痛，但他还是坚持不懈地走着，他知道只有远远离开这里，才能保住性命。也不知道走了多少时间，他突然一下跌倒在地，昏睡了过去。等他醒来，已经是十多天之后了，这是一个秋天，落叶覆盖了他的全身，他摇摇头，甩去了头上的叶子，发现自己置身于一片树林之中，红彤彤的夕阳透过树枝照射过来，让他感到温暖与慈祥。在那一瞬间，他似乎想起了一个遥远的青色的梦。

2

我最初来到这里时，这里还不叫北京，那是唐三藏出发取经那一年，我的兄弟孙猴子被压在五行山下五百年，给他当了徒弟。我跟孙猴子的恩怨，想必你都知道了吧，其实我们以前是很好的兄弟，当年我们有七个弟兄，号称"七大圣"，我被江湖上奉为老大，孙猴子是老六，算是我的小兄弟，还有蛟龙、大鹏、狮驼、猕猴、猢狲五位，如今兄弟们已经各自分散了，大鹏去南方逍遥游，狮驼远走异域去做了狮子王。孙猴子保护唐三藏取经，他当年被压在五行山下没法脱身，也算是自己的人生选择，这些都没有什么，但是我当年那么照顾他，他不该让观音收了我的红孩儿当徒弟，也不该骗我媳妇铁扇公主的芭蕉扇，还在我媳妇和小老婆之间挑拨离间，这就有点太过分了。从那以后，我就与他分道扬镳了，他成他的佛，我当我的魔。那年我离开积雷山摩云洞，在幽燕大地上漫游，想起往昔的峥嵘岁月，眼看着兄弟们星散四方，不由得有些心灰意冷，如今江湖也不是我们的江湖了，山林也不是我们的山林了，在那次漫长的跋涉与漫游中，我逐渐坚定了自己的人生信念，我只想过自由自在的生活，既不想称王称霸，也不想求得什么正果。兄弟们的离开虽然令我凄怆，但我不想违背自己的本性，这么多年我一直在天地间游荡着。

　　我那次路过北京，是在去淮安的路上，那时现在的故宫刚修建好，我听说淮安的吴承恩写了一本《西游记》，专门描写孙猴子跟随唐三藏取经的故事，我有点好奇，去把他的手稿拿来看了看，我发现里面果然写到了我，还写到了我的妻妾、孩子和弟弟，这个吴承恩真是个有心人，在他以前的《大唐三藏取经诗话》《西游记杂剧》都没有写到我，《西游记传》《唐三藏西游释厄传》虽然写到了我，但分量都不多，甚至比不上一个普通的妖怪，吴承恩浓墨重彩地把我写成"天下第一妖"，恢复了历史的本来面目，我很高兴，也很欣赏，不过我是一个低调的人，不想过多地表现自己，于是找人重抄了一遍，删去了一些关于我的章节段落，才还给了他，原本我带回了积雷山摩云洞，留作纪念。你现在看到的《西游记》，无论是世德堂本还是书业公记本，都已经是我删改过的了，没有太多我的故事，如果你想做研究，下次我可以把原稿送给你……

我这次来，主要有两件事情，一是调查我们牛的生存状况，那些猴子、狮子、野猪我可以不管，但我毕竟是牛啊，还是牛里面的老大，如果我再不关心牛，这个世界上就没有谁关心他们了，我不能丢下我的兄弟们，我觉得我有这个责任，把这个事情调查清楚，让我的兄弟们过上好日子；二是调查人们的信仰状况，你知道，欧洲自从文艺复兴以来，人们越来越不信仰上帝与天堂了，现在的中国人也不信祖宗了，东西方的天堂都遭到了毁灭性的打击。我从玉皇大帝的天宫来，发现整个天宫都凋敝了，到处都是断壁残垣，神仙们一个个都愁眉苦脸的，还有几个饿昏了过去，连玉皇大帝这个经历过 1750 劫的老家伙，都说这是数亿年未有之大变局。可天堂越是不景气，内部斗争越激烈，现在不仅玉皇大帝、佛祖、耶稣和太上老君这些"教主"在互相争夺信徒，即使在玉皇大帝的天宫内部，也分裂成了很多派别，彼此整日争论不休。这里面有一个天堂保守派，主张严格按照天堂戒律办事，对不信神的人严惩不贷；还有一个天堂改良派，主张天堂改革，撤销玉皇大帝的尊号，在神仙中举行差额不记名选举，在选举的基础上组成天堂政府、议会和法院，实行三权分立；另一个是天堂激进派，他们也主张改革，但主张把选举权和被选举权的范围扩大，不仅包括神仙，也包括各路妖魔鬼怪，比如像我，像铁扇公主，像玉面狐狸、白骨精，等等。但这些都是神仙之间的争论，跟我们关系不大。这么多年来，那些神仙一直把我们说成是妖魔鬼怪，同时还把他们自己神化，其实这不过是一种主流意识的建构罢了，那都是迷信，我想，现在已到扭转乾坤的时候了。孙猴子当年大闹天宫，不过是一场小玩闹，我大闹天宫比他更早，连佛祖都奈何我不得，不过一般人都不知道罢了。现在最关键的不是大闹天宫，甚至也不是把天堂—人间—地狱这个构造简单地颠倒过来，从他们压迫我们变成我们压迫他们，而是重建一个怎样的天堂，重建一种怎样的神、人与魔的关系？这是我一直在思考的，也是至今还没有解决的，我仍在苦苦跋涉……

当然最大的问题还是人类，现在神仙、妖魔和动物都被抛弃了，只有人类当道，人类真是太相信自己的理性了。我去国外考察，发现印度人对"神牛"还保留着传统的尊敬，美国人自己吃牛肉不说，还向别的国家大量出口，可人家一吃狗肉他就抗议，说什么"狗是人类最好的朋友"，真是虚伪至极，难道我们牛就不是"人类的朋友"吗？难道我们的肉就不是肉吗？现在还有转基因技术，你听说过吗？是的，现在有长着四个鸡翅的鸡，有长着五个腿的鸭子，这只是因为你们人类爱吃鸡翅，爱吃鸭腿，这是多么荒谬啊！你们违背了自然规律，总有一天要受到大自然的报复！那一年，我从草原上走过，看到一个大型的现代化牛奶工厂，我看到成千上万头黑底白花的奶牛一字排开，在那里被紧紧拴住，被按摩乳部，被挤奶，为了让这些奶牛产奶，他们要让这些奶牛不停地怀孕，但又不让她们生产小牛，她们的身体就这样被摧残着，被蹂躏着，被挤出奶，一直到死，死了之后还要被烤成牛肉干。是的，我想起了当年那头黑底白花的奶牛，当时我站在辽阔的草原上痛哭失声，泪流满面，我看到了那些母牛的命运，为了喝我们的牛奶，你们竟然这样疯狂地对待我们，你们有没有想过，如果我们将你们的女人那么一字排开，那么疯狂地挤奶，那么让她们不停地怀孕，你们又会作何感想？

还有英国，这次我特意去考察了一下疯牛病的起源，原来竟然是他们将牛的骨头粉碎后，再给牛当饲料，才导致了这样一种病，这可真是惨绝人寰啊！这就相当于让人吃人，让人吃人的骨灰！是可忍孰不可忍！可以说这不仅突破了人类的伦理底线，也突破了动物的伦理底线，请问谁能受得了，不发疯才怪呢！当我得知这一情况时，我愤怒得浑身发抖，我的兄弟们，你们真是受苦了，真是受罪了，这样的日子再也不能过下去了！

在那里，我还听到了这样一首歌：

英格兰的动物，爱尔兰的动物

普天之下的动物

倾听我喜悦的佳音

倾听那金色的未来

那一天迟早要到来

暴虐的人类终将消灭

富饶的英格兰大地

将只留下我们的足迹……

是的，这是《动物庄园》中的一首歌，乔治·奥威尔凭此书和《1984》至今仍享有盛名，虽然现在很多人都知道他是个告密者，也有人用他抹黑革命，不过我们不说他了。现在我们来谈一点大的问题，经过这么多年的考察，我终于想明白了一个问题，你知道，最初我对所有人类都充满了仇恨，我不明白，为什么人类要屠杀我们，为什么想象中繁华似锦的城市，对我们来说却是一个无边的陷阱？我对这个问题无法释怀，纷飞的思绪像苍蝇一样萦绕在脑际，多年来我苦苦思索，却没有明确的答案。但是随着我考察的逐渐深入，我发现我们最大的敌人是资本主义现代性，它不仅是我们的敌人，也是人类的敌人，我们是被圈养被杀戮，人类则是被压迫被剥削，它创造了一个压迫性的结构，这是1%对99%的剥夺，是精英对底层的蔑视，也是人类对所有生物的专制，我们必须打破这样的结构，才能创造一个新世界，一个天人合一的世界，一个人类与动物和谐共处的世界，当然这还有很长的路要走……

　　不过我来找你，并不是要和你探讨理论问题，我要跟你说的是，我们准备搞一次小活动，小小的示威，北京动物园你去过吗？一到周末那里就人头攒动，挤满了欢天喜地的孩子，他们是那么可爱，是的，但是你考虑过动物的感受吗？那些狮子、老虎、狼、豹子、斑马、长颈鹿、大象、熊猫、海豚，他们被紧紧关在栅栏里，心灰意冷，度日如年，每天靠饲养员的施舍才能吃上一顿饱饭，他们被关在牢笼里，只是为了让你们看上一眼，他们一天一天被消磨，心灵慢慢闭塞，意志被一点点摧毁，你一定读过里尔克的《豹》或布莱克的《老虎》吧——"它好像只有千条的铁栏杆，千条的铁栏后便没有宇宙"，是的，就是这样，但是我知道，在他们的心中还有山林、草原和海洋，他们想在山林中呼啸，在草原上奔跑，在海洋中自由自在地遨游，这是他们不能泯灭的梦想。是的，我所要做的就是唤起他们的意识，改变他们的命运，我已经都准备好了，我们将在一个周末集体出动，逃出动物园，当然这是个秘密的活动，到时将会震惊全世界，你就等着看吧，这将是对旧世界的一个沉重打击，也是对美丽新世界的深情呼唤。我为什么要对你讲这些？我说了这么多，难道你还没有听出我的声音吗，难道你不觉得我很熟悉吗？

3

我眨了眨眼睛，坐在我面前的这个人倏忽不见了，让我疑心刚才的一切只是一场梦，我环顾四周，我租住的这间房屋在阁楼上，只有十几平米，阴暗、潮湿、狭小，房间里的家具在黑暗中泛着黯淡的光芒，周围什么都没有。我走到窗前，推开窗子向外望，窗子外面也是空空荡荡的，夜色中满天星斗，天地间一片寂静，只有微风吹过，可以听到树叶窸窸窣窣的声音。我坐在书桌前，回想着他刚才所说的话，感到有点魔幻，似乎不可思议，但这时我却轻轻嗅到了淡淡的一股青草的香味，那是草食动物才会有的清香，这也提醒我刚才那个人可能真的来过。听他所讲的意思，他是一头牛，是牛魔王，还说跟我很熟悉，但我只是在小说和电影中看到过牛魔王的故事，我怎么可能认识牛魔王呢？这可真是太奇怪了，我在记忆中搜索着，突然如电光石火一闪，我想起来我小时候曾经养过一头小牛，难道我当年养的那头小牛，竟然就是牛魔王？我一时陷入恍惚之中……

那时候我们家很穷，我们村里都很穷，牛马、骡子等大牲口都是几家才有一头，我们四家合伙养了一头牛，也就是每家有一条牛腿，这是一头老母牛，当时说好等她生了小牛，再分给各家，归各家去养，我们家排在了最后面。那时候村里人都喜欢母牛，母牛不仅可以生养小牛，而且性子温顺，驱赶她干活也不太费力气，但公牛就不一样了，公牛性格暴躁，有一股拧劲儿，如果摸不准性子，很容易惊着它，让它暴怒，别看老牛平常看起来很温和，它一旦暴怒起来，比马都可怕。我们村就有一个人，赶着牛车拉花柴，不知怎么惊了车，他狠狠地拿鞭子抽打这头牛，这头牛暴怒起来，拉着车在田间小路上狂奔，横冲直撞，赶车的人吓得脸都白了，在车上招呼着路上的人，"闪开，闪开！"路上的人纷纷躲避，这头牛一路疯跑，一口气跑了十多里地，将一车花柴都颠散了，将赶车的人甩到了地上，最后将车摔在一个沟渠里。这头牛还哞哞哞哞地狂吼着，将身子往一棵大树上蹭，把那棵大树都撞倒了，赶车的人和一群人追了过来，但是都不敢凑上前，有一个人想逞能，慢慢地向这头牛靠近，没想到这头牛将头一低，又尖又长的牛角就向他抵了过来，这人吓得拔腿就跑，但还是慢了半拍，被牛角一下挑翻在地，刺伤了大腿，流了一地的血，最后是我们生产队的饲养员跑了过来，才慢慢将这头牛稳住，那个赶车的家伙吓得在床上躺了好多天，从此再也不敢靠近这头牛了。

公牛不好养，长大了也不能生小牛，只能干活，只能卖牛肉，村里人都不喜欢养公牛，但让我家感到憋气的是，那头老母牛接连生了三头小母牛，但轮到我家的时候，却生了一头小公牛。这让我父母很伤心，但是又没有办法，也只能养着。不管怎么说，我家总算有一头牛了，也还是很宝贵的。"想想老年间，咱们连一条牛腿还没有呢，现在有了一头牛，也该知足了。"我娘这么劝慰我爹。我爹也说："是啊是啊，这总比啥也没有强……"

那时候我刚上小学，放学后就帮家里干活，可也做不了什么重活，后来家里就让我专门放牛，每天下午四五点钟，学校里放了学，我回到家，将小书包放下，就牵着牛向村外走，我们向南走过那座小桥，从那里再向东走，走到河堤旁的那块草地上，在那里把牛撒开，让他随意吃草。那一块草地丰盛宽阔，小牛在这里尽情撒着欢儿，自由自在地吃着青草，吃饱了他就卧在草地上，静静地反刍。有时候他也跑去跟其他小牛玩，两头小牛互相追逐着，互相抵着角，或者他又跑到那头老母牛身边，拱在她身后吃奶，这个时候，我就在小牛的旁边看着，要是有哪个大牛敢欺负我的小牛，我就拿树枝将他赶开。等夕阳西下的时候，小牛也吃得肚子滚圆了，这时我将他牵到河边，让他饮一会儿水，再让他在草地上打几个滚，舒展一下筋骨，我就牵着他回村了，我们向西走到小桥，再跨过小桥，向北往家走。

慢慢地我和小牛形成了默契，我不用再牵着他了，每天我回到家，将缰绳一解，往他身上一搭，他就欢快地跳着向小桥走，我在后面跟着，有时我也跟他赛跑，过了小河向东一路狂奔，看谁能先跑到那块草地，有时是他先到，站在那里回过头，得意地冲我哞哞叫着，有时是我先到，扑在草地上，又坐起来，看他慢慢向我跑近。小牛在那里静静地吃草的时候，我就坐在树荫下一个人玩，或者爬到树杈上去看书。那时候我不知从哪里找到一本地理小辞书，我很喜欢，总是随身携带着，从这本书里，我知道了世界上最高的山是珠穆朗玛峰，最深的海是马里亚纳海沟，知道了世界上最大的淡水湖叫什么，最大的咸水湖在哪里，也知道了我国的四大盆地都在什么地方，我们那地方是一望无际的平原，那时候我既没有见过山，也没有见过海，但是对远方的山河大海充满向往，柴达木盆地的名字也让我感到很神秘，我坐在高高的树杈上，透过阳光与枝叶的缝隙，眺望着北边的小河，眺望着我们的村庄，心想等我长大了，一定要走遍这些地方。

小牛慢慢长大了，回家的时候，我骑在他的背上，一路吹着口哨往家走。我吹一声短哨，小牛就停下来回头看看我，吹两声短哨，小牛就继续向前走，吹一声长哨，小牛就开始跑起来，吹两声长哨，小牛就越跑越快，这成了我们两个人的游戏，也是我们两个人的秘密。我们走过草地，走过小桥，走在回家的路上，老柳树的枝条轻轻拂过我们的面庞，我们的影子在河水中随波荡漾，那么清晰，那么美，这是我与小牛在一起最美的时光。

但是很快离别的时间就到来了，小牛长大了，要被卖掉，我跟小牛感情很深，不愿意家里将他卖掉，那时经常有牛贩子开着大卡车，到我们村里来收牛，他们也到我家来过几次，我护在小牛身边，不让他们靠近小牛，我跟我爹娘求情，求他们不要将小牛卖掉，他们也答应了。但是有一天我放学回来，走到牛圈，发现牛圈空空荡荡的，小牛已经不见了，我赶紧去问我爹，我爹黑着脸不说话，我又去问我娘，我娘正坐在门口纳鞋底，她眼睛红红地跟我说，"卖了。"我一听哇的一声大哭起来，哭着就转身冲出了家门，冲到了我们村的大路上，我看到那辆拉牛的大卡车正在向北开，腾起一片烟尘，我一路狂奔着追赶，但怎么跑也追不上。大卡车越走越远，我再也跑不动了，扶着老柳树大口地喘气，但我的目光仍然紧紧地盯着那辆车，我看到了我的小牛，他挤在熙熙攘攘的牛群中，背对着我，我轻轻吹了一个短哨，我看到小牛的头缓缓转了过来，他似乎也看到了我，怔怔地望着我，眼角流下了一滴泪。

在这异乡的夜里，想起我的小牛，我的心中仍不能自已，但是我的小牛竟然没有死，他竟然是牛魔王？——这让我心里又惊又喜，可我竟跟他当面错过了，真是太可惜了，我多想再跟他见面，好好聊一聊啊。我又想起他所说的动物园的事，也不知道是真的假的？那几天我格外留心电视和网上的新闻，但关于动物园却没有什么消息。

那一天，我从国家图书馆出来，骑着自行车向白石桥方向走，走过首都体育馆，我看到很多人正围在家乐福超市门口抗议，突然抗议的人群骚动起来，我顺着他们的目光向主路一看，不禁惊呆了！只见一群动物占据了主路，正从东面向我们这里跑过来，那些狮子、老虎、狼、豹子、斑马、长颈鹿、大象、熊猫，在道路上疯狂地奔跑着，天上还飞着鹰、隼、雕等猛禽，而跑在最前面的，正是一只强壮愤怒的大公牛！他们像一片乌云从我们身边一掠而过，继续向西跑去，抗议的人群惊呆了，他们顾不上扯掉条幅，也追了上去，我也掉转自行车，骑上主路，猛蹬着去追他们。这支奇怪的队伍一路奔跑到紫竹桥，从那里向北，上了西三环。路上的各种车辆纷纷躲避，三环的主路上一片空空荡荡，在这个下班的晚高峰创造了一个奇迹。大公牛在前，各种动物和人群在后，他们一路狂奔，从西三环又上了北三环，苏州桥、四通桥、蓟门桥、北太平庄、马甸桥、安华桥、安贞桥，他们一路跑着，一路叫着，一路笑着，像是一个欢快盛大的节日。路边的行人纷纷驻足观看，有的拍照，有的报警，有的也跟着一路奔跑。

当他们跑到三元桥时，突然警笛大作，从不同方向开来了几十辆警车，从车上跳下来的是全副武装的警察，他们手持各种武器，将公牛和他的队伍团团围在了中央。有一个人拿着话筒冲他高声喊话，让他"放下武器，束手就擒"。在喊话时，那些抗议家乐福的人慢慢退了出来，他们解释说是跟着看热闹的，警察把他们扯到了一边。那些动物奔跑了好一阵，体力消耗过多，有不少累得倒在地上吐着舌头喘气，警察对他们分割包围，有的用电棍击昏，有的打了麻醉枪，很快都扔在了动物园跟踪而来的车上，天上的鹰、隼、雕等猛禽嘎嘎叫着向下扑，埋伏在附近的狙击手毫不犹豫地扣动了扳机，一只只猛禽跌落下来，鲜血溅红了地面。

等我骑自行车匆忙赶到时，包围圈中只剩下那头大公牛了。大公牛站在那里，转着身子看看四周，四周都是手持枪械的警察，其他的人和动物都被赶到圈外去了。他抬头看了看天空，黑色的夜空深邃而神秘，无数的星星向他眨着眼。包围圈越来越小，在这个城市的街头，一场人与牛之间的大战即将上演。大公牛一瞪眼，前面的警察恐慌地退回数尺，突然大公牛纵身一跃，跨过他们的头顶，踩扁了两辆警车，密集的枪声瞬间响了起来，但大公牛并没有停下脚步，他冲出包围圈，腾空而起，向天上缓缓飞升而去。

那些警察面面相觑。

我手捂着胸口刚喘过气来，在那些警察来盘问我之前，我冲着天空用力吹了一声口哨，我看到那头大公牛在半空中缓缓转过头来，冲我微微一笑，眨了眨眼睛。

是的，那就是我的小牛，我的牛魔王。

我知道他一定会再回来的。

再见，牛魔王。

2015 年 10 月 3 日

纵横四海

那时候我也参加过黑社会，或许也不能叫黑社会，就是一帮人在一起瞎玩、瞎混，说起来也算是一个小江湖，我和二猛、小东在学校里就经常一起玩，我们不喜欢学习，也不好好上课，经常逃课出来去看录像，去打台球，或者骑着自行车在街上乱转，冲着漂亮女生背影吹口哨，我也是在那时候开始抽烟，学会了喝酒。我们的成绩不好，都没有考上高中，毕业后仍然骑着车子一起玩。那个时候我们都不愿意回家，从家里一出来就是三五天，家里人也找不到我们，好不容易找到了，关在屋里，不再让我们出门，但我们抽个空子就跑出去了，觉得在家里没什么意思，父母就知道唠叨，不让干这不让干那的，哥哥姐姐有的在家干活，有的到外地去打工，看他们活得也没劲。我们那一伙人呢，在一起玩得倒很高兴，我们都很讲义气，讲兄弟情义，你有什么事，我为你两肋插刀，我有什么事，你替我去摆平，来来去去都很干脆利索，就凭一个"义"字，在一起感觉很爽快，很痛快，有钱了就大碗喝酒，大块吃肉，像梁山好汉一样，没钱了就大家一起饿肚子，没有谁有怨气，活得很潇洒，那时候不是有一首歌叫《潇洒走一回》吗？我们觉得那样活着，才真正算是潇洒。

那时候录像厅刚兴起来不久，我们县里原先的电影院经营不下去了，分割成了几个部分，承包给了个人，那些人就装修成了录像厅，有叫镭射影院的，有叫花都女皇的，有叫新时代放映厅的，五光十色，看上去很花哨。我们上学的时候，学校里还组织我们去看过《雷锋》《焦裕禄》《大决战》，电影院门口还有卖花生瓜子的，都是一毛钱一小纸包，买一包，装在口袋里，走上长长的台阶，才走进电影院。我还记得，我们还在这里看过电影《少年犯》，那里面的内容触目惊心。在放完片子之后，公安局还在这里举行了公审大会，将一些犯罪分子押上舞台，一一宣布他们的罪名与刑期，其中还有几个死刑犯，他们在台上都站不稳了，由两名全副武装的警察拖着。最后公审人员大声宣布，"立即押赴刑场，执行枪决！"我们看到，那些犯人被一个个押到了一辆大卡车上，前面有警车开道，在我们县城的主要街道上转了两圈，当时叫"游街"，等游街完毕，就将所有的犯人拉到柳林河汊边，对死刑犯执行枪决，那些犯罪较轻的人陪绑，也都吓得尿了裤子。当时我们同学中有不少人跟着去看，回来又恐惧，又恶心，好几天吃不下饭，我没有跟着去看，但那几天，一闭上眼，就能想到枪毙的情景，吓得不得了。那时候伴随着《少年犯》，还流行了一阵《铁窗泪》，"手里捧着窝窝头，菜里没有一滴油"，我们去食堂打饭的时候，经常会有人在路上大声地唱着。

现在电影院没了，录像厅里放的片子反而更加丰富了，那时候最多的是香港片，什么《英雄本色》《喋血双雄》《纵横四海》，本来我也不喜欢看电影，但这些片子看得我热血沸腾，觉得那样的生活才真有意思！那时候录像厅里也放外国片，放武侠片，有的还偷偷地在半夜放黄色录像。我也看过一次带色的，是二猛带我去的，那时候录像厅已改成了从南侧的小门进，在两棵大杨树的旁边。天已很晚了，二猛带我买了票，门口有一个人领我们穿过一个狭窄的通道，攀了不少层阶梯，才来到一个乌烟瘴气的小房间，屋里已经坐满了人。我们在后排找了两个座位坐下，向前看也不是电影银幕，而是一个大一点的彩电，那时候大彩电在我们这里也还比较稀罕，彩电上演的是《黄飞鸿》还是《方世玉》？反正就是一部古装武侠片，录像的质量很一般，嘎嘎啦啦的，不时有雪花飞过。演着演着，突然前面有一个光头大声喊，"换片子，换片子！"又有几个人响应，"换片子！"这时那个领我们进门的人出现了，他像领导那样双手向下一压，又伸出手指"嘘"了一声，右手向门口一指，门口有个人立刻会意，将两扇门紧紧关上，插上了插销，又拉上了厚重的门帘。这时我再转过头去，屏幕上已经换成了两个光着身子的男女，正在不停地动作着。我以前从来没有看过这样的录像，一时感到浑身燥热，整个房间里也是鸦雀无声，只能听到粗重的喘息。过了一会儿，有个小男孩走到门口，要出去，看门的人不让他走，他喊起来，"我要上厕所！"房间里一片混乱，有的骂，有的嚷，那个人来到门口，问清怎么回事，对那个男孩说，"你走吧，走了就别回来了！"那个男孩拼命地点头，那人打开门，我趁机也拉着二猛一起出来了，二猛还有点恋恋不舍，我狠狠扯了他一把，他便跟我出来了。外面的空气很清新，我们两个人骑着自行车，在街上溜达了很长时间。

那时候我们都很迷茫，整天无所事事，精力也很充沛，但又不知道该做些什么好，时常打架斗殴，也说不清为什么打，有的是为了发泄，有的是为了好玩。二猛打起架来很勇猛，很快在我们县城就出了名，他家住在城北的高三里，我们经常到他家集合，再从他家骑车出去玩。二猛的父母都是老实巴交的农民，在家里种庄稼，他哥哥高中毕业没考上大学，到南方打工去了，他姐姐长得很漂亮，但是人有点痴呆，到结婚年龄了，还没有嫁人，在家里做点针线活，我们经常看到她坐在路口绣花。家里没有人能管住二猛，二猛也觉得在家里没有意思，时常往外跑。后来二猛认识了道上的一个老大，经常带领我们跟着他吃吃喝喝，打打杀杀，二猛觉得干一辈子农活没什么出息，只有跟着大哥混，才能出人头地，也才能让家里人过上好生活。我还没有说，二猛虽然看不上家里人的生活，觉得那样活着没意思，但他对家里人的感情很深，他想保护家里的人，想让家里人过好，也想让家里人觉得自己有出息，为自己骄傲。但二猛的感情不轻易流露，我们去他家，他对父母的劝告总是不理，说话也恶声恶气的，对他姐姐也只是一句，"你别管！"但是我们知道，等出了家门，骑着自行车走在县城的街道上，夜色中二猛有时会突然流下泪来。我记得有一天深夜里，我们在街上骑着自行车转悠，忽然从街边一家音像店里传来一阵歌声——

　　姐姐我看见你眼里的泪水

　　你想忘掉那侮辱你的男人到底是谁

　　他们告诉我女人很温柔很爱流泪

　　说这很美……

　　二猛听到这里，将车子停在路边，沿着阶梯走上去，我和小东不知道他要做什么，也将车子闸在树下，跟在他后面迈上台阶，来到上面那家音像店。那家音像店里只有老板和一个小姑娘，二猛进去也不跟他们打招呼，在三排磁带架子前转过来，转过去，身后的钥匙链轻轻敲击着。等这首歌放完了，他抬起头，对老板说，"刚才那首歌，再放一遍。"老板一下子没明白过来，问他，"你说什么？"二猛一脚踢在盒带架子上，盒带噼里啪啦掉落了一地，二猛高声说，"我说把刚才那首歌再放一遍！你没听见？"老板吓得一哆嗦，赶忙跑到门口小姑娘那里，手忙脚乱地把磁带倒回来，再重新播放。二猛继续在磁带架子间踱步，右手握着的链子锁敲打着左手掌，轻轻和着拍子，老板的目光紧张地跟着他转，有时也看看站在门口的我和小东。一首歌播完，二猛已转到了门口，对那个小姑娘说，"这首歌不错，叫什么名字？"

　　"我不，不……知道"，小姑娘早已吓坏了。

　　二猛轻轻拍了一下录音机，转身就往外走。

　　"大哥！"老板在背后叫了一声。

"还有什么事吗？"二猛转过头，眉毛已拧了起来。

"没有没有，"老板虚弱地笑着，赶上来，"大哥喜欢这首歌，我送您一盘带子。"说着递上来一盘盒带。二猛接过磁带，在他肩膀轻轻拍了拍，转身出门，一步步走下台阶。夜已经很深了，风吹起他大衣的一角，看上去很潇洒，像电影里的慢镜头。

过了没有多久，社会上开始流行呼机，二猛很快给我和小东配了一个，有什么事他一呼我们，我们很快就到了，我们也不再骑自行车了，每人一辆摩托，在县城的街道上飞驰而过。我们去讨过债，也去要过账，几辆摩托车呼啸着来到那家人的门口，手中拿着钢管、链子锁、砍刀，坐在他们家的客厅里，如果那人仍然不还，也不废话，就开始砸家具，一直砸到他们还钱为止。有时候债主不在家，家里只有妇女儿童，我们就天天去，像上班一样，去了就在他们家坐着，一直等到债主出现才罢休。

我们也打过几次狠仗，最狠的一次跟歌厅有关。那时候我们县城里刚开始兴起卡拉OK，这是一个赚钱的买卖，但不是谁都能开的，我们跟着的那个老大在局里也有人，黑白两道通吃，他看准了这个买卖，在原先电影院路口的东北角开了一家，生意很红火，但是他的对手也在附近开了一家，就在以前录像厅南门对过的河边，两家相距不到五百米，这样一来，我们大哥的生意就被分流了一半，再加上这个对手以前跟老大也有些恩怨，他原来是老大的手下，后来拉了一帮人自立门户，跟大哥抢地盘，在我们眼里说起来就是叛徒，现在他竟然欺负到我们头上来了，老大知道这家伙有些背景，想忍一忍也就算了，但手下的兄弟们不答应，最后他让我们出面教训一下。

那一天的场面很壮观，在电影院南边有一座小桥，桥南西侧有一片建筑废墟，那是拆迁后留下来的，那一天傍晚，双方各有三五十人，在这片废墟上对峙。那个家伙膀大腰圆的，手持一把大砍刀，跳出来说要与老大单挑。老大坐在那里，微微一笑，二猛抓着一根钢管，一步步向那个家伙走去，在他面前站住，那个家伙冷冷笑着，对二猛说，"你算是什么东西！我告诉你，你跟着他干，早晚会后悔的！"

"你这个叛徒！"二猛大吼一声，手中的钢管朝那个家伙打去，那家伙一闪身，躲了过去，大砍刀也砍了过来，两人来来往往几个回合，周围对峙的人盯着他们不错眼珠，手中的武器窸窸有声，正在这时，二猛一钢管打在那家伙的背上，那家伙一下子摔倒在地，砍刀也甩出去很远，他还想爬起来，二猛飞上去一脚，将他踹倒，那人后面的弟兄想扑过来，二猛一脚踏在那人的身上，转过身来一挥钢管，"不要命的就过来！"

那些人一时愣在那里，这时老大从座椅上站起来，走到废墟的中心，蹲下来，看着那家伙挣扎的躯体和流血的额头，轻轻地说，"兄弟相残，这又何必呢？"二猛提着钢管走开了几步，那家伙在地上蠕动着，突然抓起半块砖头向老大砸来，老大一躲，砖头贴着他的耳朵飞过去，老大摸了一下耳朵，手上沾了一抹鲜血，二猛见状又抢起钢管扑过来，老大一伸手，"慢！"说着他走到那家伙身旁，啐了一口，用脚踩在他的脑袋上，恶狠狠地说，"你还不服是不是？不服就再来！"说着用力踢了他几脚，那家伙嗷嗷叫着，老大又用力踩在那家伙的脸上，我们看到他的头重重磕在水泥石梁上，他艰难地喘着气，脸上的血淌了下来，在阳光下很是耀眼。老大踩着他的脸，提高了声音说，"我对你仁至义尽，一忍再忍，你却敬酒不吃吃罚酒，今天让兄弟们看看，这就是背叛的下场！"周围一片沉寂无声。

经过这一场恶斗之后，那个家伙黯然退场，他的歌厅很快就歇业了，我们老大的生意又恢复了繁荣昌盛，二猛也更加受到老大赏识，我们跟着他夜夜笙歌，天天喝酒、唱歌，到处乱转。但是在这个时候，我们和二猛之间也逐渐发生了裂隙。小东越来越喜欢泡网吧，他对新生的事物都充满了好奇，那时候QQ刚兴起来，他马上就注册了一个QQ号，窝在网吧里整天跟人聊天，他还帮我也申请了一个号，我不会用，也觉得没意思，他对我说，在网上聊天多好啊，你可以和天南地北的人聊，别人不知道你在哪儿，也不知道你是谁，想聊啥就聊啥，我说那有什么意思啊，还不如我们见一面，喝着酒聊天，他呵呵笑着说，你不懂。我确实不懂，但我也不想懂，有一段时间小东还不停地见网友，当然主要是女网友，见了回来就跟我们说见面的情况，他说得兴致勃勃，我和二猛都觉得没什么好玩的。但小东却乐此不疲，一直到后来，小东的媳妇也是在网上认识的，这在我们这小县城可是个新鲜事，那个女孩是我们县中的英语老师，大学毕业，也有正式工作，但在网上跟小东很能聊得来，到最后竟然非要嫁给他不可，而小东不过跟我们一样，只是一个小混混，还是农村户口，这在后来还有不少故事，我们以后再讲。

那时候我也有自己的考虑，我觉得自己慢慢长大了，一晃就20多了，总这么混下去也不是个办法，虽然可以吃吃喝喝，也能威风凛凛，但一辈子这样混下去，似乎也不是我想要的生活，在这样的生活中，我看不到出头之日，要成为老大必须心狠手辣，必须从小事做起，可我知道自己，跟着别人混混还可以，要我一个人下狠手，确实也做不到。再说我父母年纪也大了，以前不觉得，很烦他们唠叨，现在他们突然头发就白了，腰也弯了，看着很可怜，我也不想再让他们为我担惊受怕，我不怕死，也喜欢舞枪弄棒，可万一我死了，谁为他们养老送终？这样思来想去，我打打杀杀的念头也渐渐淡了，跟二猛走得越来越远了。后来我想，二猛是真把这当作一个事业来做的，他也有当老大的潜质，如果不是发生后来的事，二猛真有可能成为后来的老大，当然他也有可能像当年的老大一样，被人民警察无情镇压，这真是福兮祸兮，我们也说不清楚。

　　正当二猛混得风生水起之时，我和小东却离他越来越远了，这让二猛很伤感，有一次喝酒他喝醉了，搂着我们说，兄弟们在一起混，都不容易，我最不忍心看着咱仨走着走着就走散了，我说一句话，你们要记住，别管我以后混得咋样，只要有我一口吃的，绝不会饿着你俩！我和小东也很感动，都流下了眼泪。从那以后，我们三个算是达成了一个新的默契，有什么重要的事，二猛就跟我俩打电话，他一招呼，我们两个随时就到，赴汤蹈火在所不辞。但平常里，我们两个也不再跟随他左右了。

　　也就在那时，我叔叔从外地打工回来，不想再出去了，就用他多年积攒下来的钱，在我们村里开办了一个皮革厂，让我到他的厂子里去帮忙。我跟着我叔叔跑前跑后，办手续，招人，引进设备，事情很多，忙得不可开交，我做起这些事来很用心，觉得也很充实，我父母觉得我总算走上了一条正路，在我叔叔身边，他们也放心。这个时候二猛仍然在跟着老大混江湖，他也有了几个新的小弟，其中一个叫小马，长得眉清目秀的，见到我们很谦恭，他是二猛的司机。这个时候，二猛已经有了一辆车，虽然是二三手的破车，但在那个年代我们的小城里，也是很风光的了。

那时候二猛在发廊里认识了一个姑娘小美，很快跟她好上了。在我们县城里，发廊和歌厅差不多是同时出现的，老大的歌厅里就有不少陪唱的女孩，长得都很标致，但在老大的威慑下，没有人敢打她们的主意。二猛最初见到小美，也是一个兄弟请客吃饭后，请大家去按摩，在那家发廊认识的，以后他就经常去。小美是一个南方姑娘，人长得不是很漂亮，但是很耐看，二猛跟她很聊得来，一到发廊里就叫她。我曾跟二猛到那家发廊里去过，那家发廊在我们县城的西北角，门脸不大，门口很昏暗，但一进去却别有洞天，那天晚上二猛喝了不少酒，开车带我来到那里，他一进门，老板娘就连声喊小美来陪他，他搂着小美的肩膀向楼上走，还转过头来对老板娘说，"我这兄弟人很实在，你找人把他陪好啊！"老板娘一迭声地答应着，走过来问我，"兄弟，你想找个什么样的小妹？"我说，"随便，我主要是来陪他的。"老板娘笑着说，"好的，我找一个热情点的妹子陪你。"随后她点了一个小妹，陪我来到楼上昏暗的单间，做完了按摩，小妹问我，"要不要加钟？"我说算了，就跟她一起下楼，她去结算，我在楼下的沙发上坐着等。这时我听到二猛正在楼上嘶吼着，他的歌声穿过墙壁断断续续传过来——

　　……原谅我这一生不羁放纵爱自由

　　也会怕有一天会跌倒

　　背弃了理想谁人都可以

　　哪会怕有一天只你共我……

　　我坐在那里，静静地听着，等着，觉得这一切是多么荒唐，在这间昏暗的发廊中，我们在唱着自由和理想，可我们的自由是什么，理想又是什么？我说不上来，也不想去想，但我却觉得眼下的日子不是我真正想过的，二猛的生活不是我想过的，我叔叔的生活也不是我想过的，可是我想过什么样的生活？我自己也不知道，或许就是在那个时刻，我突然想到，我要离开我们这个小县城，到外面的世界去看看，哪怕碰得头破血流，也比一辈子守在这里强，当然我下这个决心并不容易，我叔叔很生气，说他的厂子刚有了头绪，正缺人手，问我是不是嫌给的钱少，我说都不是，耐心地跟他说就是想去外面看看，他不信，一发火，不再理我了，我父母当然也很生气，但是我执意要走，他们也拗不过我。到现在，我离开家乡也快十年了，在这城市里也闯下了自己的一片天，最开始受苦受累，受人歧视就不用说了，愣的怕横的，横的怕不要命的，在哪里都一样，我跟二猛闯荡了那么多年，怕过谁？当然我不惹事，可是你也别惹我，我可以一忍再忍，但是等到我忍无可忍的时候，你也别怪我残酷无情，别怪我翻脸不认人。

我要离开家的那一段时间，跟二猛总是联系不上，我和小东去了歌厅，去了发廊，去了网吧，都找不到他的身影。后来我和小东骑着摩托车去了他家，我们已经好几年没到二猛家来了，他家仍是以前的破房烂屋，他姐姐仍然坐在门前绣花，二猛也不在家。我们本想看一眼二猛在不在就走，但是他父亲很热情，非要让我们在家里坐一会儿，我们便跟着他进了堂屋，那个房间白天仍然很昏暗。二猛的父亲看起来也老了，给我们泡茶，手也哆哆嗦嗦的。我们问他二猛在哪里，他说他也不知道，二猛很长时间没回家了，又说二猛平常里也很少回家，回家也是扔下一些钱就走，在家里连一顿饭都不吃。我们看着这熟悉的房间，都很感慨，说着安慰老人的话，二猛的父亲告诉我们，如果我们见到了二猛，就叫他回家来一趟，说他娘病了，躺在床上下不了地，让他快点回来看看。又说，现在这座老房子要拆迁，政府这次给的补贴很高，"咱家也好过了，叫他别在外面瞎混了，回家娶个媳妇，好好过日子吧。"

后来我们才知道，那几天联系不上二猛，是他正在躲避仇家的追杀，人在江湖，总是会伤害别人，也总得提防着被人报复，这一次二猛得罪了一个硬茬，那人背景很硬，手下的兄弟很多，我们老大也不能保证二猛的安全，就安排他躲到外地，并叮嘱他不要跟任何人联系。二猛就此消失了，跟他一起消失的还有小美和小马，我们不知道他具体藏到了什么地方，我想他可能躲到了一个风景名胜区，在那里优哉游哉地过着日子，等到老大和对方谈妥条件，三五个月之后再回来。我们也不知道，这是不是老大所设的一个圈套。后来小东告诉我，都怪二猛对小美太依恋了，他有一段时间经常看到，二猛开车载着小美，在我们这小县城里招摇过市，小美这个人并不单纯，可能是老大或对手买通了她，通过她来拴住二猛，这次二猛与小美一起消失，可能也是他们事先安排好的，而二猛也乐意跟小美逍遥一阵子，就这样被冲昏了头脑，没想到钻进了别人设的局。但我觉得小东对小美可能有些偏见，就我的感觉来说，二猛是真的喜欢小美，小美似乎也是真的喜欢二猛，我们在一起吃饭时，二猛有时也会带小美来参加，我们喝酒，她在旁边贴身规劝着二猛，看他们的亲密与默契，真像是一对恩爱的情侣，这在我们这个圈里是很少见的，我们也一直听说，二猛准备和小美结婚，我们这个地方风气很保守，要娶一个做过发廊的女孩，可见二猛是动了真感情。而在发生了那件事之后，我们发现小美也消失了，小东不知从哪里听说，小美还怀了二猛的孩子，躲到一个地方生了下来，我后来也曾经查找过，但一直没有再发现小美的踪迹。

在离开家的那一天下午，我正在收拾行李，突然接到二猛打来的电话，他在电话里似乎很着急，只是匆促地对我说，"快来，到我家，叫上小东！"我不知道发生了什么事，给他打回去，是忙音，我急忙跨上摩托车，一路向二猛家飞驰。在路上我给小东打了个电话，说二猛有事，让我们赶快到他家里去，小东说他在网吧里，让我先去接他，于是我又飞快转到网吧那里，接上小东，从那里向北，急匆匆向二猛家赶去。

到了二猛他们村，我们大吃一惊，这才过了没有几天，整个村庄已经完全改变了模样。村里到处都在拆迁，有的房子都扒了，只留下一堆瓦砾，有的拆了一半，房顶被掀掉了，门和窗都成了空空的洞口。道路的两旁是一片废墟，满地都是破碎的砖瓦、水泥、石块，漫天飘起灰黄色的扬尘，还有白色垃圾袋挂在树梢，随风摇摆着。整个村庄像被飓风席卷过一样，或者像刚刚遭受了强烈的地震。我骑摩托车载着小东，绕过路上的种种障碍，飞速向二猛他们家驶去。到了那里，却发现是另一种场景。

二猛家邻居的房子都已经被拆了，现场是一片片瓦砾堆，很空旷，二猛家的房子却独自矗立在那里，以前这座房子显得很矮小，现在没有了其他房子比照，一下显得高大了许多。我和小东骑摩托过来，远远看见在房子前面围着一群人，等我们走近了，才发现面临着一个复杂的情况。在那房子前，有两拨人对峙着，一拨人是二猛，他手执一根钢管站在瓦砾堆上，边上有一棵倾斜的小树，在他的身后是小美和小马，更后面是他的父母，他的姐姐仍然坐在门口绣花，偶尔她会抬起头来，迷惘地看一下周围，似乎不明白发生了什么。而在他对面，我们万万没有想到，竟然是我们的老大！他戴着墨镜，抽着烟站在那里，我们看不清他的表情，在他的背后，是三五十个持枪弄棒的小兄弟，在他们的旁边是几辆大铲车，更远处还有几辆警车。

"看你们谁敢过来！"二猛大吼一声，挥舞着钢管用力一劈，打在那棵小树上，那棵小树咔嚓一声断为两截，树冠砸在瓦砾上，腾起一片尘土，老大身边的小兄弟纷纷向后退去，他们如果没见过，至少也听说过二猛好勇斗狠的威名，面对二猛，很难不感到心惊胆战！

老大仍然站在那里纹丝不动，他慢慢抽完了那支烟，将烟头潇洒地一弹，烟头在空中画了一个弧线，跌落在地。这时老大开口说话了，他说："咱们兄弟走到这一步，我很痛心，我也有责任……但是我没想到，你竟然翻脸不认人，不顾兄弟情分，不顾劝阻，竟敢和我对抗，你听我一句劝……"

"别废话！我跟你出生入死这么多年，没有功劳也有苦劳，我不怕脏，不怕累，不怕苦，不怕死，干什么都可以，但是我也有底线，那就是我的家！现在你竟然甘当走狗，跟那些官商勾结，全然不念兄弟旧情，竟然欺负到我头上来了，你不仁，休怪我无义！今天要拆我家的房子，你就踩着我的身体来拆吧！"

老大站在那里，望着二猛，摘下墨镜，有片刻没有说话，随后他挥挥手，神情黯然地退到一边，似乎心有愧意，又好像不忍心看到二猛被痛打群殴的场面。那些手持兵刃的兄弟从四面八方围了上来，小心翼翼地靠近二猛，他们既惧怕二猛的威名，又被二猛的话触动，逡巡着不敢近前。

这时老大一转身，看到了我和小东，他眼睛一凛，"你们是二猛的人吧？"

我和小东对视一眼，"我们当然听老大的！"

老大警惕地盯着我们，冷冷一笑。我和小东不敢懈慢，提起我们的兵刃，也加入了围攻二猛的队伍，我们拨开了几个围在后面的兄弟，冲到了最前头。这时二猛也看到了我们，他的眼睛亮了一下，但随即又黯淡下去。这时的二猛站在瓦砾堆上，身旁是一棵歪倒的小树，他的衣衫在风中瑟瑟抖动着，看上去又可怜，又孤单。

包围圈越来越小，我们身后的挖掘机轰鸣着发动了，它们似乎看到了胜利的希望。此时二猛在绝望中迸发出了最大的力量，他大吼一声，"我跟你们拼了！"说着挥舞钢管冲下瓦砾堆。但是他刚跑了一两步，就猛然跌倒在地上，我们正在诧异，一抬头，看到了小马冷冷的笑容，原来小马竟然是老大的人，是他从背后给了二猛一个突然袭击！这时弟兄们一拥而上，各种兵刃纷纷击打在他身上，小美披头散发地扑了过来，她扑在二猛身上，大声地喊叫着，"别打了，别打了！"但是她很快被两个人拖走了，扔到了一辆车上。而在她的背后，二猛的父亲也被人扭住胳膊，塞到了车上，还有几个人去扯二猛的姐姐，她全然不明白发生了什么，手中还死死抓着线团和一块花布，几条不同颜色的丝线纠缠在一起，拖了一地。挖掘机和大铲车轰鸣着，开了过来。

二猛已经被打得体无完肤，躺在瓦砾堆上呻吟着，老大抽着烟，慢慢走过来，周围的兄弟慢慢散开。老大走到二猛的身边，摘下墨镜，轻轻摇摇头说，"你这个人就是固执，说什么也不听，都是自家兄弟，为什么要自相残杀呢……"说着他抬起脚踩住二猛的头，用力地蹦着，又大声说，"你跟了我这么多年，难道就不明白，凡是跟我作对的，都不会有好下场！现在你明白了吗？明白了吗！明白了吗？！"我们看到，二猛的脸在他的脚下不停地扭曲变形，鲜血淌了满脸，他痛得嗷嗷直叫。

　　这时候我手中的钢管突然有了生命，我听见它嘶叫了一声，猛力向老大的背上抽去，几乎就在同时，我看到小东的链子锁也砸在了老大身上。老大一个趔趄，跌倒在瓦砾堆上，他捂着脸艰难地转过身来，啊啊地大叫着，鲜血从头发上流了下来，我们又扑上去，狠狠给了他几下。这时周围那些兄弟似乎才明白发生了什么，他们手执兵刃朝我们拥过来，远处穿制服的人也在向这边奔跑。二猛也看到了我们，他用尽全身力气，对我们两个大喊了一声，"快跑！"我和小东一看大事不好，赶紧向外跑，我们打倒了两个追过来的人，飞速奔跑到摩托车旁，我跨上摩托，点火，发动，一气呵成，在众人拥围过来之前，我终于开动了摩托，迅速向前驶去。在我们身后，各式车辆鸣叫着跟了上来，一直在追着我们跑。我骑着摩托车，迎着风，在大道上一路飞驰。可是二猛的脸被踩在脚下反复踹着的画面，在我脑海中总是挥之不去，直到现在，这个画面仍会不时闪现在我面前。

2015 年 10 月 10 日—15 日

织　女

1

那时候我们村里家家户户都织布，我家里就有一台织布机，全是木制的，平常摆放在东屋里，要织布的时候才拾掇干净。我家主要是我姐姐织布，我记得那时候她坐在织布机上，双脚有节奏地踏着踏板，两只手飞快地投梭接梭，哐当哐当，伴随着踏板的声音，我们就开始盼望着，等她织好布，过年的时候就有新衣服穿了。我姐姐在村里有不少小姐妹，她织布，她们也织布，有时她们凑在一起，就会叽叽喳喳地议论着，看谁织的布好看，鲜亮，图案新，花纹美，她们相互品评一番，回去的时候都暗自憋足了劲，要织出更好看的花布。

在我姐姐的小姐妹中，芳枝和桂枝织的布总是别出心裁，村里人看了都说好，她们是一对姊妹，是我一家远房叔叔家里的，她们家在我们村西北的胡同里，离我家也比较远。她们俩经常到我家来，一来就扎到我姐姐的房间里，在那里说个不停，笑个不停，也不知道她们在说笑什么。那时候她俩大约都十七八岁，都长得很美，是我们村里的两朵花，不少小伙子都让媒人去她们那里提亲，但是她们的父亲都不同意，说她们还小，等过两年再说。但是在村中，在地里，在街上，无论她们走到哪里，都会吸引来很多目光。那时候我还小，根本不懂，但我也很喜欢跟她们一起玩，有时她们来找我姐姐，也会给我带一些好吃的。我也跟我姐姐去过她们家，虽然是在一个村里，但那时我却觉得她们家很遥远，很偏僻，我跟着姐姐出了胡同，走上大路，过了村里的小学，在那里向西拐，在第二个胡同口再向北走，走过三四家人家，就到了她们家。她们家的门楼朝东，很高，全部是红砖砌成的，大门是铁皮包的木门，这在当时是我们村里的富裕户。进门是一堵迎门墙，墙上画着青山绿水，迎门墙和门楼之间，搭着葡萄架，正是夏天，上面爬满了绿油油的葡萄藤，半空中还悬垂着不少青色的葡萄，在风中摇摆着，很诱人。拐过迎门墙，北边是她们家的堂屋，西边是厢房，芳枝和桂枝就住在西厢房里。她们的门口栽种着一棵茂盛的柿子树，叶子很厚，很宽大，上面结的柿子快熟了，隐藏在叶底，像一个个小灯笼。

我姐姐一来，芳枝和桂枝都很高兴，她们又叽叽喳喳地聊了半天，桂枝还爬到树上为我摘下了一个红柿子。这时我才知道，她们这一天不只是在一起玩，还要为织布配线，这可是织布的一道重要工序。后来我才知道，在织布之前，有很多事情要做。先是要纺线，把一团团棉花纺成一个个线锤，那时候每天晚上吃完饭，我姐姐没事就坐在床上，在昏暗的煤油灯下，一手摇着纺车，一手抻着棉线，一边摇一边缠，慢慢地，一个鸽子形状的线锤就纺好了，在我姐姐纺线的时候，我就趴在煤油灯下写作业，有时候她也会问问我学校里的事，有一搭没一搭地说着话。纺完线就要染色，那要选一个晴朗的好天气，配好染料，将线锤浸染好了，再一个个摆开，在太阳下晾晒，那些线锤好像各种颜色鲜亮的鸽子，红的，黄的，绿的，一个个流光溢彩，似乎要展翅飞上天空。染完色之后就要配线，要织成什么样的图案，先要将线搭配好，那时要在院子里扯开长长的线，按照花样一一安排好，这一头有人扯着线团，那一头有人将线一根根固定在织布机的挡板上。配好线之后，将挡板装在织布机上，这是织布的纬线，织布的时候，坐在织布机上，踏下脚板，用飞梭将经线来回穿插，每踏一下，就甩一次飞梭，伴随着哐当哐当的踩踏声，经纬相交，一丝丝，一寸寸，慢慢就织出一匹布来。

那天上午，她们要做的，就是配线。在芳枝家的院子里，我姐姐在堂屋门口固定住挡板，桂枝扯着长长的线向南走，走了大约四五米，在那里将线头固定在另一块挡板上，固定好一根，她再返回来，再将另一条线扯过来，系在挡板上。芳枝在边上看着，指挥着，让桂枝将哪条线放在哪个位置，在桂枝走来走去扯线的时候，她也走来走去，从前边后边，左边右边，从不同的角度看配线的效果，有时她会纠正桂枝扯错了的线，让她换一个位置，有时她还要看一看花布样子，跟我姐姐商量，"我觉得这条红线放在这里，会更好看。"有时她又说，"这根白线不能放在这里，冲淡了颜色。"我姐姐和桂枝就点头。她们三个人在那里说笑着，忙碌着，不时地打趣。

这个时候，我坐在柿子树下，有时也跑到她们身边，这儿看看，那儿瞅瞅，我姐姐怕我扯断了线，让我躲到一边乖乖坐着，桂枝又去给我摘了一个大柿子。我坐在那里捧着红柿子，看到在灿烂阳光的照耀下，长长的线抖一抖，半空中五彩缤纷的，颜色像是要跳了出来，芳枝和桂枝在彩线之中穿梭，就像两只飞来飞去的蝴蝶，又像在五线谱中跳跃的音符，那么明媚，那么美。

2

过了没有两年，我们村里就开始流行洋布了，的确良、卡其布、涤卡、腈纶，这些新的布料都是大机器织出来的，都是从外地运过来的，又轻，又薄，又软和，又好看，很受村里的女孩子喜欢，但是这样的布都很贵，只有城里的女孩才穿得起，我们村里也只有少数富裕人家的孩子才能穿，她们穿着这样的布料做成的新衣服，骑着自行车在村里驰过，姿态很轻盈，像要飞起来一样，总是能吸引很多人的目光。是啊，跟这样的布比起来，我们自己织的布显得又土又笨，又厚又重，剪裁成衣服又没有形，看上去不美，也不大方。我姐姐就很喜欢这样的洋布，虽然她也喜欢织布，不过现在，织布对她来说更像是单纯的劳动，而少了织出一匹布的喜悦。这个时候，我姐姐仍然常常和芳枝、桂枝在一起，但她们谈论的话题慢慢发生了变化，她们很少再谈怎么织出新花样或新图案，而是在说城里哪条街上可以买到好看的布，尤其是桂枝，她对好的布料很好奇，经常来家里叫上我姐姐，一起去赶集。

那个时候我们村里都很穷，很多人家刚刚能解决温饱，手里都没有多少钱，可也正是这个时候，我们村里的女孩子对美有了憧憬，她们看上了一块花布，总是要想办法买到手，然后裁成裙子、褂子或裤子，穿在自己身上。那时候我们村里的女孩子也没有太多办法赚钱，她们都是自己多干一点活，攒上一点钱，再去买布，有时候为了买一块花布，她们要攒上几个月，甚至半年，一年。

我记得我姐姐那时候干过的活，有割草、采草药、编草辫子，等等。割草就是背一个大筐，到地里去割青草，割好满满一筐再背回来，然后摊开在阳光下暴晒，等草晒干了，再背到城里去卖，城里的畜牧局每年都会大量收购，为牲畜储备冬天的草料，一斤草才几分钱。草药可以卖得贵一点，但是更花时间，也是一阵阵的，有时候需要这种，有时候需要那种，那时候我也跟着姐姐去采草药，认识了不少药名，像马齿苋、满天星、夏枯草、紫苏叶、国槐籽，等等，中药铺里还收蝉蜕，我们也常到树林里去寻觅，看到一个蝉蜕在树枝上较高的地方，我就像个猴子似的，三下两下爬上去，帮我姐姐摘下来。编草辫子主要是女孩子干的活，要细心、耐心，草辫子的原料就是麦秸秆，在我们那里麦收之后到处都是，编织之前要先选出长而白的麦秸秆，在水里浸湿之后再晒成半干，编织的时候，先把前端固定好，然后将麦秸秆分成三股，像编辫子一样，将这三股麦秸交叉编织在一起，那时候我们村里的女孩都梳着辫子，编草辫子的方法，就跟她们编自己的辫子一样，所以她们做起来都很熟练，很手巧，她们坐在阳光透亮的树荫下，说笑着，打闹着，手指在麦秸秆上翻飞，草辫子便从她们的手底下长了出来。那些草辫子都会编得很长，一圈圈绕起来，绕成一大卷，她们就驮到城里去卖掉。那些草辫子可以做草帽，可以做草垫，也可以做成工艺品，在市场上很受欢迎。我姐姐和芳枝、桂枝卖掉草辫子，就可以买她们想要的花布了。她们做这些活，是在田间劳动之外做的，她们挣了钱，也就是自己的了，家里父母也不管，或者想管也管不了，我姐姐就是，挣了这些钱也不交给家里，就去买一块花布，或者给我买点好吃的，所以很多年之后，我爹还在说，我姐姐就是从那时候养成了乱花钱的毛病。

不过我姐姐她们那时候买的花布，或者新衣裳，确实很新颖，很漂亮，至少在当时我的感觉是如此，记得有一次我姐姐带我到芳枝和桂枝家里去，在她们住的厢房里，我姐姐和她俩在那里兴奋地谈论着，坐在她家的床上，我的手不小心触到了挂在床头的裙子，那好像是一件白纱裙，我感觉自己的手触摸到了窸窸窣窣的纱的质感，那还是第一次，带点响动，带点透明，又是那么鲜亮，那轻微的响声和沙沙的感觉让我很陌生，也很新奇，我忍不住用手去摩挲接触到的那一片纱。这时我姐姐看到了，连忙过来抓住我的手，"别乱摸，别摸脏了！"那一件裙子好像是桂枝的，她快步走过来，仔细查看了一下，见没有弄脏，才刮了一下我的鼻子，"坏小子，弄脏了小心我打你。"芳枝也走过来，将我从床上抱下来，边抱边说，"别那么大声，小心吓着他。"——也不知道为什么，从此之后，那件沙沙响的裙子就永远留在了我的记忆中，那略带摩擦感的真实触觉，三个姐姐的说笑，柿子树的碧绿叶子，下午的阳光透过窗户照过来，窗格的影子在床上缓缓移动，又似乎永远停留在了那里。

为了买一件好看的衣服，我们村里的女孩还有更大胆的举动，那就是桂枝，她想买一件没有纽扣的红衬衫，那是当时城里女孩最流行的穿着，那件衣服很贵，无论是割草、采草药、编草辫子，怎么攒钱也凑不够，连芳枝的加上，也还差得远。每次她去城里赶集，都要去百货商店看看那件衬衫还在不在，去了两次还在，她怕让人买走了，但是没有钱，也没有办法，最后她终于想出了个主意，就是把头上的辫子剪掉去卖。那时候我们村里的女孩都留着辫子，长长的，又黑又亮，走在路上，大辫子一甩一甩的，很动人，我姐姐是这样，芳枝和桂枝也是这样。当桂枝说要铰掉辫子去卖时，我姐姐和桂枝都很吃惊，都劝她不要剪，那时候大辫子是我们村里女孩最重要的审美标志，要找对象或找婆家，对方都要看这个女孩的辫子长不长，黑不黑，亮不亮，只要有一条漂亮的大辫子，在我们乡村里，就不愁找不到好婆家。桂枝的辫子本来很漂亮，但现在为了一件衣裳，她竟然要剪掉，的确出人意料。不过桂枝既然下定了决心，也不顾她们的劝阻，她一个人偷偷去赶集，到理发店里剪了个短发，卖掉了辫子，又拿卖辫子的钱去买了那件衣服。那一天下午，她穿着那件红衬衫，骑着自行车，从城里回到我们村，一路上神采飞扬，很多人都看呆了。不少人纷纷摇头叹息，说她像个假小子，又说她没有了辫子，可怎么找婆家啊？也有不少人说她真时尚，真清爽，尤其是她竟敢剪掉辫子，真是大胆，这让我们村里很多女孩很羡慕，我姐姐就说，桂枝真是好样的，不少女孩子想剪又不敢剪，只有桂枝，说剪就去剪了！

3

芳枝和桂枝虽然是两姐妹，但她们的性格并不相同，这可能也跟她们的年龄有关，芳枝是姐姐，从小就要照顾妹妹，所以她很温柔，很有耐心，也很听家里大人的话，但桂枝就不一样了，她是家里的老小，小时候家里人都很照顾她，也很宠爱她，有什么好吃的都给她吃，有什么好玩的也都给她留着，所以她从小就很大胆，很任性，很活泼，走到哪里都是说说笑笑。她们姐妹两人的性格也很协调，一静一动，一阴一阳，就像开在枝头的两朵花，一朵平淡素雅，一朵热烈奔放。

芳枝不像桂枝那样喜欢新鲜，喜欢时髦，当我们村里很多女孩都开始穿的确良的时候，她还穿着家织的粗布，她也还在默默地织布，不知是她喜欢，还是为了家里的生计。那个时候我姐姐经常到她们家里去玩，有时候我放了学，就先不回家，直接到她们家里去找我姐姐。有一天傍晚放了学，我又到她们家里去，推开门，院子里静悄悄的，我走进去，只听见咔——咔——踩踏织布机的声音。我顺着声音，来到她们的房间门口，发现没有别的人，只有芳枝一个人在。她坐在床边的织布机上，正在专心地织布，她的脚轻轻地一踩一踏，织布机就发出有节奏的声响，她的双手灵活地飞梭、接梭，在织布机两侧翻飞着。此时我正好看到她的侧面，西边的阳光从窗口照过来，照在七彩的经线和纬线上，照在织布机上，也照在芳枝的身上，勾勒出了她美丽的身影，像闪着光，像镶上了一层金边，她的辫子随着铿锵的节奏一起一落，似乎要飞扬起来。我不知当时是否看呆了，但这个场景却长久地留在我脑海中，每当我想起桂枝，就会想起她坐在那里织布的情景。过了一会儿，芳枝才发现我，她啊地大叫了一声，捂着胸口说，"吓了我一跳，你这孩子，来了怎么也不说话？"我看着她，不知该说什么，她平静下来，才跟我说，"来找你姐吧？她刚走没多久。"又说，"先别走，我给你拿个柿子。"说着她从织布机上站起来，从筐子里拿出一个黄澄澄的柿子，塞到我手中。

那个时候，到芳枝和桂枝家里来提亲的媒人络绎不绝。我们村东边有个叫吴家村的村子，那个村里的春生也到他们家来提亲。春生长得高高壮壮，浓眉大眼，他在离我们这儿百十里地的一家煤矿区下井挖煤，在我们村里人看来是吃国粮的公家人，每一次回来，他都穿着白衬衫，黑皮鞋，拎着一个有香港字样的黑皮包，在当时很是时髦。春生家的媒人到芳枝家提亲，芳枝的父母都很高兴，觉得芳枝能嫁给一个公家人，以后就可以离开村子，到城市里去享福了，就答应了下来。那一年冬天，快过年的时候，春生从煤矿回来，跟着媒人到芳枝家去跟女方见小面。所谓"见小面"，就是让青年男女双方见面，这是我们当地婚俗中很重要的一个环节，见完"小面"之后双方满意，随后就是"见大面"——双方家长亲友见面，如果没有问题的话，就是订婚、下帖、结婚了。

但是在芳枝和春生见小面的时候，却发生了一件棘手的事情，简单地说，就是春生没有相中芳枝，反而看上了桂枝。我们都不知道，在那个冰天雪地的晚上，究竟发生了什么，但是也可以做一些猜想。从芳枝的个性来说，在亲事面前，她一定是羞涩的，她可能只是在自己的房间里待着，不敢去看来向她提亲的人，即便是在母亲的催促下，她也只是最后才在堂屋出现一下，匆匆见一面，很快就又逃到自己的房间中去了。桂枝呢，桂枝没有什么负担，她活泼，又好奇，这个即将成为自己"姐夫"的人，在她眼中或许充满了神秘感，在那个晚上，她可能好几次装作去倒水，或者上菜，偷偷跑到堂屋里，去看这个叫春生的小伙子，看他的模样和他在陌生环境中的窘态，她可能还会偷偷跑到房间里，将他的可笑和可爱之处讲给芳枝，边讲边夸张地笑着，芳枝听了，害羞得红了脸，要去打她，她一闪身躲开，芳枝气得笑骂，"你这个死妮子，早晚你也会有这一天！"是的，看上去一切都很自然，但是在春生心里却发生了变化，春生并不知道自己要见的姑娘是什么样，芳枝惊鸿一瞥似的出现，或许并没有在他脑海中留下深刻印象，但是桂枝，这个爱说爱笑的姑娘，她假小子式的短发，她时髦大胆的衣裳，在那个夜晚，或许深深打动了他的心。所以在这次见小面之后，他就向父母和媒人提出，他相中的姑娘不是芳枝，而是桂枝。

这样一个事情，对芳枝、桂枝和她们家里来说，都是很难堪，也很难办的，尤其对芳枝来说，是很大的心灵伤害。但是怎么说呢，这样的事情，在我们乡村来说，也并不少见。那个时候，我们乡村里很重视婚丧嫁娶，但也有不少变通的途径，"姊妹易嫁"的事情也并非没有，比如姐姐去世了，妹妹嫁给"姐夫"，这样还可以更好地照顾姐姐留下的孩子，再比如男女双方相亲，男的长得不好看，就让同族中长得体面的兄弟代他去相亲，女孩相中了这个小伙子，嫁过来才发现嫁的是另一个人，等等，类似这样的事情也很多。在这样的情况下，芳枝的父母或许也觉得，春生相中芳枝还是桂枝，并没有多么大的差异，他的条件好，也有选择的余地，喜欢桂枝就桂枝吧，要是一开始说给她就好了。桂枝呢？桂枝经历了一个复杂的心理变化过程，本来是给姐姐相亲，怎么相成了自己？最初她是惊愕，后来再细想一下，觉得春生这小伙子自己也是喜欢的，要眉眼有眉眼，要模样有模样，要跟他成亲也很好，只是担心芳枝会生气，会别扭。芳枝呢？芳枝的心里当然很别扭，很堵得慌，这是怎么回事？本来是自己相亲的，没相中自己也就算了，这也是相亲中常有的事，现在不但没相中自己，反而相中了妹妹，这算什么事呢？是自己比妹妹差吗？是自己哪里不好吗？她的心中又委屈，又难受，又难堪。这个时候媒人就出场了，我们那里的媒人，一个个都是能说会道的，也能猜中别人心里想的事，他说，怪我这个媒人没有当好，事先沟通不够，就乱点鸳鸯谱，但这也是一种缘分，不打不相识，人家春生也说了，芳枝姑娘好是很好，什么地方都没挑儿的，但怎么说呢，他更喜欢桂枝这个类型的，萝卜青菜，各有所爱，强扭的瓜也不甜，我们就顺其自然吧，都是自家人，咱也别见外。咱芳枝这么好的姑娘，谁看不上才瞎了眼，咱再找一个更好的，这个就包在我身上了……媒人这样几次三番说下来，渐渐弥合了一个家庭的伤痕，也促成了春生与桂枝的婚事。第二年春天，他们就结婚了，桂枝嫁到了吴家村，过了一两年，她作为家属，也跟着春生去了矿区，从此远离了我们村。那时候我们村里人都很倔，很犟，我们对一个人最生气的表现就是不再与他交往，不再与他说话，用我们那里的话说就是"不搭腔"，我们村里人后来才注意到，从相亲那一天晚上开始，芳枝就跟桂枝不搭腔了，再也没有跟她说过一句话。

芳枝是姐姐，桂枝比她小，结婚反而在她前面，这在我们村里也并不多见，但风平浪静之后，似乎也并没有什么。现在她们共有的房间，成了芳枝一个人的房间，没什么事的时候，她就坐在织布机前织布，咔——咔——踩着踏板，双手在五彩丝线中穿梭，时间也在织布机的响声中慢慢流逝。芳枝坐在那里，表情很平静，我们不知道她在想些什么，或许她什么都没想。

4

现在，我们村里早就没有人织布了，我家里的织布机先是放在东屋，后来觉得它太占地方，挪到了西边的草棚中，风吹雨淋，慢慢就朽坏了。我们村里当年有那么多织布机，现在也不知道去了哪里。我们村里的女孩子再也不织布了，她们穿的都是城市里流行的时装，她们喜欢到城市里去打工，一个一个都走了，平常村里看不到年轻人，一到过年的时候，她们穿着花花绿绿的各种时装就回来了。春节一过，她们又像候鸟一样飞走了，我们村里再也没有以前热闹了。我也是常年在外漂泊，很少回家，但每一次回家，都能感受到浓厚的情感，我时常感觉到，我们村里人和城里人不同，城里的人今天爱，明天恨，变幻不定，很脆弱，但我们村里人的情感是稳定的，爱恨都是一辈子，有的甚至会传到后辈，世代交好，或者父仇子报，只是这样的情感太沉重，浓烈，执着，我也有点不适应了。

我姐姐告诉我，我们村现在还有一台织布机，就是芳枝家里的，现在芳枝还在织布。她又说，现在跟以前不一样了，那时候大家都想穿的确良、腈纶、涤卡，嫌自己织的布又土又笨，现在反过来了，我们家织的土布又成了好东西，想想也是，我们织的布是纯棉的，棉花是自己种的，纯绿色，又是纯手工，穿上去又透气又暖和，比起大机器织的化纤品好多了，只是现在村里的女孩子都不会织布了，会织布的都老了。

那一年，桂枝离婚后，带着女儿回到我们村，那时她在城里生活已经很久了，衣着打扮很光鲜，很亮丽，在那之前，桂枝有好多年没有回来了，可我们村里人不断能听到她的消息，我们听说，春生在煤矿里干得很好，成了矿区的干部，桂枝和孩子的户口也都转正，成了吃国粮的人。我们又听说，桂枝和春生离开了煤矿，春生在做买卖，做得很大，桂枝在城里买了大房子，也不用上班了，就在家照顾孩子。我们还知道，桂枝的父母去世的时候，桂枝没有回来，听说那时她正在国外陪孩子读书。但是我们村里人也发现，当我们热心地谈论桂枝的时候，芳枝却从来不说什么，有人在她面前提起桂枝，她也不说话，只是转过身，默默地就走了。

那一天，桂枝开车来到我们村，等她下车时，我们村里人都没有认出她来，她将车子开到老家的胡同口，先下来的是一个活蹦乱跳的女孩，再下来的是一个戴着墨镜的城市女人，她们牵着手向前走，在芳枝家门口停下来。芳枝家的房子还是老宅子，父母去世后，村里将这块宅基地给了芳枝，她也没有再翻新，这座房子还是原来的样子，迎门墙依旧，葡萄藤依旧，只是那棵柿子树更加茁壮茂盛了。

桂枝一进家门，就听到了织布机咔嚓咔嚓的响声，她拉着女儿的手，循着声音悄悄地走到院子里，转过迎门墙，走到厢房门口。在那棵柿子树下，她看到芳枝仍像多年以前一样，静静地坐在那里织布，她的双手甩着梭子，灵活地翻飞着，双脚轮流踩着踏板，咔——咔——的声音很清脆。小女孩看着好奇，刚要开口说话，桂枝用一个手势阻止了她。桂枝站了一会儿，默默地看着芳枝织布，泪水慢慢从墨镜边缘沁了出来。她终于跨进了门槛，冲着芳枝的背影喊了一声，"姐，我回来了。"她看到芳枝的背影一下子停住，愣在了那里，但是，芳枝并没有转过脸来，她只是怔了一下，脚底又慢慢发出了咔——咔——的声音。

桂枝走到织布机旁，摘下墨镜，对着芳枝的背影说，"姐，我回来了。我知道你恼着我，我也很后悔，"说着她轻声哭了起来，"现在我才知道，春生不是好东西，男人没有一个好东西……"

芳枝坐在那里一动不动。

桂枝继续说，"姐，我知道你恨着我，咱爹娘生病去世时，我在国外，不能赶回来。可是现在，姐，我在这世界上没有亲人了，只有你，你不能不理我……"

芳枝仍然坐在那里一动不动。

桂枝又说，"姐，我知道你喜欢织布，我做梦都梦到我们在一起织布，那时候我们多好啊……现在我想回到村里，盖一个织布厂，我们一起织布，你看好不好？……"

芳枝还是坐在那里一动不动。

桂枝又说，"姐，这是我女儿，你外甥女，是咱下一辈的，你恼我可以，别恼孩子好不好？"说着她拉过女儿，"这是你姨，快喊姨。"她女儿不知道发生了什么，惊恐地看看她，又看看坐在织布机上的芳枝，轻轻地喊了一声。

芳枝坐在那里，还是一动不动。

桂枝默默地看了她一会儿，又默默地走了出来。

桂枝站在柿子树下，抬头看了看那棵柿子树，这是夏天，柿子树的叶子宽大，肥厚，像一只只绿色的手掌，柿子还是青色的，隐藏在枝叶的后面，轻轻地摇摆着，闪动着。桂枝叹了一口气，扯起女儿的手，一步步走出了家门，走出了胡同，在她身后，又响起了织布机咔嚓咔嚓的声音。外面的阳光很刺眼，桂枝戴上墨镜，拉着女儿的手，穿过长长的胡同，回到她的车里，慢慢离开了我们村。

到了冬天的时候，我们村里人就听说了桂枝病故的消息，我们也不知道她是什么病，现在城市里怪病那么多，村里人都叫不上名字。但也有人说，夏天她回家时就已经生病了，她回家来，就是想和芳枝和解，想在家中寻找安慰和解脱，但是芳枝的态度，却伤透了她的心，可能也加重了她的病情。谈起这件事，我们村里人不知该说什么好，只是纷纷摇头叹息。

那一年冬天，芳枝也生病了，她在我们县医院住了很久，才回到家。回到家里，芳枝把织布机拾掇干净，就开始织布了。她仍然在以前的那间闺房里织布，先是纺线、染色、配色，再就是织布，门口那棵柿子树又听到了织布机咔嚓咔嚓的响声。那一天，她在织布机上呆坐了很久，看日影从东到西慢慢转过去，她仿佛看到了桂枝在家的日子，又一次听到了她的脚步声，说笑声，耳语声，她的泪水无声地打湿了织布机上的五彩丝线。坐了不知有多久，芳枝又开始织布，她安静地坐在那里，脚踩着踏板，双手如飞梭一般翻飞，那匹布一丝丝增长，一丝丝延长，仿佛将她萦绕的思绪都编织在了一起。偶尔她会抬起头来，看看窗外柿子树散落一地的树影，在那一刻，她好像在等待什么。雪落下来，高高悬挂在枝头红灯笼一样的柿子，一点点白了，但又像扑不灭的火焰，静静地燃烧。

2016 年 1 月 23 日

红灯笼

1

　　那时候俊江大爷最吸引我们的，是他会扎灯笼。正月十五元宵节，也是灯节，村里家家都要张灯结彩，小孩子们也要点灯笼。对于我们来说，那时挑着一只灯笼，在夜里到各家去串门，比比谁的灯笼好看，是最好玩的一件事了。俊江大爷扎的，就是小孩子玩的这种灯笼。他扎灯笼，不只是给孩子玩，还要到城里的集上去卖，他的手艺很高，在周围三里五村很有名，不少人专门等着买他的灯笼。这种灯笼的制作工艺并不复杂，灯笼的骨架是用高粱秆子扎成的，顶端是一个大的六边形，底端是一个小的六边形，中间由竖立的六条棱固定住；骨架扎好后，糊上印有各色图案的白纸；然后在底端放一只小小的红蜡烛，在顶端系一条绳子，再用一根细棍系在绳子上，便可以挑着灯笼四处游走了。这种灯笼最讲究的是扎骨架的技术了，不能太大，也不能太小，还要扎得结实牢靠，这样从外面看着明晃晃的，但又不至于让火苗舔着了灯笼纸，或者很快就散了架。讲究的，还有灯笼纸上印的图案，印这种图案，有固定的模子，将白纸按宽窄大小裁好，用模子沾上红色颜料，一张张去印。模子有各种各样的，有"花开富贵"，有"喜上眉梢"，还有"天官赐福""八仙过海"，我们最喜欢的就是"西天取经"了，那上面有孙猴子，有猪八戒，糊在灯笼上栩栩如生。灯笼一转，他们也跟着转，一会儿孙猴子转出来了，一会儿猪八戒转出来了，还有唐僧、沙僧和白龙马，都在转，简直太神奇了。

一进腊月，俊江大爷就开始忙了，我们那里年前腊月二十七是大集，他要扎出一批灯笼来，赶到这个集上去卖。那时候，他翻出藏了一年的印花模子，买来一大摞白连纸裁开，把高粱秆子一截截切断，然后先扎灯笼的骨架子，再用模子印上图案，最后将花纸粘贴在骨架上，一只灯笼就做成了。那个时候，俊江大爷家就成了一个制作灯笼的小作坊，不只是俊江大爷一个人忙，全家老少齐上阵，扎的扎，印的印，糊的糊，屋里点着一盏煤油灯，火苗挑得旺旺的，全家人围坐在桌子边干活，说说笑笑的，也有的坐在炕上，坐在灶台上，煤油灯光将他们的影子印在背后的墙上，摇摇晃晃的，很大，也很黑。这个时候，黑五虽然很小，但也跟着大人一起干活，我去找他玩，他也很少出来了，他娘说他，"你在这儿帮不上啥忙，还净添乱，快出去玩去吧。"黑五有时候不出来，有时候出来了，在外边玩一会儿就又回去了，他说，"我还得回去扎灯笼呢。"黑五可以扎灯笼，那是最让我羡慕的了，因为他家扎灯笼，过年的时候，他就可以挑一只最大最好看的灯笼，在整个村子里游来荡去的，那个时候他是多么神气！他还可以参与扎灯笼的整个过程，怎么扎架子呀，怎么破篾子呀，怎么印上花呀，怎么糊起来呀，这在我们看来都是很神秘、很好玩的事，可是我们都不知道，整个村子里的小孩，只有黑五知道，你说他该有多得意！

俊江大爷是很讲究老礼的人，灯笼扎好了，他先不去卖，我们院里谁家有小孩，他就先去送上一只。那时候，他手里提着一些灯笼，挨家挨户地转，到了一家，撂下一只灯笼，跟大人寒暄着，"今年又扎了灯笼，拿一个给孩子玩吧。"那家大人感谢着，小孩早把灯笼提在手里，转悠着看了起来，还有的叫着大爷，说，"我不要这个，要那个。"俊江大爷就把手里的灯笼，任这孩子挑一个。俊江大爷去送灯笼的时候，黑五总是跟在他身边，他手里也提着一只灯笼，神气活现的，像是提前过上了年。到了过年的时候，我们手里都提着灯笼，但是都跟黑五的没法比，他的灯笼又大又好看，还可以换着提，今天挑这个，明天挑那个，想挑哪个就挑哪个，我们呢，我们只有一个，还是黑五家送的，不仅在他面前矮三分，还得小心翼翼地护着，要是不小心烧着了，哭坏了嗓子，大人也不会给你再买一个。那时我们都很羡慕黑五，我曾经问过我娘，"什么时候，咱家也扎灯笼呀？"我娘正忙着纺花，没好气地对我说，"你要喜欢扎，就跟黑五家过去吧。"

俊江大爷去卖灯笼，黑五也跟着去。到了年根底下，集上的人多了起来，俊江大爷将灯笼装满一辆地排车，赶着驴车到集上去卖。不只在我们县城的集上卖，还到周围乡镇的集上去卖，柳林镇、烟庄乡、孙疃乡、梁堂乡，走遍了我们这里的十里八乡。俊江大爷拉着一辆车子，车头上竖起一只竹竿，高高地悬挂着一只红灯笼，在风中飘飘摇摇的，别人很远看到，就知道是卖灯笼的来了。

2

据说俊江大爷扎灯笼的技艺，是跟宫里的一个工匠学会的，那时候他还在我们村地主二礼的爷爷家扛活。这个工匠是我们这里的人，早先在皇宫里做匠人，民国后从宫里被赶了出来，辗转回到老家，在乡间靠手艺谋生，走街串巷，在很多村子里游荡。那一年冬天，他来到我们村里的时候，病倒在路上，在风雪中差点冻死，俊江大爷救了他，将他拉到自己的窝棚里，给他烤火，为他端水送药，足足养了一两个月，这个匠人病好之后，无以报答，那时候正赶上过年，他就教给了俊江大爷扎灯笼，还给他留下了几套印花的模具。这都是我们听说的故事，也不知道是不是真的。

在我们小的时候，扎灯笼只是俊江大爷的副业，那时候刚刚包田到户，一家家干劲都很足，俊江大爷发家致富的劲头也很大，我们经常看到他头上包着白毛巾，拉着车子下地干活，下地的时候是一辆空车，回来的时候是满满一车青草或者玉米秸。那个时候，我们村里年龄大一点的男人，头上都会包一条白毛巾，白毛巾盖住额头上的头发，两边沿着发际弯过来，在后脑勺那里挽一下，系成一个松松的扣，那时候这样打扮的人很多，现在却几乎没有了，也不知道是为什么，那时候他们不仅冬天这样戴，夏天也这样戴，那时候买不起帽子，或许是冬天戴着可以御寒，夏天戴着擦汗方便吧？那时候很多人这样包着白毛巾，我爹也这样包过，看上去像义和团，不过后来我爹有了帽子，夏天戴草帽，冬天戴棉帽，就不再包白毛巾了，俊江大爷可以说是包白毛巾时间最长的人，在我从小的记忆中，他就包着白毛巾，一直到现在，他仍然包着。按说现在条件好了，俊江大爷也不是买不起帽子，黑五现在在城市里工作，给他买个帽子算什么，但是俊江大爷却根本不戴，仍然包着白头巾，想来这一是习惯，二是节俭，这样生活惯了，也不想再变了吧。

　　家里人都说，俊江大爷真是能干，这么大年纪了，还去放羊，又说，俊江大爷年轻时吃了不少苦，他有很长时间都在做乡村里最累的活——脱坯子。所谓坯子就是土坯，那个时候是盖房或垒墙的重要材料，是将泥土装到机器里，再加一些水，利用机械的力量将土块压制成形，一般是长方形，重重的一大块。干这个活累的地方在于，要挖不少土方，要把压制的土坯搬走，一行行垒好，让土坯在阳光下暴晒，等干透了，就是成型的土坯了。那时候一个壮汉一天脱七百到八百块土坯，就累得躺在地上爬不起来了，据说俊江大爷一天能脱一千块，那时候太阳像火一样炙烤着，他晒得都脱了皮，汗水哗哗地向下淌，每个脚印都是湿漉漉的。俊江大爷这么卖命地干活，一是家里穷，不干活没有办法，二是他是个认死理的人，无论做什么他都认一个理，从不偷奸耍滑，说干多少就干多少，要干就拼命地干。跟村里人交往，俊江大爷也认老礼，讲直礼，我大爷比他大，他还在世的时候，每年过年俊江大爷去拜年，到了院里，他都真的跪下来磕头，别人看他年纪那么大，怕他摔着，赶忙去拉，他已经跪下了，认认真真地磕一个才起来，对现在的小青年，很多事情他都看不惯，看不惯就说，"连个头都不会磕，膝盖还没沾着泥呢，那也叫磕头？"小青年嘻嘻哈哈笑着，跟他插科打诨，他也不说话，只是摇摇头。

土改那个时候，俊江大爷也认死理，他怎么也想不明白，"主家"的地怎么说分就分了，怎么就分给自己了？他说，那不是人家的吗，咱们分人家的地，那跟土匪老缺不是一样了吗？那时候我占理大爷是贫农队长，他和工作组给他做工作，讲道理，说那些土地本来是地主剥夺我们贫下中农的，现在分地，就是把我们的土地再夺回来，这个道理俊江大爷怎么也弄不懂，批斗会之后，他一个人夜里趁黑偷偷跑到主家，把分给他的衣服和粮食，又给主家还了回去。他去还，二礼的爷爷也不敢要，两人在那里推推搡搡，让值夜的民兵发现了，将他们俩带到了大队部，等问清了事情原委，我占理大爷大发雷霆，瞪起眼珠子大骂了俊江大爷一顿，俊江大爷不敢吭气，最后嘟嘟囔囔地说，"你想骂就骂吧，反正我娘就是你婶子，骂我也就是骂你自个儿。""你说啥！"占理大爷像火上浇了油，噼里啪啦又骂了他一顿。二礼的爷爷被晾在一边，这时赶忙去劝，"别骂了，都是自家兄弟，打断骨头连着筋……"他的话还没有说完，占理大爷就厉声喝止了他，"滚一边去！两个贫下中农吵架，哪有你说话的份儿？"

最后俊江大爷分到了土地，在我们村西南有一大块，那天工作组丈量完，打好界桩，天已经晚了，他们走后，俊江大爷还在地里，他在自己的土地上走来走去，想到这些土地就是自己的了，既不敢相信，又感到惊喜，他抓起一把泥土，迎着夕阳慢慢撒下来，看着那些土缓缓落到地上，腾起一阵烟尘，他的眼泪默默流了下来。天色渐渐黑了，他坐在地头上，抽了一袋又一袋旱烟。

我不知道对于俊江大爷那一代人来说，土地意味着什么，对于我们这一代人来说，那时候我们虽然吃得不好，但也已经能够吃饱，长大后，像我和黑五，都离开了家乡，在城市里漂泊，而留在乡村里的伙伴，种地的也越来越少了，打工的，做买卖的，跑运输的，各有各的活法，各有各的活路，但各种活法离土地都是越来越远了。我们不能理解他们对土地的感情，他们的感情是浓厚炽烈的，爱恨交织纠缠在一起，他们从土里刨食，靠土地养活了一大家子人，但是为了生活，他们又在土地上付出了艰辛的劳动，土地紧紧地束缚着他们，榨干了他们的汗水、泪水和血，他们一辈子也走不出土地。千百年来，我们的祖先就是这样生活的，他们也是这样生活的，但他们可能是最后一代这样生活的人了，时代变了，他们的后代也变了，现在我们走在一条新的道路上，但是我们的道路将通向哪里呢？

我不知道，我只是听说，分了地的那一年，我们村里到处洋溢着欢声笑语，我们的父辈都看到了奔头，终于不用再给地主交租子了，他们在属于自己的土地上，撒着欢地干活，秋后的粮食堆满了自家的粮囤，很多人家第一次吃上了饱饭，高兴地捧着碗，流下了泪来。那一年，过年的时候，俊江大爷扎了一串红灯笼，在他家大门的门楣上挂成一排，在风雪中飘摇，喜气洋洋的。也就是从那一年开始，每年一到腊月，俊江大爷都会扎上很多红灯笼，挂在自家的门上，送给我们院里的孩子，也拉着车子到外面村子里去卖。一到过年的时候，我们村里的孩子都会提着红灯笼，在夜里互相串门，说笑，打闹，星星点点的火光，照亮了我们村里的暗夜。

3

俊江大爷最风光的时候，是在演样板戏的时候，样板戏来到我们这个偏僻的小村庄，可是一件大事。在那之前，我们村里也来过放电影的，耍猴的，说书的，但是这些只能看，只能听，不能参与进去，样板戏就不一样了，我们村里的人不但要看样板戏，还要跟着学，跟着演，各个大队、各个公社还要汇演，比赛，这就成了村里的一件大事。那时我们村里排演的是《红灯记》，沙奶奶、李铁梅都找到了，但上千口子人，竟然找不到一个演李玉和的，最后占理大爷急了，他四处转了一圈，来到我俊江大爷家，说就你吧，俊江大爷说我不会演啊，他说，没事，你有一膀子力气，使劲嚷就行。俊江大爷还想推托，早就被占理大爷拉到了大队部。到那里给他摘掉头上包的白毛巾，戴上一顶带檐的大盖帽，脱掉身上的破棉袄，换上一套不知从哪找来的工人的劳保制服，梳梳头，抹抹脸，俊江大爷还蛮像那么一回事。"就这样吧，每天晚上你到大队部来，在这里听戏匣子，多听几遍就会了，给你算工分！"占理大爷瞪着眼珠子说。俊江大爷只能无奈地答应下来，从此以后，每天晚上吃了饭，他就到大队部来，跟着我们村里的沙奶奶、李铁梅，一起听戏匣子，一起练唱。就这样排练了几个月，从春天到入夏，在麦收之前，终于练得差不多了。

这时候又遇到一个问题，《红灯记》里有一盏红灯，但人家那是铁道线上的信号灯，外面罩着铁丝，里面是玻璃的，可那个时候在我们村里，别说玻璃灯了，要找一小片玻璃都难，家家户户糊的都是窗户纸。拍《红灯记》没有红灯怎么行？村里的干部都很着急，坐在大队部里愁眉不展，突然占理大爷用手一指俊江大爷，"你不是会扎红灯笼吗？你就扎一个！"俊江大爷吓了一跳，那个时候他有好几年都没扎红灯笼了，"文革"刚开始，红灯笼就成了封建文化，他卖红灯笼也成了资本主义尾巴，为此他还被占理大爷拉到台上批斗过，灰头土脸的，在村里抬不起头来，现在让他扎红灯笼，他还心有余悸，小心地问，"那灯笼不是封建文化吗？那咋用？""让你扎你就扎，别那么多废话！"占理大爷瞪了他一眼。他回家扎了个红灯笼，第二天晚上带过去，占理大爷拎过来，看了看，说，"你扎的这是啥？""就是红灯笼啊。"俊江大爷小心翼翼地说。"你看看这，这就是封建文化！"占理大爷瞪了瞪眼，指着灯笼上面"天官赐福"的图案。俊江大爷吓了一跳，连忙解释，"我看着这个图案红的多，跟样板戏里面那个很像，就选了这个……"说着他心虚地去瞅占理大爷，怕再挨批斗。占理大爷哼了一声，"你这个人，就是对政治不敏感，吃亏就吃亏在这里。"说着，他猛地一把扯掉了"天官赐福"那张纸，把空空的架子递给俊江大爷，"啥图案都不要，你就找张红纸，糊在外面就行！"

那天晚上，村里在小学的操场上搭起了一个舞台，举行汇报演出。我们村里的老少爷们都来了，舞台前人潮拥挤，我们村里的人虽然看过戏，看过电影，但那都是离我们的生活很远的人和事，但是这一次，我们村里的人第一次登上了舞台，沙奶奶是前街王家的二婶子，李铁梅是我们村的团支书，后街刘家的孩子，而李玉和呢，就是我们熟悉的俊江大爷，他一出场，村里的人就笑了，原来他不再是大家熟悉的那个包着白毛巾的俊江大爷了，他戴着大檐帽，穿着劳保制服，腰板挺得直直的，两只手夸张地伸着，从舞台一侧走过来，底下人潮涌动，纷纷议论着，"哈哈，俊江大爷怎么成了这样？""完全变模样了，看他的帽子！""简直像换了一个人，这还是咱俊江大爷吗？"

这时俊江大爷已经唱了起来：

> 提篮小卖拾煤渣，
> 担水劈柴也靠她。
> 里里外外一把手，

穷人的孩子早当家。

栽什么树苗结什么果，

撒什么种子开什么花……

　　哗——人群中激起了一阵叫声，笑声，鼓掌声。俊江大爷唱
得不赖，他的破锣嗓子显出了独特的味道，一举手一投足，比比
画画的，很像那么一回事。这时很多人才注意到，俊江大爷手里
还提着一盏红灯笼。这红灯外面只是一层红纸，没有印花模子印
上去的图案，看上去红彤彤的，很喜庆，很有革命色彩。

　　俊江大爷手里拎着红灯，在舞台上走来走去，唱念做打，看
上去跟李玉和也有三分像，但是一不小心，他手里的红灯被火苗舔
着了，最初是一个小孩看到的，他大喊大叫，"着火啦，着火啦！"
台下的观众也都看到了，那火苗舔到了灯笼外面的红纸，从下向
上燃烧了起来，一片火光闪烁，这时台上的俊江大爷还没有发觉，
依然在满怀激情地唱着。"着火啦，着火啦！"台下的人高声喧嚷
起来，他才突然停下，往下一看，火苗正往上走，他吓了一跳，
一下将灯笼扔开，又跑上去踩了几脚，才将火苗熄灭。这时台下
哄堂大笑，俊江大爷站在台上狼狈不堪，演出也被迫中止了。这
时，占理大爷登上了舞台，他咳嗽了两声，台下立刻鸦雀无声，
占理大爷讲了两句话，说这是一个偶然事故，但也不排除阶级敌
人搞破坏，大家要提高警惕，认真观看演出。他讲完，演出继续
进行。俊江大爷受到火苗干扰，觉得很没有面子，想尽力挽回影
响，就唱得更加卖力，台下的鼓掌叫好声也是一浪高过一浪。

这次演出，除了点燃灯笼，出了点小事故，其他都很成功，一时间俊江大爷在我们村里成了最受人关注的人物，后来他又戴着大檐帽，代表我们大队到公社去演出，也获得了成功，还捧回了公社发的锦旗和奖状。但对于我们村来说，最重要的是红灯笼的禁锢悄悄解除了，我们村里已有好几年没有红灯笼了。那一年冬天，俊江大爷扎了一批红灯笼，过年时又有人提着红灯笼在夜里游荡了，点点火光让我们村充满了生机。当然那时候，红灯笼上没有图案，也不是卖的，俊江大爷最初做灯笼，只是给我们院里的小孩子玩的，这家送一个，那家送一个，后来别人见到了，也想要，俊江大爷也送，但送得多了送不过来，要的人也不好意思白要，就给俊江大爷拿点鸡蛋、小米或麦子，这样一来二去，形成了一种物物交换的方式，俊江大爷就这样半公开地扎起了灯笼。大队里占理大爷他们也睁一只眼闭一只眼，现在割资本主义尾巴的风声没有以前盛了，他们也不太管了。

但是有一件事，俊江大爷还是惹恼了大队里的人，那就是他竟然给地主家的孩子也送了一盏红灯笼，虽然他是夜里送去的，但还是让人发现了。这让占理大爷很光火，他带人将俊江大爷和二礼的爷爷带到了大队部，厉声地责问俊江大爷，"你这是什么立场，是要把无产阶级世代相传的红灯，传给地主阶级的孝子贤孙吗？"俊江大爷缩着脖子窝在那里，只是嗫嚅着说，"我看着那孩子眼巴巴看着，怪可怜的。"二礼的爷爷拉着二礼，躲在墙角不敢吭声，占理大爷的眼珠子一瞪，二礼吓得哇的一声哭了起来，二礼的爷爷连忙搂住他说，"别哭，别哭，咱不要了，咱不要了……"

4

重新开始扎红灯笼之后，俊江大爷又恢复了他以前的装束，头戴白毛巾，身穿破棉袄，他年龄还不算老，但看上去已经是一个老头了，这是我从小就熟悉的俊江大爷的样子，在我的印象中他似乎一直就是这样。那个时候也是我们村里红火兴旺的时候，家家户户都攒着劲往前奔日子，不少人家翻盖新房，娶亲嫁女，电视机、缝纫机、自行车这些新鲜的事物，也都慢慢进入了我们村里的生活。俊江大爷家也是，黑五的两个哥哥娶了媳妇，两个姐姐嫁了出去，家里只剩下他了。俊江大爷还是很忙碌，白天下地干活，晚上回来，还要看着电视搓麻绳，他的手总是闲不住。每年到冬天，就扎红灯笼，这时候的红灯笼印上了图案，看上去更加美观了。

俊江大爷种地很积极，在生产队的时候他就是一把好手，现在土地分到了自己手里，下地干活就更有劲头了。那时候我们村里有个懒汉二流子衍泽，在生产队时他就不好好干活，总喜欢偷奸耍滑，现在土地分到了家里，早上也不打钟集体上工了，他每天日上三竿才起来，地里的活也不好好干，十天半月才到地里去一趟，他的地紧挨着俊江大爷的地，那地里草长得比苗都高，俊江大爷看得心疼。见到衍泽他就骂，"你小子也不好好种地，看看你这地，都成了什么样子？"

衍泽嘻嘻笑着，给他递过来一根烟，"我都不着急，你着啥急？"

"现在不着急，看你秋后打不到粮食，吃啥？"俊江大爷皱起了眉头。

衍泽在地头上蹲下来，抽着烟说，"老天爷饿不死瞎家雀，每个人都有自己的活法。"

"活法，你有啥活法？"俊江大爷气呼呼地说，说着也在树荫下蹲了下来。

衍泽说他在城里倒腾小买卖，卖老鼠药，卖针线木梳，卖青菜萝卜，他说做这个很来钱，够吃够喝，很舒坦。

俊江大爷觉得他不像个样子，说，"你一个庄稼人，不好好种地，东跑西颠的，整天弄那些玩意干啥？"

衍泽笑着说，"老哥，这你就不知道了，啥挣钱就干啥呗，说不定比你赚的还多哩！"

俊江大爷把烟头往地下一扔，站起来，用脚狠狠踩灭，"你这是瞎胡整。"

我们慢慢长大了，每年一进腊月，俊江大爷仍然忙着扎灯笼，他勤勤恳恳地扎，赶着到周围各个集上去卖。不过渐渐地，他的灯笼不像以前那样卖得红火了。这个时候，出现了另外一种灯笼，骨架是用铁丝缠成的，外面包裹的也不是纸，而是一种光滑的绸子布，这样的灯笼不易损坏，很多大人都爱给孩子买这种灯笼，更重要的是，这种灯笼里面装的不是红蜡烛，而是一盏带电池的小灯泡，一按就亮，再一按，又灭了，有了这种灯笼，再也不用担心灯笼纸被火苗舔着了，可以用上好几年，所以大人小孩都喜欢。

在这个时候，俊江大爷也遭遇了尴尬，现在每年扎完灯笼，他还是去给院里的每一个孩子送，但是有人家里已买了绸布灯笼，当他们客气地请他到屋里坐的时候，俊江大爷笑着，可他的心却在疼，一片好心简直送不出去了，只好寒暄几句，快快地提着灯笼回去了。当然，也不是谁都会买绸布灯笼，这玩意儿虽然好看，方便，可是也贵，不是谁家都舍得给孩子买的。俊江大爷的灯笼也送出去不少，但是提着这样的灯笼，在流光溢彩的绸布灯笼面前，似乎一下子就被比了下去，很多小孩也不愿意提着这样的灯笼出门了，他们更喜欢铁丝扎的绸布灯笼。在他们看来，俊江大爷扎的纸灯笼太土了，又不好看。俊江大爷也买了一个绸布灯笼，翻过来掉过去地看，看一会儿说，"这也没什么呀。"看一会儿又说，"人家这技术就是高，咱是比不了。"他的眼神很痛心，眉头皱得紧紧的。

那时候我和黑五已经考上大学，在外面的城市读书了，我们村的很多年轻人也开始到外地去打工。那时候村里三提五统，负担很重，在村里种地，一年到头下死力，累得半死不活，也挣不了几个钱，除了缴纳税费和自家口粮，就剩不下什么东西了，为了缴纳税费，还有的人家被牵牛扒屋，妻离子散，村里的男女青年不少都走了，他们在外面挣一些钱，可以补贴家用，缴上税费，如果不缴的话，乡里的干部和警察三天两头到家里来，让大人孩子也过不安生。所以那时候我们村里的年轻人越来越少，再也不像以前那么热闹了，村里的很多土地也开始撂荒。

那一年过年，我从外地回来，正好遇上大雪，天很冷，寒风刺骨，雪花纷纷扬扬从空中飘落下来。天色渐渐晚了，我走到村口的那座小桥边，看到俊江大爷正在一个背风的角落里，跟二礼的爷爷说话。俊江大爷拉着地排车，车上装满了灯笼，还有一根长长的竹竿，高高地挑着一个红灯笼，红艳艳的，在风雪中摇曳。二礼的爷爷牵着几只小山羊。他们两个都袖着手，缩着脖子，站在桥边说话，我路过他们，上去跟俊江大爷打招呼，我说，"俊江大爷，你这是去哪里了？"

"去梁堂乡赶了个集，卖灯笼去了。"

"剩下的不少，没卖出去多少啊。"

"唉，是啊，现在的小孩都不喜欢玩灯笼了，明年我就不做了。"

"黑五回来了吗？"

"他打电话了，说今年不回来了。"

我又问候二礼的爷爷，他是我们村的老地主，但现在早就不讲究这个了，我和二礼是小学同学，曾到他家里去玩过。我说，"大冷的天，你们二位在这里做什么？"

二礼的爷爷说，"我放羊回来，正好遇到你俊江大爷，在这儿说会儿话。"

俊江大爷指着桥南边一大片地，说，"我说，现在的年轻人真不像话，一个个跑出去打工，这么好的地就让它荒着，看着我就生气，现在他们是不知道厉害，等没粮食吃，他们就抓瞎了……"

二礼的爷爷说，"是呀，现在的小青年对土地没有感情，也就是咱这老一辈的，见到土地就像亲爹娘，当年土改分我的地，就跟割我的肉一样，可现在，他们这帮小兔崽子，随便一扔，就不管了，看着让人心疼，我觉得这事，上级得管管……"

　　我插不上什么话，就跟他们两个告辞，匆忙往家里走，走了很远，回过头去看看，只见两个人仍在风雪中缓慢地行走着。在纷纷扬扬的大雪中，他们两个人的身影很小，很黑，似乎一阵风就可以吹走，只有俊江大爷悬挂在竹竿上的那一盏红灯，还依然能够看清，在一片雪白的世界上，像是一个小小的火种。

2016 年 1 月 30 日

并不完美的爱

夏天的一个闷热午后，在东边那片小树林里，我奶奶在地上铺一张凉席，坐在那里乘凉，她让我和小义给她扇扇子。我们手里拿着蒲扇，一前一后给奶奶扇，奶奶坐在那里不停地擦汗，一会儿说我扇得好，一会儿又说小义扇得风大，我们两个听了就更加起劲，比赛着扇，看谁扇得好，让奶奶高兴。那时我大约六七岁，小义比我小两岁，但他比我小一辈，他是我伯伯的孙子，在我们这个大家庭里，我是我这一辈中最小的，他是他那一辈里最大的，我们两个年龄差不多，常常在一起玩，大人下地干活时，就经常是奶奶带着我们玩，等他们下晌了再把我们领回家。我们扇子扇得好，奶奶就到屋里抱出一个西瓜，切开给我们吃，那时候我们那里西瓜还很少见，一切开，黑籽红瓤，很鲜亮诱人，我们两个一人一块，抱住就啃，又开始比赛起吃瓜。

我开始换牙的时候，有一天我从我家里向西走，到奶奶家里去，快走到奶奶家时，我下面的一颗牙齿活动了，我吐了一口吐沫，一颗牙混着血水吐了出来，我没当作一回事，就到奶奶家去了，到了那里，奶奶发现我的牙豁了一个口子，问我怎么回事，我说掉了一颗牙，奶奶问掉到哪儿了，说着又领我到那个地方去找，找到那颗牙，奶奶问我是上边的还是下边的，我说是下边的，奶奶就顺手把那颗牙扔到了房顶上，她告诉我说，下边的牙要往上长，扔到房顶上，牙就长得快了，我也不知道是否真是这样，但是过不了多久，我下面那颗牙齿就长出来了，痒痒的，越长越大。

我渐渐感觉到，在我和小义之间，奶奶更喜欢小义，而不喜欢我。在小孩子的世界里，都觉得大人是爱我们的，当感觉到有人不喜欢我们时，就会更加敏感，更加脆弱。在扇扇子的时候，她总是夸奖小义更多，在分好吃的东西时，她总会分给小义多一些，或者她有了什么好东西，醉枣、馃子、柿饼、冬天的冻梨，她总会给小义留着，而很少给我，等等，类似这样的小事不断地发生，让我感觉到奶奶有些偏心，我在心理上对她也有些疏远了。现在城市里都是独生子女，很难体会到偏心对孩子的伤害，但在我们乡村中，父母子女矛盾的根源，大多来源于偏心，有时甚至会延续一生，造成家庭内部的矛盾、裂痕或者悲剧，至今仍然是这样。说到我奶奶，现在想想，她的偏心也不是没有理由的，在年龄上我比小义大两岁，在心理上她更偏向小义也可以理解，在辈分上我是孙子，小义是重孙子，老年人更喜欢小辈的孩子，这似乎也是很常见的，另外一个则涉及我们家族的结构，我想对我奶奶心理上也会有影响，我二爷爷没有儿子，在他去世后，我父亲名义上算是他的儿子，以免他这一支断了香火，这就是"承桃"。或许因此，我们家在我奶奶眼里或许就远了一层，不再属于我爷爷"这一家"了，所以她对我也就不像对"自己家"里的孩子那么亲密，那么喜欢。这些当然都是我现在的猜测，当时我并不懂这些，只是感到很憋屈，很难受，觉得自己并没有得到应有的关爱，心里很不平衡。

　　我还没有说，我奶奶是一个小脚，她走不了太远的路，那时要出远门，就让我们拉着她去，那时候也没有别的车子，就是用一辆地排车，铺一床被子，她坐在车上半铺半盖，我和小义拉着她去赶集，去串亲戚。我记得有一次，我们拉着奶奶去七里佛堂，七里佛堂在我们村东北四五里地，那里有一个很大的梨园，种的梨很有名。我奶奶在那里有一家亲戚，是她的姐姐或妹妹，我记得叫她姨奶奶，那对我们来说已经是很远的亲戚了，我奶奶在的时候还走动着，我奶奶去世后，我们跟她家几乎就没有来往了。那一次去的时候，我和小义都很高兴，到了那里，果然吃到了很大个的梨，回来的时候，我奶奶可能是心疼小义，让我拉着车，让小义在边上推。可是在这之前，我们两个就已经说好了，去的时候我拉车，他推，回来的时候是他拉车，我推，我拉着车子跟奶奶说了几句，奶奶很生气，大声骂了起来，我心中本就对她偏心感到不满，这会儿又拉车，又挨骂，突然一下子火了，将车子往路边一停，撂下不拉了，对她说，"你向着小义，就让他拉吧。"说着就一溜烟跑走了，气得我奶奶在后面破口大骂。那天我在外面玩了很久，到天黑才回家，一回到家就被我爹揪住耳朵痛打了一顿，说我不孝顺，把奶奶扔在了半路上，让她骂了一路。我挨了打，心中很委屈，但又不知道该怎么说好，一个人跑到自己的小黑屋里，呜呜地哭了起来，哭了一阵，也没人理我，我就一个人静静地在那里待着，也不知待了多久，慢慢就睡着了。

现在说说我的小黑屋，这其实就是我住的那间小东屋，很是狭窄，阴暗，潮湿，屋里堆满了粮食、农具、家具和不常用的包裹，只是在靠北的一角，有一张小床，那就是我住的地方。那天在小黑屋中，我默默地盯着房顶上的檩条、椽子和泥糊的苇箔，第一次感受到了深深的委屈和难以言说的伤痛。周围的世界慢慢暗下来，我在黑暗中感到了这个世界的寒意，但又无力驱除，只能默默地忍耐着。后来，这个小黑屋慢慢成了我的避风港湾，当我受到委屈和伤害，当我无力承受风雨的冲击，当我感觉自己被整个世界抛弃了，我就会躲到我的小黑屋里。在小黑屋中，我忍受过失恋和背叛，忍受过歧视与侮辱，我感受到过整个世界的崩溃，我在那里静静地忍耐噬心的疼痛，在那里死去之后再复苏。现在我的小黑屋已经不存在了，在我们家老屋拆迁时，小黑屋也一起被拆掉了，但我的小黑屋已陪伴我慢慢长大，已经住到了我的心里。

我奶奶那时已经 70 多岁了，不少活都做不动了。很多时候，她家里的活儿都分到我们各家的孩子帮她去做。我记得我最常做的，就是帮奶奶磨面和拉水。那时候我们村里没有磨坊，要磨面，就得骑自行车走四五里路，到南边的三里韩村去磨。一般都是我家磨面的时候，也捎上给奶奶磨一袋子，有时是麦子，有时是玉米，还有谷子和豆子，装在布袋里，捆在自行车上。如果要磨的粮食多的话，则是用地排车拉着。也有的时候，我奶奶家里没有面了，我就专门骑车到三里韩村一趟，给她磨面，磨好再给她送回去。

磨面其实很简单，在那个时候，已经不再用石碾石磨了，开始改用电磨。我们村里有不少石碾石磨都荒废了，在我奶奶家门口，就摆着一扇老磨盘，很长时间没有用，磨盘中间的孔洞都已长出了青草，不少小孩在那里爬上爬下。用电磨磨面很快，但有时候磨面的人多，需要等着，我骑自行车赶到三里韩村那家磨坊，在那里排上队，等着叫号。那家磨坊在我们三里五村很有名，是一对青年夫妇开的，那时候提倡发家致富，他们的干劲也很足，磨坊里几台机器从早到晚轰隆隆响个不停，屋里粉尘弥漫，那都是磨面腾起的面粉的烟雾，在磨坊里待一会儿，浑身就沾满了灰尘，磨面的那一对青年夫妇，头发和衣服上更是落满了粉尘，都是白蒙蒙的，像是雪人。不过他们都很热情，为人也和善，他们家的生意一直很好，据说挣了不少钱，是当时最早的万元户。我到了那里，把粮食卸下来，等轮到我家磨面时，就和那磨坊主人一起，将麦子倒在机器上面的漏斗里，下面一个口出麸子，另一个口出面粉，分别用一个口袋在下面接着。合上电闸，伴随着一阵阵轰鸣，麦子在机器中慢慢向下漏，面粉和麸子就分离出来了，面粉的头几道最好最白，有时候还要分开再装。磨完麦子，再磨玉米、谷子和豆子，也都分别盛好，装在口袋里，再煞在自行车上，就可以往家走了。磨坊的男主人总是热情地帮忙装车，装的时候还寒暄着，"这次磨得不少，够吃一阵了！"或者说，"下次再来啊。"那女的头上包着一块白毛巾，只是微微地笑着。那时候磨面，好像磨一斤面才五分钱，他们靠磨面磨成万元户，可真是不容易呢。回到村里，我先把我家的面放回家，再将奶奶的面给她送过去。奶奶正坐在屋门口喂鸡，见到我来了，把围在脚边的鸡搡开，站起来说，"面磨好了？"我说，"磨好了。"说着帮她把面粉倒在面缸里，或者放在她指定的某个地方。奶奶又给我倒一杯水，说，"累了吧，在这儿吃了饭再走吧？"我说，"不了，家里我娘做好饭了，吃了饭还得去上学。"说着我走到院子里，骑上自行车就走了。那时候我上了初中，周日晚上还要赶到学校去上晚自习，时间确实很紧张。

拉水也是这样，那时候我们村里刚刚装上自来水，我们村里用电泵将地下水抽上来，打上水塔，再从那里分流到各家各户。不过那个时候，我们村里经常会停电，一停电，村里的电泵就无法抽水了，家家户户的吃水都成了问题。那时候我们村北边刚刚建起了两个公家单位，一个是储备库，一个是"大针织"，他们那里有自己的水塔，也有自己的电力系统，不像我们村一样常常停电。所以，我们村里没有水的时候，我们就会拉着车子，拉着几个大水桶，到储备库和"大针织"去接水，再从那里拉回来。从我们家到那里大约三四里地，每次我周末回家，都要去拉两趟水，一趟给我家里，一趟给我奶奶送过去。那时候拉水也有很多故事，我们村里所有人家都去拉水，那两家单位也很不乐意，储备库是国家单位，我们村里人不太敢招惹，但"大针织"是一个工厂，占的又是我们村的地，我们村里人去拉水，他们虽然不高兴，可又不敢硬管。不过有时候也会发生一些小摩擦。有一天下午我去"大针织"拉水，到了那里没有人，我就拧开水龙头，哗哗地往水桶里灌水，这个时候来了两个"大针织"的职工，他们端着盆子，看样子像是要洗衣服，我就停下来让他们先接水。可他们盆里接满了水并不走，就在水龙头下面洗了起来。我让他们让一下，说我要接水，其中一个家伙说，"你是哪儿的，跑到这儿拉什么水？"另一个家伙说，"就是你们这帮人，这个来拉，那个来拉，我们的水都不够用了！"说着撩起水朝我泼了过来，我一看，心中也怒了，走过，将他们的盆子一踢，将水桶按在水龙头下面就开始哗哗地接水，那两个家伙也不示弱，一个家伙死死摁住水龙头，另一个抢起拳头朝我打过来，我往旁边一闪，那家伙跌了一个空，但是他一掌又打了过来，正擦过我的鼻子，哗地一下，我的鼻血就流了出来，这时先前那个家伙也凑了过来，端起一盆水咣地一下泼在我身上，我全身上下都湿透了，水还在往下淌，那两个家伙哈哈大笑着，撸起胳膊向我走过来。

正在这时，突然有人大喝一声，"住手！"原来是小义，他手执扁担，抡起来朝那两个人打过去，那两个家伙见是个小孩，并不害怕，躲过了扁担，顺手从地上捞起一根树枝，跟小义对峙起来，趁这个机会我也在旁边找到了半块转头，向他们掷去，那两个家伙一闪身，躲了过去，又摩拳擦掌地向我们走过来。这时候我们村里有一些大人也来拉水，见有人欺负我们，赶过来大声一嚷，"你们想干什么？"那两个家伙见势不好，连忙端起他们的盆子，灰溜溜地逃跑了。接好水，我和小义一起往回走，路上我的鼻子还在流血，他拿他的汗巾帮我擦了擦。回到村里，小义先到他家送了水，又跟我一起到奶奶家去。到了奶奶家，奶奶正在厨房里做饭，她一出来，看到小义汗巾上的血迹，失声叫了起来，"哎呀我的儿啊，你这是咋了？怎么冒血啦？"小义尴尬地笑笑说，"我没事，老奶奶，是我二叔鼻子流血了！"我奶奶这才注意到我，慢慢走到我面前说，"你的鼻子咋流血啦，又跟人打架了？你看看你，说你多少次也不听，快到屋里来，奶奶给你抹点紫药水。"我感觉她的口气明显冷淡下来，虽然也是关心我，不过我心里仍然感到一些不舒服，我说，"不用了，我回家去抹吧。"又对小义说，"你把水给老奶奶倒在水缸里吧，我先回去了。"小义说，"行，二叔，你就不用管了。"我转身走出了奶奶家的院子，走了一会儿，再回头，看见我奶奶追到了院门外，手里拿着紫药水和白毛巾，好像还在喊我的名字，但我没有回去，我转过头，快步向我家走去。

那一年，我们家里为我的亲奶奶过三十周年，我才知道我奶奶不是我的亲奶奶，我的亲奶奶在60年代闹饥馑的时候去世了，我奶奶是我爷爷的续弦，但他们没有再生育子女，我们家里便只有我父亲他们哥三个。我爷爷去世也很早，在我的记忆中，从小就没有爷爷的身影，只有我奶奶。现在想想，我奶奶的生活境况也很辛苦，她虽然有三个儿子，但都不是她亲生的，没有血缘上的关系，后来我想，她可能对自己的生活充满了不安全感，到了晚年，这种感觉或许会越来越强烈。在我们乡村里，经常会有这样的情况，父亲娶了个继母，但父亲去世后，继母有自己的孩子还好说，没有自己孩子的，有的儿孙就会将她当作累赘，不愿意养活她，有的生病了也不给看，有的还打来骂去，有的甚至还会将她撵走。出现这样的情况也并不奇怪，在后娘手底下长大的孩子，很难对后娘有好的感情与印象，等他们长大了，对后娘也不会太好，父亲在的时候还好说，等父亲去世之后，等待后娘的命运也就很难预测了。

我们那里的丧葬习俗，还是延续着老礼，老人去世之后，后代子孙要给他过周年、三年、五年、十年、二十年、三十年、五十年，此后就不再祭奠了。我亲奶奶过三十周年那一天，我们家里很热闹，老人去世年头久了，家里人虽然怀念，但也不像以前那么悲伤了。从我爷爷奶奶，到我父亲那一代，到我这一代，再到小义这一代，我们家族里的人，男男女女，媳妇女婿，加起来，都已经有上百人了。中午上完坟回来，都在我伯伯家坐席。我奶奶作为家里唯一的长辈，坐在上席，我父亲和我伯伯、叔叔，还有一些老亲戚，也都陪在那里。我们和小义这一代，陪着年轻的亲戚坐在另外的席上，也负责端菜送酒。这边席上的人，大多没有见过我亲奶奶，她去世时很多人都还没有出生，跟她没有直接接触，也没有很深的感情，就只是当作一个普通的纪念日，亲戚里道的聚一聚，也没有悲痛悼念的氛围，开席之后不久，就开始说笑起来。吃饭中间，我奶奶出来，路过这边的席，见这桌上的人吵吵闹闹，敬酒劝酒，就叫小义过来对我们说，让我们小声点，"老奶奶说了，都声音小点，咱们这是过白事，吵吵闹闹的不像话，让外面的人看了笑话。"

我过去上菜时，看到主桌上的氛围却很庄严肃穆，那些老人主要在唠家常，轻易不动筷子，谈好长时间才抿一口酒。有一次我走到那边，听到我爹正在跟我三叔感叹，"咱娘要是能活到现在多好啊，看着咱们下边这么多人，这么多孙男嫡女，她该多高兴啊！"说着他的眼圈红了，端起酒杯，一口干了，我三叔也说，"是啊，是啊。"但他一抬头，看见我奶奶的目光正向这边瞥来，连忙拉拉我爹的袖子说，"少喝点吧，喝多了难受，一会儿还有事哩。"我爹眼睛红红的，他和我三叔很小的时候，他们的娘就去世了，从小吃了不少苦，没有亲娘的孩子，在乡村里是多么可怜，想哭都没有地方哭，他们在后娘手里长大，又受了多少委屈？这些我伯父不一定知道，他很早就出去了，我爹和我三叔相依为命，一个十一二岁，一个七八岁，从那么小的孩子，到现在拉扯起了一大家子人，一路磕磕绊绊，其间有多少辛酸苦涩，只有他们自己知道，现在给娘过三十周年，他们想想以前的种种不易，难免不会感慨万端。

但是这个时候，我奶奶也在场，他们对亲娘的怀念，当然会让她这个后娘感到有些不自在，饭吃了一半，她就说身体不舒服，要回家。我伯父安排我和小义，拉着地排车把她送回去。我奶奶家在南边，我们出了门，走小路，要穿过一个小树林，一个大坑，要上坡下坡。我在前面拉着车，小义在后面推着，上下坡的时候我提醒奶奶小心一点，但也还是会有一些颠簸，有一次晃得厉害了点，我奶奶又禁不住骂了起来，"叫你小心点，小心点，就是不听，你的脑子叫狗吃了？"又由我骂到我爹，"看看你爹，喝了二两酒，就不知道自己是谁了！一个大男人，在那里哭哭啼啼的，跟个老娘们儿一样！还说想他娘，想他娘，都多大年纪了，也不怕人家笑话，他娘要活着，也得被他气死！"她的话说得我心里很窝火，但我毕竟长大了，没像上次那样撂下车子就走，只是埋头在前面拉车，小义在后面还一个劲儿地劝她，"别生气了，老奶奶，前边马上就到家了！"

那天躺在小黑屋里，我突然想到，我奶奶这么不待见我，可能就因为她不是我的亲奶奶，亲奶奶对小孙子亲还亲不过来，哪里会像她这样偏心，像她那样打来骂去的。在黑暗中，我睁大眼睛，想象着我的亲奶奶，她30年前就去世了，我不知道她长什么样，也不知道她都有什么样的经历，在我眼里是那么遥远，那么陌生，但是她的血脉还在我身体里流淌着，她的印记还留在我们的心中，她才应该是我真正的奶奶！如果她是我的奶奶，那现在的奶奶呢？现在的奶奶，跟我没有血缘关系，但从最初的记忆开始，我会叫奶奶的时候，叫的就是她，奶奶这个称呼和她的形象已经融为一体，如果我不叫她奶奶，又该叫她什么，我跟她又是什么关系——想到这里，我心里一片迷茫，想到我奶奶只是一个陌生人，只是我们家族的一个外人，这又让我感到恐慌，感到似乎并不是这样……

后来我离开家乡，在外地漂泊，每年回到家里，都会在第二天去看我奶奶，有时候带点外地的特产，有时候什么也不带，但是每次见到奶奶，她都很高兴。那时候我奶奶仍然是一个人住，她的屋里很昏暗，一进门，右侧是一个水缸，左侧是一个蜂窝煤炉子，正当门是一张木床，床上摆着各种日用的东西，米、面、油、白菜、萝卜、各种青菜。我奶奶不在这张床上住，她住在东边一间靠墙的土炕上，冬天可以烧火取暖。或许是她的年纪大了，她的屋子里总是弥漫着一股难闻的气味。我到了奶奶家，跟她说几句话，看看水缸里有没有水，没有水的话，从院子里的水龙头接几桶给她灌满，那时候我们村里已经很少停电了，但是冬天的时候，水龙头经常会冻上，那时就要烧一壶热水，浇水龙头，把冰化开，才能接水。接完水，再看看她面缸里有没有面，没有的话，就从家里给她背过来一布袋。那个时候，是我父亲和伯父、三叔一起赡养我奶奶，最初是每年每家给她一定的粮食和钱，后来我奶奶年纪大了，磨面很不方便，就把粮食改成了面，每年每家给她一些，就够她吃的了。我奶奶性格很倔强，老了也是宁愿一个人住，一个人开火做饭，只有她生病的时候，自己做不了饭了，才轮流到我们三家去住一段时间。

　　那时候我去奶奶家，她常跟我说起两件事，一个是枣树，一个是房子。我奶奶家院子前后种了七八棵枣树，那些枣树都很老了，我们小的时候就在，现在依然很茂盛，我奶奶每年都要把枣打下来，泡在坛子里做醉枣。那是我们小时候很喜欢的美食，只有在过年的时候她才会拿出来，让我们尝尝鲜，醉枣是用酒泡的，吃起来有一种酒的清香，又有枣子的甜、润和糯，很是美味。我们那时候过年去奶奶家，都会眼巴巴看着她从坛子里盛出一碗来，这个几个，那个几个，分散给大家。奶奶现在的一个苦恼是，后院王家的孩子，经常会带领一些孩子来偷枣，她年纪大了，看不过来，那帮小孩爬上爬下的，神出鬼没，一不留神，他们就溜到了树上，不只是偷枣，还糟蹋，刚泛红的枣子他们啃两口就扔了，一年下来光让他们糟蹋的就很多，秋天打枣的时候少了不少收成。她也去跟王家的大人去说过，他们也管教，可小孩正是调皮的时候，像猴子一样，三下两下就蹦到了树上，谁也拿他们没办法。我听了之后劝奶奶，小孩喜欢吃就让他们摘吧，他们也摘不了多少，奶奶叹一口气说，今年想多泡一些醉枣，也泡不成了！

房子的事情比较复杂，简单说起来是这样，我奶奶现在住的地方是我家的老院，原先我爷爷在的时候，是两进的大院子，我们家和我伯父、三叔都在这里住，我爷爷去世后，我们三家分家，都分了新的宅基地，我伯父家在北边，我们家在东边，我三叔家在后街，我们家这座老院子就闲了下来，时间一长，村里重新调整宅基地，前院是我奶奶住，后院就分给了王家，他们在那里盖起了房子。王家有个儿子，也到了结婚年龄，他们很想要我们这个前院做宅基地，但我奶奶还在，他们也没有办法。从我奶奶的角度说，她自然不愿意我家的宅基地落到外姓人手里，她不仅考虑到生前，也考虑到身后，她想到的办法是将这块宅基地留给我，等我结婚时在这里盖新房。这主要是我这一辈的都已经结婚，也分了宅基地，当时只有我还没结婚，正好占住这一块地。再说前院这块宅基，最初是我二爷家里的，从我爹"承桃"的角度来说，我要这块宅基地也是合情合理的。所以每次回家，见到奶奶，她总会说起这座房子的事情，但是那个时候，我一直在外地漂泊，根本考虑不上成家的事，也没有想在我们村里要宅基地，所以奶奶每次问，我都无法回答，只能敷衍过去，这好像成了我奶奶晚年放不下的一件心事。

我奶奶放不下的另一件事，就是我还没有结婚，那个时候我在外面漂泊的时间已经比较久了，按我们乡村的习惯，跟我年龄差不多大的，都早已经结婚生子了，我奶奶见面总是问我，有对象了吗，什么时候带回家里来？到后来，我奶奶病重的时候，她还对我说，你再不结婚，奶奶就见不到你成家了，又说，你把你媳妇带回来，我都准备好了见面礼，到时还得给她哩。那时候在我们村里，新媳妇来见长辈，长辈都要给见面礼，我奶奶可能觉得，在我之前结婚的那些哥哥，他们的媳妇她都给了见面礼，不能单独缺少我这一份吧。我不知道是不是这样，她一直惦念着这件事，让我心里很感动，但我也感觉这或许并不是出于她对我的关爱，而是出于风俗礼治的秩序或平衡，我不知道这样想是不是有些苛求，有点钻牛角尖，但我总感觉，奶奶对我的感情有点冷淡。

那一年过完春节，我很早就离开家，到了北京，后来我打电话给家里，我娘告诉我，我奶奶不知道我走了，那天早上，她拄着拐杖，端着一碗醉枣，颤巍巍地从她家走到我家，专门来送给我吃。我一听，眼泪刷地一下就流下来了，奶奶年纪那么大了，天又那么冷，从她家到我家虽然只有五六百米，但路上有一个斜坡，有一个路口，还有融雪冻成的冰碴，我想象着奶奶在寒风中，端着碗，拄着拐杖，在路上行走的情形，她会走得很慢，小脚在路上抖抖索索的，一面走，一面看着路，她要路过三麻妮家，路过占奎家，路过德顺家，路过王三家，她要爬坡下坡，要穿过路口，才能慢慢挪到我家那个胡同，才能慢慢走到我家，我想象着奶奶每一步行走的艰难，心中隐隐作痛，我想我奶奶或许是真爱我的……

　　我奶奶去世那一年，冬天很冷，在腊月里她就已经卧床不起了，好不容易挨过了年关，她的病情愈加严重，医生说已是不治了，我们就将她拉回了家，仍然住在她那间小屋中。从那天晚上开始，每天我们都在那里守着她。我们三家人，从我父亲到我，再到小义这三代人，每天晚上都有两个人守在那里，白天再换一班，一刻也不敢疏忽。我奶奶大部分时间都躺在那里睡觉，偶尔会呻吟一下，我们就会上去问她要不要喝水，要不要吃东西，我奶奶的意识也不是很清楚，有时嗯嗯几声，我们就喂她喝一点水，或者吃一点粥。偶尔很短暂的时间，我奶奶的意识会清醒过来，这时候她能够认出我们这些人。有一天下午，她醒过来，认出了我，还含含糊糊地问我，"什么时候带你对象回来啊？"我也只能搪塞她说，明年就带来给您看看。夜里奶奶在她的炕上睡觉，我们守着的人不敢睡，就把迎门那张床上的东西收拾一下，坐在那里围着火炉聊天。寒冷冬夜里，我奶奶屋里的那盏灯很昏暗，仿佛一阵风就可以熄灭，就像我奶奶就要走到尽头的脆弱生命。

有一天晚上是我和三叔守在那里，夜很漫长，我三叔给我讲了我们家族的很多故事，尤其是我奶奶。他告诉我，我奶奶虽然不是我亲奶奶，脾气也不好，但她为了我们家也吃了不少苦，"说起来是后娘，但她也不容易，那时候你大爷和你爹十来岁，我才七八岁，再怎么说是后娘吧，她也把我们都带大了，你爷爷死了之后，又是她张罗给我们三个娶媳妇，那时候我们家里很穷，娶一次媳妇，就把家底都折腾光了，从你大爷，到你爹，再到我，一家人吃了不少苦，但总算都成家了。咱家现在能有这么一大家子人家，要没有你奶奶，那也是很难想象的……"他又说，"你奶奶的命也很苦，在来咱家以前，她在城里大户人家当过丫鬟，那时候兵荒马乱，人人都吃不上饭，不少人卖儿卖女的，她就是从小被卖到那户人家的，她也不知道自己的家在哪儿，家里还有什么人。解放后，那家大户人家被打倒了，她无家可回，就在城里东关街上卖菜，那时候跟她一起的，就是七里佛堂你姨奶奶，她们也不是亲姊妹，不过两个人都当丫鬟，从小一起长大，她们也都没有亲戚，就当亲姊妹一直来往着，所以那么亲……"在黑暗中，我听三叔讲着这些故事，觉得很陌生，我以为我很了解我奶奶，但其实我并不了解她，我对奶奶只有一个很简单的直观印象，只是感觉她并不喜欢我，但我并不了解她的过去，不了解她所吃过的苦和她所走过的路，当我对奶奶有记忆时，她已经快70了，在我印象中她一直是那么一个老太太，我也从未想过此前她的人生是怎么走过的。如此熟悉的人又是那么陌生，夜风吹来，让我不禁一阵阵寒噤。

还有一天晚上，是我和小义在那里守着。小义一直在家里，这两年在我们村里开了个饭馆，生意很不错，我每次回家也都是来去匆匆，没时间跟他好好聊，这次守在奶奶床前，我们倒是聊了整整一夜，小义给我讲了在乡村开餐馆的种种苦恼，要应付各种部门的检查，还要应付村里的各种人情，等等，小义虽然比我小，但在社会上历练了几年，考虑问题很周到细致，看上去似乎比我还要成熟。我们还聊到了我们认识的熟人，他告诉我，七里佛堂那个老姨奶奶已经去世了，她出殡的那天下着大雨，我奶奶年纪这么大了，还非要去，他冒雨开着三马车拉着她去了，回来她全身都淋得透湿，感冒冻着了，好多天才好。他还告诉我，三里韩村那家磨面的夫妇，他们发了财，但也遭了殃，那男的骑着摩托车，在马路上被一辆大卡车撞到沟里，当场就死了，后来那女的带着两个孩子改嫁了，听说还为赔偿金是归那女的还是归男方父母大闹了一场。我听着他的讲述，脑海里浮现出我姨奶奶枯瘦干瘪的形象，那对青年夫妇忙忙碌碌的情景，那女的头上包着白毛巾，还在微微笑着，但这好像已经是很遥远的印象了，隐藏在我脑海最偏僻的角落，如果不是他讲，或许我再也想不起来了。那天到了深夜，我奶奶突然呜呜呀呀地说话，我们两个赶忙走到她的床边，见我奶奶并未醒过来，她只是在说梦话，我们只听见她断断续续地说，"大花轿……来接我了……来接我了……"她的手臂扬起来，在墙壁上留下很大的影子。我们听了，又担心，又害怕，连忙高声唤她，过了一会儿，我奶奶缓缓地睁开眼，吃力地辨认着我们，等认出我们她似乎才放下心来，她说，"你爷爷来接我了……"小义说，"老奶奶，别瞎说，你那是做梦呢，你喝点水不？"停了一下，他又说，"不喝，那就再睡一觉吧。"我奶奶看了看我们，转过头去，又沉沉入睡了。

我和小义靠着墙迷糊了一会儿，好不容易挨到天明。跟我们换班的人快来了，我们又到奶奶的床头看她，见我奶奶脸色有点发青，小义将手探到她鼻息处，回过头来对我说，"二叔，不好了，老奶奶快不行了！"又说，"二叔，我在这里看着，你快去叫人。"我看了他一眼，说，"你害怕吗？"小义说，"没事，你快去吧！"我披上衣服，匆忙跑了出去，先去了北边我伯父家，又去了后街我三叔家，又回了我家叫我爹，等我和我爹从家里匆忙赶到我奶奶家时，屋里已站满了人，沉默而又肃穆，我伯父和我三叔站在床头，正在抹眼泪，我爹问，"怎么样了？"我伯父摇摇头，我三叔说，"不行了！"说着痛哭了起来，屋里的人也都哭了起来。

此后的七八天，我们按照家乡的风俗为我奶奶举行了葬礼，本来我已到了离开家乡的时间，也不得不向后拖延。那几天，我们为奶奶守灵、送山、入殓、出殡，接待亲友的吊唁，日夜忙个不停，悲伤又疲惫，脑子都不转了，只是按照执事人的安排做事。也就是在为奶奶守灵的夜里，我听到了一个说法，老人去世之前最后见到的人，才是跟她最有缘分的人，最亲的人，有的老人甚至为了见一眼想见的人，迟迟不肯咽气，直到见到了才慢慢合上眼。那么，我想，可能我并不是奶奶想见的人，在她弥留之际我本来就在身边，偏偏却又错过了，没有守到她离世，或许这就是天意吧。为奶奶办完葬礼，在离家之前的那个夜晚，我躺在小黑屋里，翻来覆去地想着我奶奶和这些事，心中久久不能释怀。

在这个世界上漂泊了这么久，到现在，我终于认识到我奶奶的意义，她让我从很小的时候就意识到，这个世界并不完美，并不是所有人都喜欢你，也不是所有人都会善意地对待你，你要适应这个并不完美的世界，你要在这个世界上坚强地走自己的路，哪怕有人厌恶你，哪怕有人诋毁你，哪怕有人仇恨你，你都要一步一个脚印地向前走。是这样吗，奶奶？你为了不让我受到更大的伤害，而给了我一点点磨难，你为了不让我沉浸在爱的幻象中，而给了我一点点苦涩，而其实你是爱我的，你在以这样复杂的方式爱着我，是这样的吗？奶奶，我想是这样的。现在，你离开这个世界已经 15 个年头了，奶奶，我很想念你。

2016 年 1 月 16 日

2017 年 3 月 6 日

梨花与月亮

　　那一年暑假，我表哥让我跟他一起看守梨园，我在家里闲着也没有什么事，就跟他一起住到了梨园里。他们村在我们村南边五里地，那个梨园很大，有几十上百亩，我表哥家的地大约有七八亩，也都种上了梨树。春天梨花开的时候，一眼望去，漫山遍野都是雪白的梨花，像是下了一场纷纷扬扬的大雪，落在了梨树的枝头，很美，又很壮观。梨花香气四溢，吸引了很多蜜蜂和蝴蝶，在花枝间蹁跹飞舞，我们在梨树之间穿行，简直就像在仙境一样。春末夏初，梨花落了，小小的果实从花蕊那里逐渐生长、膨胀，慢慢长大，等到了夏天，一个个青色的梨子悬挂在枝头，随风摇曳，散发出果实的清香，很是诱人。那个时候，不少人家都在梨园里搭建窝棚，晚上在那里看守，防止别人来偷梨。我表哥家的梨园在整个村的东北角，他也搭了一个窝棚，晚上我们两个就住在那里。他还把家里的狗也牵了过来，拴在窝棚边的一棵梨树上，晚上一有动静，狗就会叫，我们两个惊醒了，就拿着手电筒四处巡查一番，看有没有人来偷梨。那时候偷梨的人也不多，过路的人偶尔摘一个梨解解渴，也算不上偷，我们晚上在那里，也没有太多的事。

那时候我表哥十八九岁，他初中毕业后就没再上学，回到村里种地，他上学时不怎么爱学习，但是动手能力很强，尤其对机器很着迷，也很钻研，什么电视机、收音机、缝纫机、摩托车，他都能拆开再装上，我们亲戚朋友家遇到了这样的问题，都会让他来修，他一来，把机器拆开，零件卸下来，这儿看看，那儿看看，鼓捣几下，再装上，就修好了。所以我表哥回到村里没几年，就当上了村里的电工，村里谁家用电遇到问题都会找他，平常没事的时候，他就骑着自行车，这里转转，那里转转，查看村里的线路、电线杆、瓷葫芦，看有没有什么问题。在窝棚里，我表哥还拎来一台双卡录音机，那时候录音机还很稀罕，我表哥扯来一根电线，鼓捣一阵，录音机就放出了动人的歌声，"正当梨花开遍了天涯，河上飘着柔曼的轻纱……"

我们住在梨园的窝棚里很惬意，梨当然是随便吃，我们还要挑最好最先熟的吃，我们两个看准了哪棵树，夜里就爬上去，摘一些滋润饱满的果实回来，就坐在窝棚里咔嚓咔嚓地啃起来。我们不只摘自家的梨，有时也去偷别人家的。那时候各个人家梨的品种不同，有的先熟，有的后熟，有的皮薄，有的皮厚，有的饱满多汁，有的韧劲十足，我们吃够了自己家里的，有时候也溜到别人家的梨园里，偷摘几个尝尝鲜。不只是偷梨，有时候我们也溜到别人的地里，去偷花生、毛豆、红薯和嫩玉米，那是夏天，正是这些作物逐渐成熟的时候，我们偷了来，在地上点一堆火，将这些东西扔到里面，看看快要熟了，再埋上一层厚厚的土，闷一会儿，就可以吃了。这种办法烧出来的东西都很好吃，我记得有一次烤花生，我们两个偷偷跑到人家的花生地里，连秧子带花生拔了十多棵，回来在窝棚前挖了一个坑，在里面点了一堆火，我们把花生拽下来扔到火堆里，过了一会儿，就嗅到了花生壳燃烧的焦糊味和花生的香味，看看火候差不多了，我们将土堆又填埋到坑里，坐在窝棚里看天上的月亮，那天的月亮很圆，在梨树的枝条之间缓缓移动着，洒下一片清辉。花生的香气氤氲着，顽强地钻出土层，在窝棚附近飘荡，我们两个又忍耐了一会儿，感觉闷得差不多了，便把土和灰扒开，将冒着热气的花生收拢在一起，捧到窝棚里，我们两个就坐在那里，边嗑花生，边看月亮，边聊天。那天我们烤的花生火候正好，刚成熟的新鲜花生，又是现烧的，嚼起来有点粉，有点沙，又很嫩，满口留香，我们两个吃得都上了瘾，不停地剥着花生壳，将花生往嘴里扔，都顾不上说话了。等吃完了，我们两个躺在窝棚里，看着天上的月亮在枝叶间穿行，都美得说不出话来。

那时候也有不少人看守梨园，大都也是像我们年龄这么大的孩子，他们和我表哥很熟悉，有时也会来找我们玩。我们在这里打扑克，唱歌，打闹，有时一玩就玩一个通宵，到天色微明时才昏昏睡去，也没人管我们。还有一天晚上，两个家伙打死了一条狗，也拖到了这里，我们架起火来烤狗肉吃，围着一堆火说说笑笑，狗肉快熟了的时候，香气四处飘荡，一个家伙不知从哪里弄来了白酒，倒在大茶缸子里，我们轮流着一口一口地喝，喝一口酒，啃一口狗肉，别提多美了，狗肉吃得腻了，再去菜地里摘一些黄瓜、西红柿，在垄沟里随手洗一洗，就咔嚓咔嚓地啃起来，那天晚上大家都喝了很多酒，我虽然年纪小，在他们的撺掇下，也喝了不少，脑袋晕乎乎的，躺在窝棚里，看到天上的月亮在不停地旋转，像一个白白的大皮球。他们还在说笑，我不知道什么时候睡着了，等我醒来时，天已经大亮了。

　　我表哥家的梨园在村里的东北角，梨园的东边不远，就是一条南北路，向北可以通到我们村，向南可以通到梁堂乡。梨园的北边也是一条路，这条路向东与南北路相交，向西可以到达我们县城，路的两边，都种着高大挺拔的毛白杨，一到赶集的时候，路上车来车往，人很多。在梨园里没有多久，我就发现，每天早上刚起来，我表哥就会从窝棚里爬上旁边一棵高大的梨树，在树枝上坐一会儿，到了傍晚时分，他又爬上那根高高的树枝，坐在那里东看看，西看看，像是在注视什么。我问表哥，你爬到那棵树上去干什么，我表哥笑着说，没有什么，上去呼吸一下新鲜空气。一开始我信了表哥的话，但后来感觉越来越不对，我感觉他坐在那里看得很专心，很细心，眼睛从西到东，或从南到北，像是在观看路上的什么东西，让我很好奇。所以有一次，我趁表哥不在，也爬上了那棵树上的那根树枝，在那里看了半天，什么也没有看到，那里只有两条空荡荡的马路，风吹着白杨树繁盛的叶子，叶片上下翻动着，不断折射着阳光，白花花的一片。原来表哥并没有骗我啊，我坐在那根粗大的梨树枝上，看着周围晃来荡去的梨子，心有不甘地这么想。

但最终我还是发现了表哥的秘密，后来在我表哥爬树的时候，我悄悄爬到另一棵树上，才终于发现，我表哥爬上那棵树，看着这条路，原来是在观察从路上走过的一个女孩。每天早上七点半左右，那个女孩从东边那条路的南方骑着自行车走来，在路口那里向西拐，一直向县城的方向骑去。到下午五六点钟，她骑着自行车又从西边路的尽头向东骑来，走到路口再拐向南，慢慢骑过来。那时候正是夏天，那个女孩穿一条长裙，在路上慢悠悠骑着，看上去很惬意，很自在，她的身影也很美。

那天晚上，坐在窝棚里，我对表哥说，"我知道你为什么天天爬树了……"

我表哥呵呵笑了，说，"你知道什么？"

"我知道你在看什么……"

"看什么？"

"你在看一个女孩……"

"哪儿看了，别瞎说……"

"我都看见了，你还想骗我？你是想娶媳妇了，真不害羞……"

"你懂什么……"

"那我跟家里说，早点给你娶媳妇呀……"

"好兄弟，别跟家里说，"我表哥倒闹了个大红脸，他勾起我的肩膀说，"走，我带你到河里游泳去。"我们两个到村南边的小河里，痛痛快快地游了一回，在那之前，家里不准我表哥带我下水，怕淹了我，我们两个在月光下扑腾着水花，感觉很快乐。

游完泳回来，我和我表哥光着上身，各穿着一个大裤衩，躺在窝棚里的床铺上，微风吹来，身上很凉爽。我又想起了那件事，就问我表哥，"你看的那个女孩，叫什么？"

"不知道。"

"哪个村的？"

"不知道。"

"做什么的？"

"不知道。"

"那你怎么办？"

"不知道。"

"你别骗我啊。"

"真不知道，我不骗你。"

"那你是怎么认识她的？"

"怎么认识她的？"我表哥欠起身来，斜靠在窝棚的门框上，悠悠地说，"我还不认识她呢，我只是远远地看到过她，还没有跟她说过一句话……"

"那你怎么会喜欢她？"

我表哥红了脸，不好意思地笑笑，"你小子懂啥。"过了一会儿，他又说，"我第一次见到她，还是春天里梨花开的时候，我从家骑车到梨园来，在路上迎面碰上了她，她看了我一眼，就骑过去了，我也看了她一眼，那一瞬间，我一下子就被她迷住了，我下了自行车，转过身去看她的身影，她也回过头来看了一眼，就一直骑着向南走了，就像把我的魂勾走了……我骑车到了梨园，什么也干不下去，就坐在一棵梨树下发愣，我想着不知啥时候能再见到她，懊悔当时该跟她说两句话，问问她是哪里的，可是第二天早上，我又看到了她……"

我表哥可能是心里的事憋得太久了，似乎将我当成了他的倾诉对象，不知不觉说了很多，我又是惊讶，又是兴奋，眼前浮现出了一大片梨花林，风一吹，梨花飘落如一场大雪，花瓣在空中纷纷扬扬，他们两个骑着自行车从不同方向走过来，彼此交错，注视，回眸，一个多么美好的爱情故事，一次多么美丽的邂逅，这很符合那时我的想象，我凝望着月光下我表哥英俊的剪影，觉得他就是爱情故事的男主角。

我和我表哥有了一个秘密，他叮嘱我不要跟任何人讲，我呢，也在不停地问他后来怎样了，怎样了。每有什么新消息，禁不住我好奇的追问，我表哥也都跟我讲，后来我慢慢知道了，这个女孩的家就在我表哥村南边三里地的柳庄，这个女孩呢，去年才从我们市里的中专毕业，现在在我们县里的供销社上班，每天早上，她从家里骑车到县城去上班，下午下了班，再从县城骑车回来。

那时候我们乡村里，很少有自由恋爱，结婚大多都是媒妁之言、父母之命，我表哥喜欢这个女孩，也得通过媒人上门提亲，才算是一条正路，但是呢，人家这个女孩在城里上班，是吃国粮的，以后肯定是要嫁给城里人，"咱只是农村里的一个庄稼人，喜欢人家也是白喜欢，肯定成不了，就像癞蛤蟆想吃天鹅肉，少不得惹人笑话。"我表哥说着，望着树杈丛中的月亮，陷入了沉默。

我很替表哥着急，但也帮不上什么忙。我表哥让我帮他做点什么事，我很乐意替他去跑腿，有一次，他让我骑着自行车，跟在这个女孩后面，看她上班都走哪条路，早上我看到她骑车从南面过来了，便悄悄骑上车子尾随在后，我跟着她从梨园北边那条路，一直走到我们县里的南街，从那里向北，跨过一座小桥，走到电影院的路口，再向北路过百货大楼，然后一直骑行到供销社，我看到她将车子停在大院的停车棚里，甩一甩头发，拎着手提包上楼去了。我赶忙一路飞快地骑回来，将这些都告诉我表哥。我表哥凝重地听着，不断地点头，等我说完，他重重地拍了拍我的肩膀。

后来还有一次，我表哥让我跟踪她往家里走，看看她家在哪里，这次他特意叮嘱我，路上要小心，千万不能让她发现了，我点了点头。等傍晚时分，看她从西边路的尽头出现了，我在梨园里已经整装待发，等她转过了路口向南走，我也骑到了这条南北路上，她在前面走，我在后面跟，这时路上没有什么人，我抬头看看，只能看到她飘扬的裙子，偶尔她会抬起手，拢一下鬓边的头发。太阳已偏西，路边白杨树的影子投射在这条路上，像是一条条栏杆，或一磴磴阶梯，她靠近路的西边骑，我靠近东边，可以看到她骑车的影子穿越一条条栏杆，忽明忽暗，一闪一闪的。向南骑了三四里地，我看到她骑车向东，拐向了一条进村的路，我便也悄悄跟上，拐到了村里的土路，这是我第一次到这个村里来，边骑边留心路上带有标志性的树木房屋，怕迷了路回不来。骑行到有一棵大柳树的路口，她又从那里向南，这条路的东边有一个大坑，再向前走，路西有一个小学，再向前走，路的西边是一排粗壮的柳树，柳树西边是一条小水沟，再向前走，我看到她突然在路东边一户人家门口停下来，按着铁门环当当地敲门，这时候我不能停下来，从她西边骑了过去，她回过头来看了我一眼，就转头推着自行车进了门。

我向前骑了几百米，又绕回来，向回走，路过那家门口的时候，我认真看了一下，那家的门楼很高大轩敞，紧靠着路边，可能是盖房时垫高了地基，她家门楼的地基比那条路大约要高一米，从那条路到她家门口，有一个向上的坡度，这个坡度从路西边就开始了，所以她家门口的这个坡度，也成了路上的一个坎，平常里有人从这里过，无论是从北边还是南边过来，都要先上来，再下去。她家南边，是一小片枣树林。门楼里面，隔着院墙可以看到有两棵高大的梨树，梨树上也挂满了果子，她家的院墙比一般人家要高。

我将这些暗暗记在心里，然后骑车一路回到梨园。到了梨园，我表哥逮了一只野兔，已剥了皮，正架在火上烤，我把这些情况一一跟他说了，他很高兴，撕了一条烤熟的兔子腿递给我，说，"你这个侦察员，真是立了大功！"

随后几天，我表哥经常不在梨园，他的样子很神秘，很多话也不跟我说了，像是在从事什么秘密活动。我一个人在梨园里很无聊，除了在窝棚里翻看《三国演义》，没有什么事可干，这本书是我表哥很喜欢看的，毛宗岗点评本，但是只有下册，我翻来覆去地看，几乎都快翻烂了，问他上册在哪里，他说找不到了，所以跟很多人不同，我对《三国演义》的后半部要比前半部更熟悉，这让不少人都感到奇怪，因为无论人物还是故事，前半部分当然更加精彩，但人生往往就是如此，在不知不觉中，我们就错过了很多精彩的故事。但是好在，我表哥的精彩故事，我并没有错过，但这算是什么故事呢？我也不知道。

　　我在窝棚里闲极无聊，偶尔也会爬到梨树上去坐一会儿，在那里摘个梨啃一啃，眺望一下远方的风景，远方也没有什么可看的，能看到的只有那两条路，路两旁高大的毛白杨，以及路上偶尔走过的行人。但是有一次，我在路上远远地看到了我表哥，还有那个女孩。他们两个一先一后，那个女孩在前面，我表哥在后面，中间相隔有一二十米，好像不认识似的，从西边那条路的尽头慢慢骑过来，一直骑到路口，转弯，再向南骑过来，那个女孩慢慢骑得远了，过了一会儿，我表哥就回到了梨园，下车之后，他到水龙头那里去洗手，哗哗的，又将从城里买的东西拿给我吃。他没有跟我说什么，我也没有跟他谈起这个秘密。但是在那之后，我表哥一出门，我就爬到那棵树上去看，我见到他每天都在跟随着那个女孩上下班，一个在前，一个在后，像是在接送她一样，但两人离得比较远，远远看过去，只是一先一后的两个小黑点。第一天是这样，第二天是这样，第三天也是这样。每天都是这样重复，看多了也没有多少意思，我坐在梨树上敲打着树枝，哼着歌调，看得也不再专注。

突然有一天，情况发生了变化，那天我正有一搭没一搭地看书，偶尔瞥一瞥路上，这时候我突然发现，我表哥那个小黑点，正在接近那个女孩的小黑点，他们两个人仍然骑着车，从西向东走，但是那个女孩停了下来，我表哥也停在了她面前，两个小黑点的距离很近，在那里停了很久。随后那个女孩骑上车继续向前走，我表哥也跟了上去。现在一先一后的两个小黑点，变成了并排骑行的两个小黑点，他们一起慢慢骑到路口，又向南拐，一起向南骑过来，慢慢地走出了我的视野。那天晚上回来，我表哥很兴奋，不停地跟我高谈阔论，我知道他为什么高兴，我也为他高兴，但他不跟我说，我也没有说，只是装作不知道的样子，跟他一起谈天说地。

此后我表哥和那个女孩就进入了一个新的状态，以前两个人是一前一后，现在是两个并排的小黑点，每天早上，我看到他们从南边骑过来，慢慢向北，骑到那个路口，再从那里向西，一直骑到西边路的尽头，消失在我的视野之外。而到下午天色将晚时，他们又一起从路的尽头出现，慢慢骑行在东西向的马路上，骑到路口，再向南走，他们一路上说说笑笑，像是在说着什么有意思的事情。有时候骑到半路，他们还会停下来，将自行车闸在路边，那个女孩背依着树站着，我表哥跨过路边的小沟，到田野上采一把野花，送给那个女孩，那个女孩笑着，有时候会笑弯了腰，有时也将小花插在头上，他们两个说一会儿，笑一会儿，才又骑上自行车，继续向前走。有一天晚上，他们回来得比较晚，天色已经暗了，那天正好是一轮满月，清辉洒满大地，我坐在树杈上，也能影影绰绰地看到他们，他们仍然是并排骑着，到了那棵他们经常停留的大树下，他们又停了下来，那个女孩仍然是背倚着树，我表哥离她很远。但是到后来，他却越走越近，越走越近，最后他拥住那个女孩，两个小黑点靠在一起，靠在了那棵树上。那天晚上，我表哥很晚才回来，他嘴里还哼着曲调，"正当梨花开遍了天涯，河上飘着柔曼的轻纱……"

我想我表哥一定是和那个女孩谈恋爱了，心中很为他高兴，那时我不懂谈恋爱是什么滋味，很好奇，很想问问我表哥，但看他兴冲冲的样子，也不敢乱问，只能自己猜想。这个时候我表哥也发生了变化，每次出门之前，他都会对着门口那面小圆镜子照个不停，手还不停地拨弄着头发，嘴上吹着欢快的口哨，他的衣服也更加干净整齐了，有一次他还去城里，买回来一双黑色皮鞋，蹲在梨树下用鞋油不停地擦，那双皮鞋在阳光下闪闪发亮。那时候我们村里人都穿布鞋，很少穿皮鞋，庄稼人要下地干活，到处都是土，穿皮鞋，穿不了一天就蒙上了一层灰尘，干活也不方便，但是我表哥却毫不在乎，每天都将皮鞋擦得锃亮。

过了没有多久，我发现情况又变了，那天我骑在树杈上，看到他们从西边慢慢骑过来，两个人仍然是并排骑着，但是还没有骑到那个路口，那个女孩突然停下来，跟我表哥说着什么话，说了一阵，她就骑车继续向前走，我表哥呆呆地停留在原地，等到那个女孩拐弯向南走了很久，他才没精打采地向回骑，最后垂头丧气地回到了梨园。第二天是这样，第三天仍然是这样，到了第四天，他们又恢复了最初时候的样子，那个女孩骑车走在前面，我表哥骑车走在后面，两个小黑点保持着二十米左右的距离，慢慢从西向东，到路口向南转弯，再慢慢向南骑去……

暑假快要结束了，我表哥家的梨也出售了，我也该回家了，我不知道我表哥的恋爱将会如何进行。有一天晚上，我表哥告诉我，等到秋天，他准备去当兵了，我问他为什么，他说在农村里干没有什么前途，他准备到外面去闯一闯，要闯出一片自己的天地。他又勉励我好好读书，一定要考上大学，以免让人看不起。那时候我们农村里的孩子，出路只有两条，一个是考学，一个是参军，只有这两条路能往上走，能进入城市，我表哥早就不读书了，也不愿在农村里待着，便只有去参军了。后来我猜想，我表哥去参军，也与那个女孩及其家庭有关，我想那个女孩是很喜欢我表哥的，但在那个时候，一个有工作的城市女孩要和一个农村户口的小伙子相爱或者结婚，会受到来自家庭与社会各方面的压力，我表哥一定是受到了压力，才想到了去参军这条唯一改变命运的道路。

在回家之前，我又一次爬上梨树，这时树上的梨都已摘掉，只有梨树的叶子依然绿油油的。坐在树杈上，我看到我表哥和那个女孩又从西边骑了过来，这次他们不是一前一后，而是并排骑着，边走边说着什么，那个女孩不时偏过头去看我表哥，她裙子的后摆在风中飘扬着，很潇洒。我猜想我表哥已经把将要参军的消息告诉了她，他们两个已经和好了，但是他们也知道，很快他们又要面临新的问题，那就是长久的分离，我表哥去参军，这一去，就要好几年才能回来了，也不知到时候会怎样。就像我，一想到表哥要走，想到明年我就不能和他一起守梨园了，心中也充满了惆怅。那一天，天上正下着蒙蒙细雨，雨水打湿了绿油油的梨树的叶子，也打湿了我的衣服，透过雨丝织就的雨幕，我看到我表哥和那个女孩在一棵大树下避雨，他们互相依偎着，在画面上是一个小黑点和一个小红点，在这个安静的雨天里，那两个小点紧紧靠在一起，像是要永久依偎下去，直到天长地久。

第二年梨花盛开的时候，我表哥已不在梨园了，梨花仍然开得如雪，第三年也是如此。那一年暑假，梨子飘香的时候，我独自守在梨园里，没有了表哥，我一个人更加寂寞，无聊，除了翻看《三国演义》，我整天躺在窝棚里睡觉，听歌，有时我也会爬到树上去，看看远方的树，看看天上的云。那个时候，我仍然能够看到那个女孩，她依然每天早上骑车去上班，下午再从西边骑车走过来，每次看到她的身影，我都会想起我表哥。我和我表哥时常通信，他总是告诉我他在那边很好，那时候通一封信要很长时间，有时让人感觉遥遥无期。

那一天，我骑在树枝上，看到那个女孩骑车遥遥走过来了，但是那一天她并不是一个人，我看到她身边还有一个人，两个人并排骑着，从西边路的尽头缓缓向东行驶，这一发现让我提高了警惕，我睁大眼睛，慢慢看清了，那是一个穿风衣的男青年，看上去有说有笑的，他们在路口转弯，慢慢向南骑过来，又慢慢走出了我的视野。这个发现让我很担心，那个女孩是否变了心，是否与我表哥中断了恋爱？那天晚上，我想给我表哥写一封信，但我又按捺住怦怦乱跳的心，心想看一看再说，让表哥知道了，他也只能干着急。第二天我早早就坐在了树枝上，到了下午，那个穿风衣的男青年没有在，只有那个女孩一个人，我才长舒了一口气，放下心来。那一天她在路上缓缓地骑着，衣袂飘飘，骑到和我表哥一起待过的那棵树下，她还停下来，在那里独自站了一会儿，我想她一定是想念我表哥了。

可是情况并没有这么乐观，第三天，那个穿风衣的男青年又出现了，仍和那天一样，他们并排从西边慢慢骑过来，在路口向南拐，慢慢骑出了我的视野。第四天也是如此。到了第五天，那个穿风衣的男青年在早上也出现了，他早上和她一起去上班，到了下午，又一起从西边并排骑过来。这一来我按捺不住了，觉得我应该做点什么，翻来覆去想了想，我想还是不能先给我表哥写信，那个穿风衣的男青年也不一定就是她的对象呢，也有可能是她的亲戚，她的同事，或者她们村里的人呢？也有可能他们只是偶尔同行，在路上一起走，也不能说明什么。想到这里，我决定侦察一下。我不坐在树枝上了，每天我早早准备好，约莫她要出现的时间，就骑车跟在她后面。

第六天早上，我跟着他们一路走，从南边骑到路口，从那里向西走，一直骑到南街那条路，从那里向北骑，进了县城，路过电影院、百货大楼，到了供销社门口，那个穿风衣的男青年停下自行车，一只脚点在地上，那个女孩冲他点了点头，便骑进了院子。穿风衣的男青年见她的身影消失了，才向另一个方向骑去。第七天傍晚，他们从西边骑过来，我慢慢跟在他们后面，到路口向南拐，路过梨园，再走三里路，向东拐进了柳庄，在那棵大柳树的路口向南拐，路过东边的大坑，西边的小学，前面就是那个女孩的家了。到了那个大坡前，我看到那个女孩停下来，那个男青年也停下来，她冲他挥了挥手，便去敲打门上的铁环，一会儿门开了，她推着车走了进去。那个男青年一直在注视着她，见她进去了，便掉转车头，哼着小调向回骑，我在路边一棵大柳树旁看着他，他似乎没有注意我，晃晃悠悠地骑过去了。接下来几天，只要有空，我就会骑上自行车，尾随在他们后面。但是越跟着他们，我心里就越是在打鼓，我想那个男青年可能已代替了我表哥的位置，我很为我表哥感到忧心。

那一天，我骑车跟在他们后面，边骑边想着该怎么办，可能我骑得快了一些，一不小心，撞到了那个女孩的自行车上，她一下摔倒在地。那个男青年赶紧下车，从地上扶起那个女孩，看看没有什么事，突然向我走了过来，对我说，"你这个小家伙想干什么？我早就注意到你了，为什么总是跟着我们？"我一下愣在那里，不知该说什么好，那个女孩莫名其妙地看了我一眼，拉了拉他的手，说，"咱们走吧。"说着他们两人又骑上车子，继续向西骑去，我一个人怔怔地愣在那里，看着他们一直消失在路的尽头……

那天晚上，我给我表哥写了一封信，把这些情况都告诉了他，但是我一直没有收到他的回信，我不知道他是受到了沉重打击，还是早就和那个女孩分了手。很多年之后，在异乡的夜里，我想起了梨园，想起了我表哥最后那封信。他说，在没有战事的时候，每天晚上他都会看天上的月亮，在月亮最圆的夜里，他坐在山林间的树杈上，听到对面的女兵唱歌，就会想念家乡，想念梨园，想念那个女孩。他说她们所唱的歌，他虽然听不懂，但是那些旋律是熟悉的，有时他也会在心里跟着一起哼唱，尤其是那首他最喜欢的歌：

　　　　正当梨花开遍了天涯

　　　　河上飘着柔柔的轻纱

　　　　喀秋莎站在峻峭的岸上

　　　　歌声好像明媚的春光……

2016 年 2 月 14 日

乡村医生

那时候我们村里两个医生，一个是顺德爷爷，一个是铁腿他爹。顺德爷爷在后街，铁腿他爹在前街。顺德爷爷年龄很大了，胡子白了，走路佝偻着腰，拄着一根拐杖。据说他也没有学过什么医，也不认识字，但他懂得很多偏方秘方，我们村里的人都很信他，什么病到他手里，他这儿看一下，那儿看一下，捏一捏脉，开一个方子，吃几服药就好了。他治跌打损伤最有效了，小孩子崴了脚，脱了臼，痛得龇牙咧嘴，嗷嗷乱叫，赶紧去叫顺德爷爷，他一来，摸摸手，摸摸脚，看准了穴位，手上猛一使劲，咔吧一声，那孩子痛得高叫一声，但很快就不叫了，活动活动手脚，才发现骨头已经复原，一点也不痛了。我有一次就是这样，那天我爬树，不小心崴了脚，痛得很难忍受，简直像断了一样，晚饭也没有吃，我爹从地里回来，看我痛得不行，就和我姐姐抱着我，跑到了顺德家。顺德爷爷正在吃饭，见我痛得乱叫，他将我接过来，放在长板凳上，一边和我爹说着话，一边捏捏我的脚，突然他手下猛一用力，痛得我啊地大叫一声，这时他已放开了我，到脸盆架那里去洗了手，接着跟我爹说话。我忍着剧痛活动一下脚踝，发现脚竟然慢慢就不痛了，等回家的时候，我不仅能走，而且还能跑了，我跑在我爹和姐姐的前面，很欢快地回了家。还有一次，我的右脸疖腮，脸肿得像一个紫茄子，鼓鼓的，饭也吃不下，整天只能捂着腮帮子，咝咝地吸气。我娘带我去了顺德家，顺德爷爷给我娘说了一个偏方，将松柏树的叶子嚼碎，敷在右脸上，再将槐树的小树枝掰几枝，和水一起煮鸡蛋，煮好后用这水洗脸，再把鸡蛋吃了。那时候我们很少能吃到鸡蛋，我就这样连吃了几天槐枝水煮的鸡蛋，所以现在还记得，那时候爬树掰树枝也是我自己去，和平常里偷偷爬树不同，现在爬到树上，掰了树枝，就能吃到鸡蛋，这也让我很兴奋，只是可惜，疖腮很快就好了。

顺德爷爷还懂草药，会画符。有一次我牙痛，到铁腿他爹那里开了药，吃了也不管用，仍然疼痛不止，夜里很晚了，我姐姐带我到了顺德家，顺德爷爷掰开嘴，看了看我的牙，从他的药柜里拿出一味草药，让我放在疼痛处咀嚼，嚼了一会儿，果然就不痛了，并且那颗牙至今也没有再痛过，我不知道那是什么药。那天晚上，顺德爷爷还拿来一张草纸，用毛笔龙飞凤舞地画了一个神秘的符，画完后，他让我在上面哈一口气，接着划了一根火柴，将那张符点燃了，他将草灰和水，糊在了我的腮帮子上，再加上草药的作用，我感觉牙痛一丝丝从牙缝中慢慢溜走了，也敢咀嚼东西了，想想真是奇妙。

我见过顺德爷爷治病，最神奇的一次是治魔怔。说起来似乎有点难以置信，但这件事是我亲眼所见，不过现在想起来也难以理解。我们院里一个远房姐姐，嫁到了我们村南边的一个村子，她公公年前去世了，转过年来四五月间，她突然得了魔怔，就是她突然躺在地上，口吐白沫，她的口音也变了，粗着嗓子，像是她公公在说话，一会儿说这个，一会儿骂这个，问她一些只有她公公知道的事，她也都知道，像是她突然被她公公的鬼魂附了体，说话的口音语气都像是她老公公的，嗓子很粗。家里人又急又怕，不知道怎么办才好，没有办法，就把她放在拉车子上，套了一头驴，拉到了顺德家，请顺德爷爷给看病。村里人听说了，都拥到顺德家去看，我们这些小孩很好奇，也跟着去看热闹，等我们到了那里的时候，那个姐姐被放在院子里的一棵树下，躺在席子上，她口中吐着白沫，正在以她老公公的口气破口大骂，骂儿子不孝顺，骂家里人不听话，骂村里多年前欠了他账的一个人，骂哪一年村里的谁偷了他家的羊，等等，围着她看的那些人远远地围成一个圈子，又惊讶，又害怕，又兴奋，她婆婆在边上又哭又号，"老头子，你死了就死了吧，又回来干啥？"她丈夫跪在顺德爷爷面前，"您老给她看看吧，这个家，是没法过了，您看看这是咋回事？"

　　顺德爷爷走过来，在那个姐姐边上绕了一圈，又掰开她的嘴看看，对她丈夫说，"你爹这是不放心家里，想回来看看，你家里的坟修得不好，前几天下大雨，可能漏水了，你先去修一下坟，我这里送他走。"她丈夫听了，连忙叫上几个人，扛着铁锹骑着车子，往坟地里去了。这边顺德爷爷让人摆了供桌，杀了一只鸡，将鸡血倒在一个碗里，他又画了一张符，在供桌前磕头焚烧了，将草灰也撒在碗里，接着他举着桃木剑，口中念念有词地劝导死去那个人的鬼魂，"你看看家里，都让你搅乱了，你回来看看，家里都很高兴，可是也不能没完没了，让家里大人孩子都不安生，你的坟漏雨了，他们去给你修了，你就放心走吧，家里啥事都挺好，你别不放心，以后过年过节，家里都会给你烧纸，你就在那边好好过吧，有啥事就托梦，别再回来了……"他一边念叨着，只见那个姐姐嘴里呜呜着，像是那个鬼魂在辩解，突然他又提高了声音，厉声说，"该走的时候你就走吧，要不请出张天师，也够你受的，走吧走吧，快走快走！"说着他嘴里念了一道符，挥动桃木剑，将那碗鸡血泼在了她身上，只见她骨碌翻了个身，一下子清醒了过来。醒来之后，她茫然地看看周围，像从梦中惊醒一样，不知道发生了什么。这一来，顺德爷爷在我们那里名声更大了，村里人有点大病小灾，都到他那里去看，周围三里五村的，也经常慕名而来，很多地方都把他传得神乎其神。

但是对于顺德爷爷，铁腿他爹却不以为然，认为那都是封建迷信。铁腿他爹学的是西医，最初是我们村里的赤脚医生，在生产队里拿工分，生产队解散以后，他就在我们村西头的马路边，开了一家小药铺。我们村里人有个头疼脑热，仍习惯到他那里去拿药，他的小药铺门口有一棵大榆树，很好认。村里的小孩却很害怕到那里去，到了那里，不是打针就是吃药，没有什么好事，有的大人骗小孩去代销点买糖，小孩高高兴兴地去了，上了自行车，还没到代销点，遥遥看见那棵大榆树，小孩就哇哇吓哭了。

我那时候也是这样，一听说要去铁腿他爹的小药铺，就吓得一溜烟逃跑了。不过那时候我和铁腿却是好朋友，我们小学在一个班，放了学之后常在一起玩，他到我家来过，我也到他家去过。从我家到铁腿家，出了我家胡同一直向西，穿过井边那个十字路口，路过我奶奶家继续向西，村西头有一个大坑，我们村里都叫大西坑，铁腿家就在大西坑的西岸上。那个大西坑很深，一到夏天下雨，我们村里的雨水就流到了这里，积存了很深的水，据说这个坑里曾经淹死过小孩，但是一到夏天，我们一伙小孩仍喜欢到这里来玩水，我们在水里扑腾，打水仗，玩得不亦乐乎，大人看到了，就拧着耳朵将我们拽到岸边，那时候大人都不让我们下水去玩，我们偷偷去游泳，回到家里，大人拿手指在皮肤上一划，有一道白印，就证明是下水了，少不了挨一顿打。

铁腿家建在大西坑的西岸，大门正对着一个大坑，村里很多人都说风水不好，也有人问过顺德爷爷铁腿家的风水，顺德爷爷只是摇摇头，也不说话，也不知道铁腿家后来发生的那些变故，是否真的跟风水有关系。铁腿他爹可能也觉得这房子的风水有问题，就将迎门墙建在了门外，建在大西坑的西岸。我们去他家，从大西坑里爬上去，绕过迎门墙，再穿过一条路，才能进他家的大门。那时候铁腿他爹住在药铺里，偶尔才回家一趟，我去他家里，见到的就只是他娘和他妹妹，很少能够见到铁腿他爹。铁腿他爹那时候大约才30多岁，在我们村的庄稼汉之间，显得很白净、清秀，算是一个异类，再加上他当医生，整天穿一身白大褂，干净利落，很显眼。他在家里很少下地干活，他家里干活的就是铁腿他娘和铁腿，只有在农忙的时候，他才脱下白大褂，到地里去忙活几天，等干完重活累活，他就什么都不管了，穿上白大褂，整天待在小药铺里。有人来看病的时候，他就过来看病，没人看病的时候，他就坐在玻璃柜台后面，捧着一本厚厚的医书在读，那时候已经时兴考大学、考中专，我们村里的人都说，铁腿他爹是想考学呢，都觉得他虽然是我们村里的人，但好像不属于我们村。那时候，铁腿他爹当医生，家里的经济条件比一般人家要好，铁腿穿的衣服，吃的东西，在我们小伙伴里是最好的，那时候我们穿衣服都是自己家织了布，找裁缝裁剪了，缝起来做成的，但是铁腿他爹却到城里给他买"成衣"——就是成套的衣裳，那成衣很漂亮，很合身，看上去跟城里人一样，其中有一套白色的西装款式，很洋气，他穿着像一个小医生，我们都觉得铁腿长大以后，会像他爹一样当医生。还有一次，铁腿他爹给他买了一双棕色的小皮鞋，他穿上，显得很神气，那时候我们穿的都是家里做的布鞋，见到铁腿的小皮鞋，亮闪闪的，我们都很羡慕。

铁腿他爹和顺德爷爷都是医生，一个在前街，一个在后街，一个是西医，一个是中医，倒也相安无事，乡里乡亲的，都有盘根错节的亲戚关系，谁也不会说对方不好，但是顺德爷爷在红火过一阵之后，在一次给人拔火罐的时候，将人家的头发烧着了，那人受了惊吓，病情加重，最后竟然死了。不少人都传说，那人是让顺德爷爷给烧死了，这一来，去顺德家看病的人越来越少，去铁腿他爹小药铺看病的人越来越多了。顺德爷爷以前很少闲下来，现在经常搬个躺椅坐在门口晒太阳，看街上人来人往。街上的人问起来，顺德爷爷也对铁腿他爹没有什么抱怨，只是说自己老了，不想再看病了，有时候有人来他这里看病，他还说，去前街小药铺抓点西药吧，见效快。还有一次，他甚至带着小孙子顺德到铁腿他爹的小药铺去抓药，村里人见到了，问他，他很自然地说，"去前街拿点药。"好像他自己不会看病，跟我们普通人一样。那一段时间，铁腿他爹的小药铺更加红火了，村里人来得更多，有时候铁腿他爹回家吃饭，看病的人甚至找到家里去，铁腿他爹饭也吃不好，洗一洗手，就在家里给人看起病来，虽然很忙活，但他却很高兴，毕竟生意好了，家里的生活也好了，他出来进去，骑一辆崭新的自行车，在我们村里很风光。不过那时候，虽然大人不说，但小孩之间却也明白，顺德爷爷的孙子比我们高一个年级，他跟铁腿的关系就很不好，有一次放学后，还堵住铁腿打了他一顿。铁腿对我们说，顺德爷爷老了，不会看病了，他倒拿我出气，我就是要穿好的，吃好的，气气他，气死他！

铁腿他爹的小药铺红火了没有一两年，就出了事。这件事在我们村里有很多说法，引起了长久的涟漪和回响。最根本的还要从小药铺说起。铁腿他爹的小药铺盖在我们村西头，比较偏远，这是两间房子，外间是他看病的地方，摆着柜台和药柜，刷了白灰，很干净，里间是他休息的地方，有时候铁腿他爹晚上也不回家，就住在这里。但是不知从什么时候开始，我们村里人发现，不只铁腿他爹住在这里，跟他一起住的还有一个年轻女孩。关于这个年轻女孩的身份，我们村里人有不同的说法，有的说她是外村一个来看病的人，时常来这里看病，天长日久，他们就产生了感情，有的说是铁腿他爹在县里参加赤脚医生培训时认识的，他们两个早就有了瓜葛，还有的说是铁腿他爹去哪个乡镇进药的时候，那家铺主的女儿看上了他，一来二去，她就跑出来找他，他们就住在了一起。那个女人比铁腿他爹小十多岁，那时大约十八九岁、二十岁。一开始她躲在小药铺的里间，几乎从来不出门，我们村里人都没有见过她，后来大约住的时间长了，她开始慢慢走出来，我们村里有人见过她在那棵大榆树下洗头，长长的黑发涂满了泡沫，在阳光下闪烁，再到后来，铁腿他爹在小药铺里也置办了一套锅碗家什，我们村里人经常看到她在药铺后面用铁锅炒菜，炒完菜她就回到里间，几乎从来不跟任何人说话。

那时候我们村里的风气很保守，这可是石破天惊的一件事，从我们村里人的眼光来看，简直就是伤风败俗，但那时候城里的风气已传到了我们乡村，在新的观念中，一个年轻女孩勇于追求自己喜欢的人，为此竟然冒天下之大不韪，她的大胆则让人钦佩，至今我也不知道该如何评价铁腿他爹和这个女孩的情感，但他们的同居却造成了严重的后果。铁腿他爹最初还回到家里吃饭，时间长了，连家也不回了，天天待在小药铺里，跟这个女孩待在一起。村里人也议论纷纷，对铁腿他爹既好奇，又鄙夷。铁腿家里简直乱了套，他娘也不下地干活了，整天躲在家里哭，蓬头垢面的，两个孩子也没工夫照顾。铁腿呢，铁腿以前穿得比谁都好，现在也是破衣烂衫的，跟我们差不多了。走在街上，还有不少人对他指指点点，他在我们班里本来学习很好，但不到一个学期，就滑落到了最后几名，他爹也没有时间管他，他妹妹就更不用说了，整天拖着鼻涕在街上玩，也没人管。我们村里人都看不下去了，那时候占理大爷已不当我们村的支书了，新支书继春叔找铁腿他爹谈过，他说，你这是犯罪，你知道吗？这是重婚罪！你赶紧把那个女的弄走，在村里也败坏民风，这算个啥事？你要是想跟那个女的好，就赶紧跟铁腿他娘离婚，离了婚你想干啥就干啥，没人管你。铁腿他爹哭丧着脸说，这个不走，那个一说离婚就要上吊，就要喝农药，你说该咋办？继春叔瞪着眼说，你狗日的问谁呢？你自己做下的孽，自己想办法处理。铁腿他爹垂下头，再也说不出话来，他坐在小药铺里，像一个病恹恹的病人，窗外老榆树的叶子哗哗响。

就在这个时候，发生了一件更大的事，那就是铁腿的娘突然死了。关于铁腿的娘的死因，我们村里人也有很多种说法，一种是她是被铁腿他爹生生气死了，一种是她是喝农药自杀了，还有一种说法更可怕，流传也更广，很多人都说，她其实是被铁腿他爹和那个女孩下药害死了，铁腿他爹是医生，懂药，知道什么药能致人死命，也有摆脱她的动机，下药杀害她也并不是没有可能。究竟是哪种原因我们不知道，但无疑后一种更有戏剧性，也更符合我们村里人想象的惯性，在我们看的那些戏里，那些奸夫淫妇不就是这样做的吗，不就是这样对结发妻子下了毒手吗？事情的真相我们已经不知道了，不知道是谁报了警，这件事也惊动了公安局，但就在公安局下来调查之前，我们村里人发现，铁腿他爹和那个女孩突然消失了，不知道他们是畏罪潜逃，还是感觉人言可畏，总之他们突然就走了，一夜之间就不见了，谁也不知道他们去了哪里。

公安局的调查也没有什么结果，只能草草结案。在这个过程中，最难受的就是铁腿了，他从一个和睦富有的家庭，一下跌落到了母亡父逃的境地，也从一个爱说爱笑的孩子，突然变成了一个沉默寡言的少年。铁腿他娘出殡那一天，我们村里的很多人都哭了，这个可怜的孩子，他弱小的肩头扛着白色的灵幡，走在送葬队伍的最前面，哭得泣不成声，在街上见到人就扑通跪下磕头，一路上也不知磕了多少，那天正好下着蒙蒙细雨，他满脸都是泪水和雨水，身上湿透了，膝盖上也沾满了泥。我们村里人站在路两边，看着他单薄的身子骨在风雨中颤抖，想到这个孩子身上所承担的悲惨命运，不禁纷纷摇头叹息，觉得这个孩子命太苦了，太可怜了。我们这些以前跟他一起玩的玩伴，当时并不能理解发生在铁腿身上的变故，但看到他那么小就穿着一身白，费力地扛着灵幡，在泥泞的道路上磕磕绊绊地走，心中也不禁感到万分难过，就连跟他打过架的顺德爷爷的孙子，也都流下了眼泪。

丧事办完之后，铁腿没有再回到学校，他辍学了。现在他的生活都成了问题，还要照顾他妹妹，家里没有大人，他姥娘家来人把他妹妹接走了，他寄居在他叔叔家生活，很少再回到自己的家里。有一次我和胖墩儿去找他，爬上大西坑，绕过迎门墙，进了他家的大门，发现他家的院子里都长满了青草，昔日的欢声笑语都不见了。

铁腿不再上学，我们跟他的联系也越来越少了。很快我们就从村里小学毕业，我到直隶村去读五年级，然后到城关去上初中。

读初中的时候，我每天上学放学，都会骑车路过铁腿他爹那家小药铺，门口的那棵老榆树还在，依然茁壮成长着。每次路过那里，我都会想到铁腿、铁腿他爹和那个女孩，以及铁腿他娘的死。有时候夜里骑车到这里，我心里就会非常害怕，总是蹬着车子飞快地骑过去。

这个时候，我听村里人说，铁腿曾到外面去找过他爹，要找到他爹并不容易，根本就没有什么线索，只是模模糊糊听什么人说，他爹在哪个地方落下了脚，仍和那个女孩在一起，他们又生了个孩子，当地的人问起来，他们就说是逃计划生育的，那时候超生游击队也不少，也没有人怀疑他们，但那时候城市里还在查盲流，很难在一个地方落脚，他爹只能从一个地方流浪到另一个地方，不过好在他会看病，走到哪里都能活下去。铁腿只能根据这些模模糊糊的传闻，出发去寻找他爹。别人问他，你爹都不要你了，不要这个家了，你还找他做什么？铁腿说，有我爹在，就还是一个家，爹不在，这个家就没了，哪怕有一个后娘，也比啥都没有强啊。人家又问，你恨你爹不，恨那个女人不？铁腿说，我恨他做啥，他再怎么着，也是我爹啊，我找到他，把他接回来，还要给他养老送终，那个女人我也不恨，她跟了我爹就是我娘，我也会好生待她，好生待她生的弟弟妹妹，我们一家人团团圆圆的，好生在一起，多好啊。又有人问，你想你娘不？铁腿却不说话了，眼泪一颗颗滴下来。

铁腿出门去找他爹，出去了很长时间，他以我们县城为中心，不断扩展搜寻的范围，骑自行车，坐汽车，坐火车，在周围的城乡到处转悠，像大海捞针一样，只要看到一家小药铺，他都要上去看看，问问，看他爹是否在那里，问是否有人见过他爹。但是搜寻了很多天，铁腿也没有找到他爹，那次回来，他大病了一场，躺在床上都爬不起来了，有人请来了顺德爷爷，他给铁腿开了十几服中药，也没有要钱，铁腿躺在床上感动地说不出话来，只是不停地抽噎。

那次病好了之后，铁腿就不在他叔叔家住了，开始自立门户，他把妹妹从姥娘家接来，把自己家院子里的草拔掉，把积满了灰尘的房子打扫干净，在厨房里烧火做饭。他从小没有做过饭，火也不会烧，第一次烧火时，烧得满屋子都是烟，烟雾缭绕，呛得他们兄妹两人忍不住，只能从厨房里逃出来，在院子里抱着头哭。后来还是铁腿又回到厨房，忍着烟熏火燎，将那顿饭做完了，两个人吃饭吃得都很凄凉，吃饭时又想起了他们的爹娘，不免又哭了一场，不过铁腿劝他妹妹，没事，有哥哥在，咱还是一个家，慢慢就好了。从此以后，铁腿下地干活，养活自己，养活妹妹，每天他扛着锄头去锄草、施肥、浇水、种地，那些大人干的活，现在他一个人扛了起来。我们村里人看到他那么小的年纪，就扛起了一个家，既觉得他可怜，也为他高兴，在铁腿忙不过来的时候，就跟他搭一把手，或者他有什么不会的活计，他们就很热心地教给他，铁腿慢慢学会了庄稼地里的各种活。等到农闲的时候，铁腿把他妹妹送到姥娘家或叔叔家，他又一个人踏上了寻找他爹的路程，夏天他从南走到北，冬天他从北走到南，风尘仆仆，一路走，一路问，像个流浪汉一样，四处打探着他爹的消息。但他走一路，问一路，却一直没有他爹的踪影，但铁腿毫不气馁，这次找不到，隔了半年，等收了庄稼，地里没有什么活了，他就又踏上了寻找他爹的旅程。

那时候我已经上高中了，很少回家。那一年顺德考上了一家医学院，成为我们村里的第一个大学生，顺德爷爷和顺德全家都很高兴，在村里放了一场电影，村里人纷纷到顺德家里去祝贺，他家还特意杀了一头猪，请村里人喝酒，我们村里人都说，顺德爷爷的医术终于后继有人了，又说顺德从小看他爷爷开方抓药，潜移默化就学会了，上个医学院倒是正合适。顺德考上大学，在我们村里影响很大，我们这些读高中的就更憋了一股劲，想着也要考上大学，那时候我也是这样，学校虽然离家不远，但也是两三周才回家一趟，全力以赴奔在学习上。有一次，在回家的路上，我正好遇到了铁腿，他拉着一辆地排车迎面走来，我跳下自行车，跟他打招呼，铁腿也停下来跟我说了几句话，我问他去做什么，他说他去城里掏粪，城里公共厕所里的粪肥没人掏，他到那里去掏了粪，厕所干净卫生，他拉回粪来，上到地里，也省了买化肥的钱，正是一举两得，他跟我说话时似乎有点不好意思，怕我觉得他身上臭，我倒不觉得有什么，又问他最近去找他爹了吗，有没有什么消息？他摇了摇头说，还是没有消息，他准备忙完了这一阵，到冬天闲下来，就再出去找，"只要人活着，总能找得着吧。"他这样说，匆匆谈了几句，我们很快就分手了。

考上大学之后，我开始在外地漂泊，很少再见到铁腿。有一次我给家里打电话的时候，我娘告诉我，铁腿到我家里来，要了我的电话，可能会联系我，我想，不知道他是否要到我这个城市里来找他爹，都过了这么多年了，他仍然念念不忘，痴心不改，一心想要找到他爹，用我们村里人的话来说，他可真是个犟种！但是我一直也没有接到铁腿的电话，也不知道是什么原因，那时候都还没有手机，大学宿舍里也没有电话，每次接电话，都是宿管阿姨在楼道里大声喊，也可能他给我打过电话，可是我错过了。

那时候在我们村里引起轰动的一件事，就是铁腿的妹妹结婚，从铁腿他爹逃走之后，铁腿和他妹妹两个人相依为命，饥一顿饱一顿，我们村里人都是眼看着他们长大的。那时候铁腿自己还没有结婚，但是她妹妹到了年龄，他就张罗着给她办喜事，他说现在父母都不在，他这个当哥哥的就要当爹当娘，把妹妹风风光光地嫁出去。结婚那一天，敲锣打鼓的声音震耳欲聋，铁腿的妹妹痛哭不止，不愿意上轿，她说哥呀，我走了，谁给你做饭，谁给你做鞋，谁给你做衣裳啊，铁腿也哭了，他说妹妹你放心，我很快给你娶个嫂子，就有人管了，咱这也不像一个家，你到了那边，多听人家的话，别让人家说咱没有爹娘教养，有了啥委屈，你就跟哥说，哥给你出气！迎亲的喇叭呜里哇啦哇啦吹了好半天，铁腿的妹妹才上轿，她一路走，一路放声大哭，我们村里站在两边看热闹的人，也都听得一个个抹眼泪。

铁腿把妹妹的喜事办完，这么多年攒下的家底，也花得差不多了，村里人都说这个孩子真仁义，提起他来就啧啧称赞。现在家里只有铁腿一个人了，他倒更加自由了，想出去多久就出去多久，也不用再牵挂他妹妹了。这个时候，铁腿仍然在寻找他爹，他寻找的范围也越来越大，现在他不像以前那样匆匆忙忙地寻找了，家里没有了牵挂，他可以在一个地方住下来，边打工边寻找。他当过建筑队小工，在市场卖过菜，捡过破烂，有时候住在简易工棚里，有时候住在公园的躺椅上，有时候住在桥洞里，像一个乞丐一样。不过在城市里流浪的时间长了，铁腿渐渐也摸到了门道，后来他别的都不做了，开始专门捡破烂。

　　说起来人的命运真是不可预测，谁也没有想到，铁腿在城里捡破烂，竟然捡出了门道，过了没有几年，他在那里成立了一家公司，专门承包某个区域的垃圾处理，开始在城市里创业。那时候，他已经很少回到我们村里来了，他具体是如何创业的，我们村里人并不清楚，但我们村里人都知道，铁腿在城市里发了财，他在那里买了房，买了车，还把他妹妹妹夫也带到了城市，帮他管理公司的事情。铁腿究竟有多少家产，我们村里人也不清楚，但每当我们村里有什么大事，修桥、修路、翻建小学，继春叔找到铁腿，他总是没有二话，就给我们村里捐一大笔钱。更为难能可贵的是，铁腿每次回到我们村，车到了村口，总是停下来，让司机开车在后面跟着，他一个人步行进村，见到村里人，该叫叔叫叔，该叫大爷叫大爷，递上一根烟，拉呱一会儿，一点也没有架子，不像有的人刚有了两个钱，就张牙舞爪的，谁也不放在眼里，我们村里人说起来，都说铁腿这孩子懂事，真是我们村里的孩子，又说起铁腿他爹，这么多年也不知道他在哪里，现在铁腿这么有出息，要是他爹他娘知道了，该有多好啊！

　　顺德爷爷去世的时候，铁腿特意从外地赶回来，一进门他就扑在灵堂上痛哭失声，谁劝也不听，一直哭到声音沙哑了，没有力气了，众人才把他扶了起来。我们村里人从来没有见到铁腿如此难受过，以前他受苦受累受委屈，都是打落牙齿和泪吞，从来不在别人面前流露，我们也不知道他为什么对顺德爷爷那么有感情，可能是顺德爷爷救过他的命，也可能是顺德爷爷让他想起了他爹，让他想起了从前生活的种种难处，他既是在哭顺德爷爷，也是在哭他自己。顺德爷爷的葬礼分外隆重，这么多年，他在我们村给那么多人看过病，家家户户都对他很有感情，送葬的队伍从村里到地里，绵延了好几里地，铁腿穿着一身孝衣，在送葬的队伍中低着头默默地走着。

我最后一次见到铁腿，是前两年春节回家，那年大年初一，我和家里的人出门去拜年，那天天上飘着小雪，我们在村里四处走，不知怎么就走到了原先的大西坑，现在的大西坑比我们小时候浅了很多，有人在坑底种上了白杨树，已经有碗口那么粗了。从大西坑南边走到西边，我正好在那里遇到铁腿，他家还是原来的样子，并没有翻新。我们两个见了面都很高兴，在大西坑他家迎门墙的边上，抽了一支烟，简单聊了聊。铁腿告诉我，他家这一片，很快就要拆了，大西坑也要填平，我们村里建设新农村，要在这里盖楼，我问他，这么多年了，他还在寻找他爹吗？他说，也还在找，但这么多年没找到，希望也是越来越渺茫了，他感觉到他爹是在有意躲着他，要不这么多年了，不管好坏，总该会有个消息。他又告诉我，我们县里的大医院准备卖给私人，他想接手，到时候就以他爹的名字命名，他说他爹只要活着，总得叶落归根，总会有想见他的那一天，等到那时候，我们县城的医院广告上，铺天盖地都是他的名字，他一定会高兴的……

告别铁腿，我向回走，绕到了铁腿他爹以前的小药铺。小药铺早已坍塌了，但是废墟还在，雪花越来越大，飘落在瓦砾堆上，黑白相间，分外醒目。矗立在废墟边上的那棵老榆树也还在，很多年过去了，这棵榆树显得愈加高大，挺拔，冬天的枝条上没有一片树叶，那些树枝在空中随着狂风飞舞。站在这棵树下，我看到了当年自己在这里包扎的场景，看到了铁腿他爹和那个女孩的身影，也看到了铁腿坎坷半生的经历，我不是铁腿，不能像他一样感受到那么真切的痛楚与欢欣，但是有时候我会想，铁腿也是另一个我，他走了我可能走的另一条路，这条路他走得那么艰辛，那么心酸，但是他终于挺过来了，我不知道他将来会向哪个方向走，但是那些过往都已经深埋在我们心中，就像眼前纷纷扬扬的大雪，和这棵随风飘舞的老榆树。

2016 年 2 月 19 日

哑巴与公羊

想起老黑方，我最深刻的印象，就是他牵着一只头上长角的大公羊，走在大街上。老黑方个子高高的，铁青着脸，披一件老羊皮袄，抖着鞭子，走在前面，那头羊跟在他后面。他的女儿叫英，是一个哑巴，有时也走在他身边，有时只有他一个人。老黑方不是哑巴，可是他说话很少，也跟哑巴差不多。老黑方好像没有老婆，我们从记事起就没见过他老婆，只有他和英两个人生活，他老婆去哪儿了，还是不在了？我们都不知道，也没人想起问这回事，平常走在街上的，就只是他和英两个人。

那头大公羊是老黑方的宝贝，那是一头种羊，比一般的羊要高出一头，羊角在头顶上盘旋着，顶尖又很锋利，它往那里一站，威风凛凛的，就把其他羊比了下去。老黑方养着这头种羊，就是养着一个宝贝。有这一头羊，不但他家里的母羊年年都能怀羔，羊群的数量不断增加，他还可以牵着这头羊，去给别家的羊配种。

配种当然也是收钱的，一头羊一年配种下来，也能给老黑方带来不少收入。不过老黑方也有自己的规矩，每次配种，母羊要是怀不上羔不收钱，可以免费再配，直到怀上再收钱。那时候，我们经常看到，老黑方牵着他那头硕大无比的公羊，在街上走来走去，那就是他去别人家配种了。我们这帮小孩闲着没事，也跟着去看，到了那户人家，主人出来迎接老黑方，点上旱烟袋，两人抽一会儿，说点什么话，我们趴在墙头上，耐心地等着。一会儿，主人从羊圈里把母羊牵出来了，母羊在院子里转着圈，东闻闻，西嗅嗅。那头大公羊，昂着头，很骄傲的样子，它看到那头母羊，也不急，慢慢转着圈子向它靠近，等到很近的距离，突然向母羊扑去，母羊咩咩叫着向前逃窜，但这时公羊一个箭步，已经跨到了它的背上，耸动着开始配种。我们这帮小孩看得目瞪口呆，叽叽喳喳地议论着，老黑方还是坐在那里抽烟，主人一抬头看到我们，挥手赶我们，"看啥呀看，别把墙头压塌了！"我们从墙头上跳下来，兴奋地谈论着。一会儿，老黑方牵着那头大公羊出来了，我们围上去，在后面尾随着。老黑方大步走着，那头公羊慢悠悠地跟着，我们对大公羊很好奇，跑到它前面去看，老黑方也不搭理我们，最多瞪我们一眼，那头公羊脾气可真大，见我们挡住了路，头一低就向我们抵了过来，很是凶猛，吓得我们连滚带爬，要不是老黑方拽紧缰绳，非得伤着我们不可。你们看到了吗？铁锤神秘地对我们说，那头公羊膻气重，蛋也很大，他一说我们才注意到，那头公羊的蛋确实很大，红红的，耷拉在大腿根，走路一晃一晃的，膻味更明显了，它一走过去，空中就飘荡着一股羊膻气。

铁锤还告诉我们，老黑方养这头公羊，可下了不少血本，一般的羊吃草，这头公羊还吃粮食，每次回到家，老黑方都给它拌一盆棒子面，那时候我们村里很穷，人能吃上棒子面也很不容易了，老黑方竟然喂羊，我们都很吃惊，也难怪这头羊长得这么壮了。

英是一个哑巴，她不跟我们玩，好像也不跟别人玩，她整天穿得破破烂烂的，头发也很乱，看上去不像一个常人。那时候在我们的心里，感觉哑巴又神秘，又可怕，我们见到英也是这样，感觉又好奇，又遥远。英可以听懂别人说的话，可她自己说不出来，她一张嘴就是呜啦呜啦的，不成话，一着急，两只手就开始比画，越比画越快，她自己着急，别人也着急。我记得那时候，大人都嘱咐我们，不要去招惹英，她一生起气来会打人。但是村里也有一些闲人，像常五、王四，会去逗她，故意惹她生气，看她的笑话。王四是个促狭鬼，他教我们捉弄哑巴的办法，他告诉我们，哑巴骂人是这样的，那就是用脚在地上画一个圆圈，再往里吐一口吐沫，或者一只手比画个圆圈，再用另一只手的食指去戳。他还撺掇我们在英面前这样做，逗逗她，我们那时不懂事，也不知道这样的动作是什么意思，只是觉得好玩。于是有一天，我们在路上，看到英走过来，铁锤就笑嘻嘻地走到她面前，在地上用脚画了个圆圈，啪地往里吐了一口吐沫。英一看，果然很生气，她也在地上画了个圈，啪啪地往里吐吐沫——到现在，我也不知道这个动作意味着什么，或许是包含着性暗示的一种隐语，但在当时，我们不管这些，看到英愤愤地吐吐沫，我们也跟着学她的样儿，纷纷在地上画圈，吐吐沫，这一下英真的生气起来了，她不再吐吐沫，而是一步跨过，张着两只手向铁锤抓来，铁锤一看势头不好，转身就跑，边跑边哇哇地叫着，英看抓不到铁锤，又高声叫着向我们抓来，我们也纷纷四处逃散，跑在后面的小东北，被英一把抓到了上衣，他一挣，挣脱了，光着上身继续向前跑，英却一个趔趄，跌倒在地上。她在地上趴了一会儿，才坐起来，不再去追，却哇的一声哭了起来。她这一哭，让我们又害怕，又羞愧，纷纷围拢过来，但又不敢靠近。尤其小东北，看着自己的裤子抓在英的手里，想去拿，又怕被她抓住。铁锤看英哇哇哭得很伤心，犹豫了一下，小心翼翼地走到英的身边，低声说，"英姐姐，别哭了，别哭了，我们跟你闹着玩呢。"英没有搭理他，但也没有再抓他，仍是坐在那里哭，哭了一会儿，她一个人爬起来，抓起小东北的裤子擦一把脸，扔在地上，也不看我们，就往家里走了。

村里的人说起英来，都觉得这个孩子很可怜，她从小就哑巴，又没了娘，吃也吃不上，穿也穿不好，跟着她爹受了不少苦。现在她爹又做这个营生，把地里的活都撂给了她，她一个女孩子，才十几岁，就跟大人一样扛着锄到地里去。那个时候，我们村里的生产队已经解散了，地都分到了各人的家里，那时也还没有兴起到城里打工的事，大家都还在家里种地。说是种地，其实分到每个人头上，也就二亩多，对于像老黑方这样的壮劳力来说，简直就不算什么事，每年春种秋收，他把地里的重活做完，其他像锄地、间苗这些轻巧活，就都交给了英。他自己养一大群羊，再加上配种，也算是一种副业。锄地之类的活，虽然比较轻巧，但对于英来说，年纪小，又是个女孩，做起来也很吃力。可是英做起活来，却很卖力气，她家地里的庄稼长得很好。那时候，我们也经常看到她下地回来，每次都背着一大筐草，红彤彤的夕阳照过来，她弱小的身躯上，那筐草都高过了她的头，她满脸是汗，边擦边走，很吃力。村里的人看到了，都说英这孩子的命，可真是够苦的。不过我们村里人的心理也很奇怪，一方面很可怜英，一方面又会嘲笑她。像我们这帮小孩所做的，像常五、王四他们所做的，村里人看到了，也并不去阻止，或者帮英说几句话，而是围在一边袖着手看，当看到英的窘态时，他们也会跟着笑。或许他们也并没有什么恶意，只是贫乏日子中的一个调剂，我们也可以想象，这对英是一种伤害，不过我们乡下人日子过得粗糙，也并不觉得是多大的事。英就是这样，在风吹雨打中慢慢成长着。

现在想想，我们对英的生活并不是很了解，那时候我们都是疯马野跑的年龄，英是个女孩，又不会说话，好像离我们的世界很远。只是偶尔听我姐姐谈起三言两语，才了解一些她的情况。我姐姐说，英虽然不会说话，可是人很聪明，又很细心，她们一起到河边去洗衣服，一开始她不会洗，可是看两遍就学会了，衣服洗得又快又干净。又说，英小时候穿鞋穿衣服，都是街坊邻里的婶子大娘帮她做，慢慢地她也学会了，她还学会了画鞋样子，现在街坊邻里的婶子大娘，要找鞋样子还得找她呢。又说，英家里的母羊生小羊羔的时候，都是英来照顾，她生起一堆火让老羊和小羊烤着，又去灶上熬一盆小米汤给老羊喝，下奶。小羊羔多的时候，抢奶吃，有的会抢不上，英找了一个给婴儿喂奶的奶瓶，从母羊那里挤下奶来，给抢不上的小羊羔吃。她把小羊羔抱在怀里，拿奶瓶喂它，看着小羊羔吧吧吧吧喝奶的样子，笑得像一个小妈妈。记得有一次，也是一个下晌的时候，我刚从外面疯跑回来，远远地就看到了英，她仍像往常一样背着一筐青草，但不一样的是，在那筐草上面插着一枝花，等走近了，慢慢我才看清，那是一枝麦穗花，粉红的花穗垂下来，正好斜挂在英的上方，夕阳斜晖下，照得她很美。我想那是英在地里干活时，看到了一枝麦穗花，顺手刨出来，要带回家里去养的。在这个时刻，我才突然意识到，原来英也是一个爱美的女孩，就像别的女孩一样，以前她穿得破，人也有缺陷，我们或者怜悯她，或者嘲笑她，几乎没有将她当作一个正常女孩，但是那枝麦穗花，却让我看到英和其他女孩一样，只是以前我们都忽略了。

我又想起来憨三的事。在我们这一带，憨三是个很有名的人物，别人叫他憨三，是因为他看上去有些傻，在家里又排行第三。那时候，或许是医疗卫生水平不够，不少村庄都有一出生智力就不高的人，有的能够勉强自己糊口，有的要靠父母或兄弟养活，现在这样的人很少见到了。憨三也是这样一个"傻子"，不过他跟一般的傻子不同，憨三的傻是一阵一阵的，他清醒的时候跟正常人没什么两样，但是傻劲一上来，他就变成了一个傻子。一般的傻子很少出门，只是待在家里，但憨三不一样，憨三不在家里待着，他走街串巷，从这个村到那个村，到处乱窜，像个流浪汉，经常三五天不回家，走到哪里就吃到哪里，睡到哪里，我们周围十几个村庄，他几乎转遍了，说起来人人都知道他。憨三不是我们村里的人，他家在我们村南五六里的那个村子，不过憨三却是我们从小就特别熟悉，也特别害怕的一个人，因为在很小的时候，大人就会拿憨三来吓唬我们，"再闹，就让憨三把你抓走！""再不听话，就叫憨三把你卖了！"等等这些，是我们从小就听惯了的，所以见到憨三，我们总是感到有点神秘、恐惧。不过其实憨三是一个很和善的人，我们经常看到的憨三，像一个乞丐，不过乞丐的打狗棒都是拄在地上，憨三也拿着一根打狗棒，但他却总是扛在肩上，像是在挑着一副担子。憨三扛着打狗棒，佝偻着身子前行的形象，是我们童年最深刻的印象之一。憨三走到哪个村里就讨口饭吃，夜里天晚了，他就随便找个草垛、麦秸垛或者地沟，睡在那里。憨三一到我们村里来，我们这帮小孩就跟在后面看，村里的人也都跟他开玩笑，"憨三，听说你在花六庄叫狗给咬了？""憨三，听说你在韩村睡到寡妇被窝里去啦？"憨三有时候不搭茬，踢踢踏踏地继续走，有时也停下来，跟他们说几句笑话。当然在这样的场合，憨三总是被取笑的对象，他傻傻地笑着，像个小丑一样，面对着那些人善意或不善的玩笑。当然村里总会有好心人，会给他点干粮，给他点水喝。

也有玩笑开得过火的时候，那是一个下雪天，憨三扛着他的打狗棒从南方逶迤而来，雪下得大，他到我们村的时候，全身都白了，像一个雪人。下雪天，村里的人闲着没事，王四喝得有点醉了，踉踉跄跄地往回走，正好在路上遇到憨三。他喝住憨三，

"憨三，你往哪儿去？"憨三看他脚下趔趄，知道是喝醉了，没有搭理他，仍然快步往前走。这下王四生气了，跑过去一把将憨三推倒在地上，大骂道，"狗日的，喊你没听见啊？"憨三也不说话，慢慢地从地上爬起来。这个时候，常五那一帮闲人正好路过，王四看有人来了，愈发要显示自己的能耐，又上去一脚，憨三一个狗啃屎，趴在了地上，常五等人纷纷鼓掌叫好，也有人撸胳膊挽袖子要去打。这时候，不知英从哪里走过来，她看到众人在欺负憨三，跳到圈子里，嘴里呜啦呜啦的，拉这个，扯那个，村里的人见她是本村人，心里都存着些善意，但王四喝多了，又打得兴起，哪顾这个？他抡着胳膊一下将英也打倒了，嘴里还骂骂咧咧的，"你管得着吗，你他妈是谁？"英跌在地上，还在哇啦哇啦地说话，挥舞着双手拦别人的拳脚，村里的人嘻嘻笑着说，"看这个哑巴，还护着憨三哩。"他们打得顺手，推推搡搡的，也不管是憨三还是英了，憨三趴着一声不吭，英在那里呜啦呜啦的。这个时候，突然那头公羊跳了出来，它愤怒地咩——咩——叫着，低下头抵了过来，一下挑翻两个人，站在了英的面前，那些人正打得兴高采烈，不想拳脚落在了羊角上，痛得哇哇叫，抬头看见那头公羊，都吓了一跳，纷纷逃窜，公羊只撵着一个人追，不幸那人正好是王四，王四吓得哇哇大叫，一边跑，一边还嚷着，"不是我，不是我。"从此以后，我们村里人很少再敢欺负英了，人人都知道，她背后有一头大公羊，不知什么时候就会跳出来。

老黑方不只在我们村牵着公羊配种，有时候也到外村去，三里五村的人都知道他有一头大公羊，生下的小羊羔很壮实，赶集时碰到跟老黑方说一说，或者骑着车子到我们村叫他一声，老黑方找个时间，就牵着大公羊出发了，一路上走走停停，累了就坐下来歇歇，抽一袋烟，让羊啃一会儿青草。到了那里，仍是那一套程序，等配完种，老黑方再牵着大公羊回来。老黑方做这事也做了好几年了，一向都没有什么是非，但不知从什么时候开始，村里人都传言，说老黑方跟我们邻村的一个寡妇相好，他经常牵着大公羊到那个村里去，"不是大公羊要配种，而是他要配种。"村里的闲人说起来，很神秘，很猥亵，津津乐道地谈论着。那个时候，乡村里的娱乐生活很贫乏，没有收音机，也没有电视，村里人最大的乐趣就是议论东家长西家短，哪个村里有个破鞋啦，谁家里兄弟分家打架啦，都能够让村里的人谈论很久。老黑方的事，也不知道是不是真的，讲给我们听的是放羊的六成叔，六成叔是一个老光棍，一辈子都没有娶过媳妇，说起老黑方和寡妇相好的事，他两眼放光，添油加醋地想象了不少细节。现在来看，一个鳏夫，一个寡妇，两个人相好也没什么大不了的，但在当时，却是一件毁坏名誉的大事。现在我们也不能确定，老黑方是否真的和那个寡妇相好，但我们不妨想象一下，老黑方牵着一头大公羊走村串巷，整天眼里看到的都是性事，难免会心头活泛，或许在邻村真的遇到这么一位寡妇，她家里也养着一群羊，也会不时找老黑方来家里配种，这么一来二去，两个人便好上了。但这只是一种可能性，另一种可能是老黑方根本就没有和寡妇相好，只是村里人的谣传和流言，不过流言是很伤人的。不管事实的真相是什么样，突然有一天，人们发现，老黑方的腿被人打断了。有人说亲眼见到老黑方在那个寡妇家被痛打了一顿，腿都打断了筋，有人说老黑方不能走路，是被村里人拉地排车拉回来的，有人说老黑方是被那个寡妇丈夫的弟弟打的，也有人说是被那个寡妇的儿子打的，等等，村里人说得有鼻子有眼，也不知哪个说的是真的。不过，老黑方确实有好几个月没有出门，等他再出来的时候，左腿明显跛了，走路一拐一拐的。

在老黑方养伤的那一段时间，家里的事都是英在做，她又要给老黑方抓药，又要忙里外的活，整天忙得不可开交。这个时候，仍有人找老黑方的大公羊去配种，老黑方走不动，能不去的就不去了，实在推托不了的，就让英牵着大公羊去了几次，但是一个大姑娘家去做配种这样的活，说出去也不好听，后来也就索性不去了。

在这个时候，老黑方家里又发生了一件事，那就是大公羊被偷了，前一天晚上还好好地在羊圈里，第二天早上，英起来去喂羊的时候，发现大公羊不见了，赶紧去告诉老黑方，老黑方慌忙起床，撇着腿到羊圈里查看，发现羊圈靠近胡同一侧的墙上被挖了一个洞，很明显，羊是从这里被牵走了。其实我们那个地方，民风很是淳朴，很少发生偷盗之类的事情，但不知从什么时候开始，人们的心思开始往钱眼里面钻，有一些人走邪路，便兴起了一股偷盗之风。那个时候偷什么的都有，偷牛的，偷猪的，偷狗的，偷自行车的，偷拖拉机的，等等，一时间风声鹤唳，家家户户很早就关门闭户，这股风气直到我们县里严打才刹住。现在我也还记得，那时晚上也很少出去玩了，大人会说，"小心偷小孩的把你偷走了！"夜里走在路上，总是提心吊胆的。不过那时候的小偷，也很讲规矩，从来不会在自己村里偷东西，要偷东西呢，就趁月黑风高，跑到别的村里去偷，如果有小偷在自己村里偷，那是最让人看不起的，要是被抓到了，非要被打个半死不可。老黑方一看大公羊被偷了，又急又气，连忙喊了两个邻居帮他找。这头大公羊既是老黑方生财的方式，养的时间长了，也有了感情，突然一下不见了，他简直慌了神。两个邻居和老黑方顺着羊的蹄印开始找，看到蹄印在一辆拖拉机的轮胎印前消失了，看得出偷羊的人是开着拖拉机来的，他们把羊偷出来，拖到拖拉机上，趁着夜色开走了。老黑方请两个邻居和他一起去找，他们三人骑着自行车，在周围三里五村转了一整天，都没有找到，第二天，老黑方又一个人到更远的村子里去找，仍然没有找到。

一个邻居提醒他，我们村里的九泰，大家都知道他是个小偷，但他不在自己村里偷东西，也就没人管他，不过他可能认识外村的一些小偷，去问问他，也许能找到点线索。老黑方一听有道理，赶忙跑到九泰家，到门口才想起不知怎么问好，又转到代销点买了一盒大前门，进门就喊，"九泰在家吗？"九泰是一个吊儿郎当的小伙子，正躺在床上睡觉，一看是老黑方，坐起来抹着眼睛说，"有事啊，黑方叔？"老黑方尴尬地笑了笑说，"我家那头大公羊丢了，你看能帮忙找找不？"说着把那盒大前门推到了桌子上，九泰摸过来那盒烟，打开，抽出一根，弹了一下，又划了根火柴点着，缓缓吐出一口烟来，才大咧咧地说，"别的我也帮不上你，黑方叔，你往东南方向找找吧。"有了这句话，一连好几天，老黑方都骑着借来的自行车，往东南方向跑。可是东南七八个村都跑遍了，仍然没有找到那头大公羊。老黑方又想到，偷羊的人总是要卖掉，于是他又到羊市上看，我们那里县城是二五逢集，烟庄是一四，贾镇是三六，柳林是逢七，老黑方把周围的乡镇都转遍了，也没有找到。这时已过去了十几天，邻居都劝他，说别找了，都这么久了，那头羊要是被杀了，现在可能早都已经消化了。老黑方听了眼红红的，可也确实没办法，只好不再去找了。

但就在这之后不久，有一天老黑方坐在路边抽烟，透过缭绕的烟雾，发现那头大公羊从东南方向走了过来，他以为自己眼花了，擦了擦，才发现竟然是真的，连忙丢下烟袋，跑过去，抱住了那头大公羊。大公羊的一只羊角断了，只剩一只了，右后腿也受了伤，老黑方赶忙把它牵回家，拌了一盆热气腾腾的棒子面，看它狼吞虎咽地吃完。邻居们都说，大公羊能逃回来真是一个稀罕事，以前村里被偷的牛、狗、猪，从没有自己跑回来的，他们七嘴八舌地议论，说可能是大公羊的配种能力救了它，偷羊的人不舍得杀，才让它找到机会逃了出来。老黑方看着只剩一只角的大公羊，想着它不知经历了怎样的劫难，才从偷羊人的手里逃了回来，又是爱怜，又是痛惜。这时候老黑方的脚也好了些，过了一段时间，他就牵着独角的大公羊，走在去配种的路上了。

生活好像又回到了原来的节奏，那时候乡村的日子是慢的，每个人活得都不慌不忙，就像磨坊里缓缓转动的磨盘，就像我们村南缓缓流动的河水，好像看不到什么变化。那时候村里经常会有一些闲人蹲在路边、树下，一聊就是多半天。村里的妇女在河边洗衣服，说着家长里短，一洗就洗到半天夕，天快黑了，才匆匆忙忙回家去做饭。那时候我们的生活就是这样，宽阔，缓慢，偶尔会有些波澜，但很快就会过去。有人生，有人死，有人老了，有人病了，好像也不是什么大事，千百年人们都是这么过来的，人们在这里生活，在这里死去，生是活在熟人的世界里，死了也埋葬在父母兄弟身边。那时候村里的人都是知根知底的，谁的父亲是谁，谁的祖父是谁，谁家跟谁家有仇，谁家对谁家有恩，村里人都很明了，一说起来就是几辈子的交情。那时候村里的人也很少出门，从生到死都是在村里，有人甚至一辈子也没有走出过方圆十里。我想这就是为什么，我们村里人与人之间的关系那么盘根错节，谁是谁的舅，谁又是谁的姨，每个人好像和别人都有关系，都生活在一个无边的大网中；我想这也是为什么，我们村里人要传流言蜚语，要说家长里短，他们最熟悉这些人，眼看着他出生，长大，变老，又怎么能不关注呢？他们谈论这些，或许也并没有什么善意，或恶意，就只是说说，不过从被谈论的人来看，或许就不同了，他们需要承受更重的悲喜，在英的事情上也是如此。

英的事情就是她的肚子大了，但没人知道对方是谁。一开始她肚子疼，呕吐，她不知道是怎么回事，老黑方对女人的事也是半通不通，直到一个邻居大婶看出异样，提醒他时，他还是半信半疑，但很快英的肚子就大了，这让他又羞又怒，责骂英，问她那个男人是谁。英这时也明白了怎么回事，只是哭，嘴里哇啦哇啦的，不知在说些什么。村里的人很快从邻居大婶的嘴里知道了这一情况，有的人摇头叹息，说英的命真苦，骂那个男人作孽，有的人则怀着猥亵与好奇的心态，猜测是这个，或那个男人。不久之后，又有另外的流言出现，有人说其实英怀的并不是别人的孩子，正是老黑方的，老黑方天天牵着大公羊去配种，又没有了那个邻村寡妇，就跟自己的女儿搞上了，这样的流言传播很快，不少人都怀着恶意，想象着他们父女的丑事。不过，很快就又有了新的流言，说英怀的孩子并不是别人的，而是那头大公羊的，这头大公羊天天配种，又和英很亲昵，有一天就让英怀上了。说到这里，有必要交代一下，那时在我们村很多人的心里，不少事物都是有神灵的，比如村南头那棵老槐树，有人就绘声绘色地说过，这棵树救过他的命，那天他走夜路，走到老槐树那里遇上鬼打墙，在那里转了很多圈，就是走不出来，这时他看到老槐树变成一个白胡子老头，把他领了出来，他走过去回头一看，那个白胡子老头又化成了老槐树。我们村里还有很多关于狐狸精、老鼠精和黄鼠狼精的传说，在这些传说中，动物和人一样，也有脾气，也有性格。我说这些是想说，当我们村里传说英和大公羊的流言时，并不是当作无稽之谈在说的，他们认为那是真的，有人真的说，有人真的信。

老黑方狠狠打过英几次，他要英告诉他那人是谁，英只是呜呜地哭，他也没办法逼她，就领着她在村里从西头走到东头，从南头走到北头，让她指认究竟是谁。那两天，我们村里的闲人也不敢在路边闲扯了，生怕不小心被英指认了去。但是英并没有指认谁，老黑方在前面牵着她走，她就低着头在后面跟着，连人都不敢看。老黑方没办法，又怕丢人，就不再领她出去了。还有肚子里的孩子，在慢慢长大，也不是个办法，老黑方要领她去医院打掉，英不去，好不容易把她弄上车，到了医院里，又捂着肚子不让医生看，有人过来她就哇哇地叫，医生也没办法，只好让老黑方把她拉走。回到家里，老黑方坐在院中，闷着头抽烟袋，实在是没有办法了。这时大公羊和英的流言，不知怎么传到了老黑方的耳边，他越想越气，提着斧子就奔向了羊圈，大公羊看到老黑方，以为他来喂食，亲昵地跑过来，没想到一斧子劈了下来，大公羊一躲，闪了过去，又一斧子劈来，大公羊这才明白过来，它死命一挣，挣脱缰绳，跑到了院里，老黑方也挥舞着斧子，奔到院中，追着大公羊砍。大公羊在院子里急得团团转，一跳跳上了院墙，越了过去，老黑方转身从院门追了出去。那天傍晚，我们全村人几乎都看到了那惊心动魄的一幕，大公羊撒开四蹄，拼命向前跑，老黑方张牙舞爪地挥着斧子，在后面紧紧地追，很多人都不明白，为什么以前那么亲密的他俩，现在突然反目成仇，又惊愕，又害怕，也不敢上前去劝。老黑方到底年纪大了，大公羊很快就跑得不见了踪影，他才气喘吁吁地停下来，拐着腿往回走。

天色黑了，老黑方的一个本家兄弟来看他，两个人沉默了好长时间，都没有什么主意。突然这位本家兄弟说，"我听人家说，英对韩村那个憨三很好，会不会是他的？"老黑方茫然地看着他，本家兄弟又说，"别管是不是了，英这种情况，总得找个婆家，我看那个憨三还行，他有点憨，又不是实憨，咱英这条件，人哑巴，又怀了孕，也找不到更好的人家了，要说配憨三，也不算吃亏，你说呢？"老黑方坐在那里发愣，有点不明白似的望着他，"要不是他，咱这不是赖人家吗？"本家兄弟站起来，拍拍他的肩膀说，"你先好好想想，咱们再商量。"说完穿过院子，消失在门口的黑暗中。

其实也没什么好想的，人也找不到，现在这就是最好的办法了。第二天，老黑方就和本家兄弟一起，骑着车子到韩村找到了憨三的家。憨三不在家，他的父母和兄弟都在，听他们说了来意，一口拒绝。老黑方不知说什么好，他的本家兄弟说，"你们还不同意？我们不是来跟你们商量的，就是来告诉你们一声，我们家的英被你们憨三强奸了，现在大了肚子，你们说怎么办吧？往好里说，让他俩赶快成亲，两家都好，要不我们就去派出所告状，你们看着办吧！"憨三的哥哥说，"你这么血口喷人，有什么证据？"本家兄弟说，"证据？人证物证都有，你就等着吧，我提醒你们一声，以后别让你家憨三走过我们村，到我们村，要是出了啥事，可别怪我们。"第一次不行，第二次老黑方和本家兄弟拉着地排车，把英也拉过去了，在憨三家又闹了一场。憨三的父母和兄弟商量，憨三这样的条件，要找到好的人家也很难，英虽说是哑巴，也大了肚子，不过人很好，又能干，谈来谈去，他们觉得娶了英，也算不上吃亏，所以在老黑方又一次上门的时候，他们就答应了。

我们村里的人知道了这个消息，都很高兴，以前他们传说各种流言，说不上有多少恶意，现在看到英的事情圆满解决了，也真的为英和老黑方感到高兴，就像他们看戏，最喜欢看大团圆结局一样，一个英，一个憨三，看上去好像八竿子打不着，但又是那么般配，那么合适，他们纷纷点头，啧啧称赞。就这样，老黑方很快给英办了婚事，英也嫁到了韩村，半年之后，她的儿子也出生了。据说英在生孩子的时候，最担心的是孩子，怕她像自己一样是个哑巴，她一直提心吊胆，孩子刚生下来，就抱着到处求医问药，直到有一天，她听见他清楚地喊了一声"娘"，才哇哇哭着流下了热泪。这个孩子，就像我们后来知道的，成了我们这一带最有名的人物，但在当时，谁也不会想到，英的孩子这么有出息。

那只大公羊消失了很久，老黑方也没有心思再去找。但是有一天晚上，它不知从哪里蹦出来，突然出现在了家门口，它看到了老黑方，老黑方也看到了它，它偷偷地向老黑方靠近，在黑暗中与他的眼睛对峙着，见老黑方没有再砍它的意思，才小心翼翼地凑到他身边，蹭着他的腿，老黑方叹了一口气，把它牵回了羊圈里。从此之后，我们村里还能看到那个熟悉的场景，老黑方牵着大公羊走在大路上，只是他的身边再也没有英了。

那个时候，我们村里的人经常可以看到，英和憨三回娘家的情景，他们骑着一辆自行车，憨三在前面蹬着，英抱着孩子坐在后面，一大早就来了，阳光洒在他们身上，很动人。等到傍晚回去时，老黑方走到村口去送他们，那头大公羊也跟着，它挺着那只独角，站在大槐树下，很英武的样子。

2015 年 2 月 1 日
2017 年 3 月 6 日

哈雷彗星

那时候，我们村里的老师都是民办教师，他们在教书之外，还要去地里干活，听说在最初的时候，他们都是在生产队里拿工分，不过到了我们那时候，生产队已经解散了，是我们村里给他们开工资，虽然比村民好一点，但跟正式的教师比起来，他们的工资要少很多，我们的老师也都很抱怨。我们小学里一共有四个老师，每个老师教一个年级，语文、算术、自然、地理，都是一个人教，那时候没有美术课，也没有音乐课，有时候老师教一两首歌，就算是音乐课了。从我们乡下人的角度来说，送孩子到学校里，不过是认两个字，不当睁眼瞎就完了，也省得孩子们到处乱跑，打架，贪玩，谁也没想要孩子有什么出息。老师呢，只要孩子不出事，带着他们玩就行了，学习成绩好当然很好，差一些也没什么，他们家里地里都有那么多事，精力顾不过来，不能全扑在学校里。

我们学校四个老师，只有一个女老师，姓董，我们都叫她"白毛董"，其实她很年轻，刚刚结婚，但是她家在城里，人显得很傲气，每天上学下学骑一辆崭新的自行车，对学生训起来声音很高，我们都很怕她。苏老师家在我们村南边五六里地的一个村，他最喜欢打学生，胆子很大，打耳光，抽鞭子，或者一脚踹出门去，他一进教室，班上的学生都屏住了呼吸，不敢吭声，谁一不小心，就被他揪住头发，拖了出去，我们私下里都叫他"土匪"。赵老师家在苏老师家西边的邻村，他们两个经常一起来，一起走，那时候赵老师已经结婚了，有三四个孩子，他倒是很少打人，整天笑呵呵的，不过他家里负担重，虽然担任了我们学校的校长，但家里一有事，就把他叫走了，有时候三两天也见不到他，学校里有事就让苏老师给他捎信。赵老师家地里活多，他想了一个办法，一到农忙的时候，就让班里的学生到家里帮他干活，学生人多力量大，虽然年龄小，但也算半个劳力，干点活不在话下，再说学生在学校里也很憋闷，有机会到外村走一走，活动活动筋骨，也都很高兴，很热烈，就像是春游一样，到了那时候，赵老师骑个破自行车在前面走，后面是浩浩荡荡一支队伍，学生们说笑着，打闹着，嘻嘻哈哈地走着，很快就到了他家，他分配这一伙去干什么，那一伙去干什么，像个生产队长。别看学生们在家里不愿意干活，老师一让他们干，他们干得可欢实了，领了任务，三个一群五个一伙，挖土的挖土，抬水的抬水，很快就热火朝天地干了起来。快到下晌的时候，赵老师的媳妇已烧好了一大锅绿豆汤，抬到树荫底下，大家伙一人喝上一大碗，在垄沟里洗一把脸，就又列队回家了，回去的时候仍然是赵老师带队。有时候他走不开，就嘱咐班长，让他把每一个人都送到家。班长带队，队伍就更乱了，这个打，那个闹，像一群欢蹦乱跳的小山羊，班长管不住，只能吆喝着，把大伙带回到我们村，也就解散，让他们各自回家了。

我们班的吴老师，来得最晚，年龄也最小，那时他大约十八九岁，长得很清秀，很白净，人很腼腆，不怎么爱说话，赵老师和苏老师跟他开玩笑，都说他像个大姑娘。我最初在苏老师那个班，但那时候我很贪玩，学习不好，我嫂子在另外一个村里教学，说这样也学不好，就让我蹲了一班，仍然读一年级，这样我就来到了吴老师的班上。那时候吴老师也刚来，他的家在我们村西边六七里，过了县城，再走一阵就到了。每天他从家里骑车到我们村里来，上一天课，到傍晚再骑车回家。那时候我们学校门外，靠路的西侧，种了一排粗大的柳树，一到春天，柳树刚刚泛绿，远望像一层绿色的云烟，每天早上，我们都能看到吴老师穿着一件白衬衫，骑着自行车，从云烟深处飘过来了。下午放了学，一片晚霞镶着金边，在天边变幻，闪烁，吴老师又骑上自行车，伴着晚霞骑走了。

我们学校前面是一个大水坑，一到夏天，坑里就积满了水。放学后，很多男生都喜欢跳到坑里去游泳，打水仗，我也经常和我们班的胖墩儿、小四儿到那里去玩，我们脱得赤条条的，跳在水中你追我打，互相泼水。有时候坑里还有鸭子、白鹅，我们一跳进去，这些家伙就吓得到处乱窜，我们兴奋地追逐着，它们叽叽嘎嘎地叫着，挓挲着翅膀爬上岸，我们还不罢休，又爬到岸上，把它们往水里撵，直到把它们折腾得精疲力尽，才停下来。鸭子还好，大白鹅个子高，性格也拧，有时候你撵它，它冷不防就冲过来，用它那长长的嘴狠狠地叼住拧一下，很痛。小四儿就被大白鹅叼过一次，他啊地高叫了一声，就捂住腿蹲在地上了，虽然没流血，但留下了两个嘴印子，从此以后，小四儿再也不敢撵大白鹅了，我们都还笑话他。还有一次，胖墩儿忽发奇想，为啥鸭子和鹅会凫水，鸡就不行呢？他很奇怪，非要试一试，我们到了他家里，逮了一只芦花鸡，这只大公鸡被我们逮住，可能以为要挨宰了，拼命挣扎，一路高亢地鸣着叫。没想到来到大水坑边，胖墩儿拎起它就往水里扔，这只鸡好不容易有了活路，死劲地扑扇翅膀，想往高处飞，但它的力气并不大，往上飞了一会儿，就开始往下坠，下面是水坑，它啪的一声落在水面上，两只翅膀拍打着水面，用力往前拱，竟然滑到了对岸。胖墩儿一看，还是不知道它会不会凫水，就又从柳树边绕过去，想要再试试，那只鸡好不容易歇了一会儿，见胖墩儿奔过来，拼命一挣，竟然又飞了起来，这次它落在一根树杈上，怎么轰也不下来了，胖墩儿回到家里，当然少不了挨一顿打。

那一天，我们正在坑里玩水，听到岸边有人喊，一看是吴老师，赶紧爬上岸，胡乱穿上衣服，跑了过去，只见吴老师推着自行车，站在一棵大柳树下。见到我们，他说，"你们怎么又下水了？这儿的水不干净，以后别在这儿玩了！"我们三个低着头，头上还在不断地往下滴水，吴老师的眼神很清亮，他伸出手摩挲了一下我们的头，又说，"快回家吧，别让大人着急。"我们点点头，抓着衣裳，匆匆地跑走了。跑了好远，我们才停下来，胖墩儿后怕地说，"幸亏我们遇到的不是苏老师！"小四儿说，"要是苏老师，早飞起一脚，把我们踢到水里去了。"我们三人说笑着，回过头去看，只见吴老师还站在柳树下，柳树的枝条一丝丝垂下来，遮住了夕阳，有几缕金光穿过柳条，洒落在他和他身边的自行车上，明亮的，暖暖的，闪着光。我们看到，吴老师站在柳树下，偶尔抬起手腕看看表，好像在等什么人，不一会儿，我们又看到了董老师，她骑着自行车从西边骑过来，白色的裙子很飘逸。到了吴老师身边，她停下来，跟吴老师说了几句话，他们两人便一起向远方骑走了。

有一天上课时，吴老师告诉我们，过两天会有日全食，他让我们每人准备一个玻璃片，他要带领我们一起观测，他跟我们说，这次日全食正好是中午，很容易观测，但是也要注意，不能乱看，如果方法不对，会伤害眼睛，甚至会将眼睛刺瞎，我们没有专门的观测设备，只能用简易的办法代替，那就是找一块碎玻璃，用墨汁将一面涂黑，到时候隔着这块玻璃去看，就能够看到日全食的整个过程。我们听了都很兴奋，日全食，我们都没有见过，听老人说起过天狗吞月亮，那是月食，是迷信的说法。现在我们可以亲眼看到"日全食"，看到天狗吞太阳，那可真是太好了。那时候我们村里还很穷，很少有玻璃，只有到处去找。我回到家里，找了半天，也找不到一块玻璃，最后发现了我爹装散酒的那个酒瓶，我把瓶子打碎，只剩下厚厚的瓶底，我又将瓶底周围的玻璃碴子，在一块石头上慢慢磨掉，拿在手中便是一块圆圆的玻璃。胖墩儿和小四儿到处找，也找不到玻璃，正好路过三袋家的代销点，把他家窗口上那唯一的一块玻璃打破了，一人抓了一块大点的逃跑了，三袋家的人听到响声，跑出来，早就没有了人影。

好容易盼到了日食那一天，那时候热浪滚滚，像天上在流火，麦子快要熟了，风一吹，空气中弥漫着小麦的清香。中午下了课，吴老师带我们来到操场，那里有一排高大的白杨树，平常我们在操场上跑步，都要绕过这一排白杨树。现在吴老师将我们分成几个小组，分别站在几块树荫下，他说先不要往天上看，等他让我们看的时候，我们再看，以免伤了眼睛。他又检查了一遍我们每个人的玻璃片，那些玻璃片，各种样子的都有，有大的，有小的，有尖的，有圆的，还有不规则的，他还特别夸奖了我的瓶底，说拿这个看效果最好。他还帮我们在每一片玻璃后面涂上墨汁，晾干，我们举着涂黑的玻璃片凑到眼睛上，望过去黑黢黢的一片，什么也看不到。吴老师还让我和胖墩儿抬来一大盆凉水，也放在树荫下，他告诉我们别把这盆水弄脏了，等会儿有人看得眼睛不舒服了，要用这盆里的水洗。准备好了这些，吴老师看看表，说一会儿就要开始了，让我们等一等，说着他去了办公室。吴老师一走，我们班里的同学慢慢散开了，三个一群，五个一伙，说笑着，打闹着，越来越乱了。但是很快，吴老师就回来了，他后面还跟着董老师，两个人都兴致勃勃的，笑容满面。

没过一会儿，我们感到吹来一阵凉风，和刚才的热风不同，这阵风阴凉凉的，吴老师举起黑玻璃往天上一看，回头对我们说，

"同学们，日食开始了，大家快看！"我们纷纷举起手中的玻璃片，按吴老师教的，闭上一只眼，用另一只眼朝天空看去，透过黑漆漆的玻璃片，我们看到太阳的边缘正在慢慢凹陷，一点一点的，那个缺口在慢慢扩大，这时天色渐渐暗下来，仿佛黄昏提前降临了，又像是整个天空正在被吸入到一个大口袋里，正在一点点变黑。这正午突然来临的黑暗，让我们有点吃惊，也有点害怕。我们的眼光离开日食，转过脸来看看周围的世界，可以看到眼前的白杨树和教室正在一点点没入黑暗，微风吹来，显得更阴凉了。我们班的同学都在兴致勃勃地朝天上望着，偶尔停下来，揉一下眼睛，或者换另一只眼睛去看，胖墩儿和小四儿搭着肩膀，看一会儿，又互相挤眉弄眼的，在嘀咕着什么。树荫的最东面，吴老师和董老师站在一起，董老师一只手搭着凉棚，另一只手举着黑玻璃，望着天上，嘴里啧啧称赞着，"太神奇了，太神奇了！"吴老师站在她身边，一会儿看看天上，一会儿看看她，他的眼神很清澈。而这一切很快也都融入黑暗之中，在我们玻璃片的后面，最后一点月牙似的光亮也被吞噬，太阳变成了一个黑色的小圆球，整个世界陷入了完全的黑暗。

突然一阵鞭炮声响起，然后又是敲锣打鼓的声音，一群人喧喧嚷嚷地从学校门口走过，大声呼叫着，原来是我们村里的人在赶天狗，前面的人举着火把，呼喊着不成文的曲调，后面的人敲打着锣鼓家什，还有的敲着锅，敲着盆，敲着碗，敲着桌椅板凳，浩浩荡荡走过来了。我们放下黑玻璃，倾听着校外喧闹的声音，有的人禁不住好奇，趁着天黑，溜出了校门，胖墩儿和小四儿也跑了出去。他们站在门口的大枣树下，正在东张西望，人群中三袋一个箭步跨了过来，一把抓住了胖墩儿，"终于抓住你小子了，昨天为什么打碎我家的玻璃？"

"不是我，不是我。"胖墩儿往后缩着。

"你还敢抵赖？"三袋从胖墩儿手中夺过那块黑玻璃，"这不是玻璃吗？怎么变成黑的了？"这时小四儿凑上来，嘴里喊着三叔，"三叔三叔，你别生气，这是科学实验，你看看，你看看。"说着他把黑玻璃举到三袋面前，"你往天上看——"

"这是啥？"三袋半信半疑地往天上看去，只见天上的太阳透出了一丝光亮，像月牙一样，正在一点点变大。

"这是日全食，不是天狗吞太阳。"胖墩儿终于挣脱了三袋的胳膊，嘟着嘴说，"这是吴老师教给我们的，你们那都是封建迷信。"

"就你小子懂！"三袋弹了胖墩儿脑瓜一下，抓着小四儿的黑玻璃，说，"这个我看看，你俩伙着看一个吧。"说着匆匆忙忙去追赶天狗的队伍了。

这时天色微微亮了。风吹过来，白杨树发出飒飒的响声，不少同学看得眼睛都酸了，停下来歇一歇，胖墩儿和小四儿又溜回了队伍中，吴老师还站在那里，眯着眼往天空中看着，董老师站在他身边，一会儿看看天空，一会儿看看他。天色渐渐明亮起来，赶天狗的队伍又敲锣打鼓地回来了，我们像从一场神奇的梦中醒了过来，互相看看，都觉得很神秘，吴老师跟我们说，"同学们看了之后有什么感想，是不是觉得大自然很奇妙？日全食很少见，我们能看到，真是太幸运了，等你们下次看到的时候，就都长大了！"

放学之后，我和胖墩儿、小四儿一起往回走，走在路上，回想着日全食的景象，我的心像是飞到了一个很高很远的地方，一路上都有些发呆。等回到家里，我爹正在到处找那个装散酒的酒瓶，看到我手里那块黑玻璃，似乎知道了是怎么回事，抓住我的胳膊就想打，好在我一下子挣脱了，一溜烟跑到了外面。

从此之后，吴老师经常带领我们做"科学实验"，他教给我们凸透镜聚光的原理，在阳光下拿一块凸透镜，照放在地上的纸片，聚焦在某一点上，一会儿那张纸就燃起了火苗，他教给我们杠杆原理，在学校操场西边的跷跷板上，胖墩儿和小四儿两个人，都跷不起一个瘦弱的女生，因为那个女生坐在跷跷板的最末端，胖墩儿和小四儿则坐在这一端的中间。那一段时间，国家号召爱国植树运动，吴老师还带领我们去采集草籽、菜籽和树苗，我们列成长队，到村里去，到河边去，到田野上去，他说我们国家有的地方现在还是沙漠戈壁，我们采了草籽，寄到那个地方去，只要天上一下雨，草籽就会生根发芽，慢慢将沙漠变成绿洲，我们听了都很兴奋，觉得自己也能为国家做一点贡献了，都很热心地去采、去摘，在村外的小树林里，我和胖墩儿、小四儿像猴子一样爬到树上，大呼小叫的，比赛着从树上往下扔树籽、黄花槐、栾树、泡桐、白榆树，等等，下边的女生仰头看着，低头去捡，再将它们一一装入不同的口袋里。

那时候我们也都慢慢喜欢上了学习，本来我们都是在村里疯跑的野孩子，吴老师让我们看到周围的世界这么有意思，我们也都变得爱上课了。我也是这样，不仅在学校里听课很认真，放学后也喜欢捧着一本书看。那时候我们家里很穷，连个写字的小桌都没有，有一天我看到在我家堂屋西边摆放着一个缸盖，很圆，很大，是用石灰砌成的，平常缸里盛满粮食，缸盖就盖在缸上，现在缸里空了，缸盖就闲置在一边。看到这个缸盖，我想，在地上垒几层砖，将缸盖放在上面，那不就是一个很好的书桌吗？想到这里，我就开始干，我找来一些砖头，在堂屋西窗梧桐树下垒成了两摞，有七八层高。然后又去搬缸盖，缸盖太重，我搬不动，就立起来，向前滚动，好不容易快滚到梧桐树那里了，突然缸盖一歪，砸到了我的脚上，我哎哟一声，摔在地上爬不起来了。这时我爹正好从地里回来，赶紧扶起缸盖，抽出我的脚，看看没有大碍，就责问我滚缸盖干什么，我说了想在树底下垒一个课桌，我爹听了，愣了愣，很少见地没有对我发火，他走过去，将那两摞砖重新垒了一下，又搬起缸盖，靠着梧桐树摆放平整，拍拍手，回头问我，"你看看，这样行不？"我很高兴地点点头，搬了个小板凳坐在桌前，把旧书包摆在上面，拿出书和作业本来，感觉似乎很像个样子了。

那一年，我们镇上组织了一个学习竞赛，我们这个年级的学生，每个村选拔一两名学生，到镇上去集中考试。我们班，吴老师选了我和小锐，小锐家在我们村后街，她是我们班学习最好的，坐在我前面。上课时我和小四儿调皮，把她的辫子系到板凳上，她一站起来，板凳跌翻，扯得头皮痛，都快气哭了，我们还把毛毛虫放到她的笔盒里，吓得她哇哇直叫，不过她却没有告诉老师，这让我们对她很有好感。那时候"竞赛"是个新东西，我还是第一次见到这个词，不知道是做什么的，但想到能到镇上去，心中却很有些憧憬。到了那一天，我们早早来到学校，那时我们都没有自行车，是老师带我们去，吴老师骑车载着我，董老师骑车载着小锐，我们都坐在后座上。一路上两个老师并排骑着，路两边是高大的白杨树，杨树后面是广袤的田野，我们走在路上心情都很好，简直不像是去考试，而像是去秋游。路过一个村庄，我们看到几只大白鹅在坑塘里悠闲地游着，像是一幅画，走过一座桥，我们看到柳枝轻拂着桥的栏杆，看上去也很美。在路上，两个老师说说笑笑着，说着学校里的事，赵老师家里的事，苏老师的笑话，他们都笑得很开心，很爽朗，我还很少见到吴老师这么高兴，他清亮的眼睛闪着光，董老师平常对人爱答不理的，很高傲的样子，现在笑起来却很明媚，我和小锐坐在那里，也不敢说话，默默地倾听着。

不知怎么回事，吴老师突然说起了哈雷彗星，他说，你知道吗？哈雷彗星快要来了，到时我们一定要去看，这颗彗星76年才来一次，地球上肉眼可以看到，一个人一辈子大概只能看上一次，今年不看，就要等到76年之后了，到那时候，你想想我们都有多大年纪了？说着他呵呵笑了起来。这是我第一次听说哈雷彗星，心中暗想着，我一定要看看哈雷彗星，要不就要等到76年之后，那实在是太漫长了。

到了镇中心小学，吴老师和董老师将我们送进考场，嘱咐我们好好考试，不要紧张，先审好题再答。上午考完语文、数学，下午还有一场自然，我们从考场出来的时候，吴老师站在学校的门口，白杨树下他的身影很亲切，董老师也很热情，她给我们每人拿来一瓶汽水，笑着问我们考得怎么样，小锐有点紧张，我大大咧咧地说，觉得那些题都不难。他们又带我们在镇上的小卖铺里吃饭，那天吃的是马家铺的包子，羊肉包子，一咬嗞嗞冒油，很香，我们都吃得脸红红的，吴老师和董老师的脸也红红的。

下午考完试，吴老师和董老师又带我们回家，走的还是来时的那条路，但不知怎么显得快了很多，我看了看小锐，她低着头不说话，路上很颠簸，她的两条小辫不时跳跃着。两个老师也不怎么说话了，半下午的天气有点燠热，两边的田地上看不到一个人，只有一些牛卧在树荫下默默地反刍着，嘴角不时冒出白色的沫子。到了我们村的村口，董老师停下车子，说她就不去学校了，从这里直接回家。吴老师点点头说好，他让小锐坐到他自行车的前梁上，挥挥手，骑起车来，我一个箭步蹿上后座。回头看看，董老师向西已经慢慢走远了，她的白色身影在绿树丛中闪烁。

回到学校之后，胖墩儿和小四儿跟我打听去"竞赛"的情景，我跟他们说喝了汽水，吃了羊肉包子，把他俩馋得哈喇水都流出来了。说起小锐，他们俩就挤眉弄眼的，说她很像一个小媳妇，问我是不是喜欢她，这说得我又有点得意，又有点不好意思。说起来董老师，他们俩都觉得有点奇怪，董老师不是我们班的老师，她怎么也去了？听他们俩这么一说，我也觉得似乎有点意外，但想想，也不觉得有什么，都是一个学校的老师，互相帮忙，也是很常见的。

在一次自然课上，吴老师又一次讲到了哈雷彗星，他告诉我们，哈雷彗星很漂亮，在天上飞起来，像一个拖着大尾巴的精灵，你想想，在浩瀚的夜空中，那么多星星遥远地闪烁着，哈雷彗星突然从天外飞来，划过大半个天空，那是多么壮观！那时候伴随着哈雷彗星的出现，还会有流星雨，整个天空上的星星都流动起来了，画出一条条晶莹闪烁的金线，像过年时燃放的花火，又比烟花更壮观，更美丽！他说，等到了那个时候，他会带我们一起去看，我们听了都高兴地欢呼起来，都在热烈地憧憬着那个时刻。

那时候，有一次我到大西坑里游水，被坑底的玻璃扎破了脚，铁腿他爹是我们村里的医生，他在我的右脚踝处缠上了厚厚的白纱布，告诉我必须在家休养一个月，不能活动。那一段时间我也不能上学了，每天在家里的床上静静地躺着，那时地里的活很忙，我爹娘和姐姐一天到晚去干活，家里只有我一个人，我也只能在家里一个人玩，在床上翻翻书，躺在那儿听鸟叫，或者趿拉着鞋在院子里这儿转转，那儿转转。家里很安静，只有几只鸡这儿啄一下，那儿啄一下，还有猪圈里的猪，躺在那里哼哼唧唧，也不动弹，我四处趸摸一下，没有什么好玩的，就又回到梧桐树下的小桌前坐着，抬头看看梧桐树宽大碧绿的叶子，低头看看那些细碎的树影，和匆匆忙忙爬行的蚂蚁，感觉很无聊，这时候就很想念上学的时光。好在每天傍晚放了学，胖墩儿和小四儿都会来家里找我，吴老师让他们来给我补课，他们呢，也愿意来找我，跟我说说学校里发生的新鲜好玩的事。他们一来，我的心情也好了起来，也跟着他们跑着玩，有一次还拐着脚爬墙，跳到东院的叔叔家去偷梨，那时候梨还很小，啃起来又酸又涩。

我的脚渐渐可以活动了，那一天快放学的时候，我拐着脚走出家门，走出胡同，来到十字路口的电线杆下，在那里东张西望。路口向北直走，就是我们学校，路东边种着几棵很高大的枣树，枣花才开，不少蜜蜂嗡嗡地飞，路西边是一片小树林，什么树都有，我们也常到那里去玩。我正在那里看过往的行人，突然听到北边传来小四儿的声音，高声地喊叫着我的名字，跌跌撞撞地飞快向这里跑，在他后面是胖墩儿。我赶忙迎上前去，在一棵大枣树下接住了他们，他俩都跑得气喘吁吁的，停了一会儿，小四儿才告诉我，"乡镇竞赛的成绩出来了，你得了第一名。"说着他从书包里掏出奖状和奖品，"这是吴老师让我带给你的！"我听了，有点惊喜，又有点不知所措，突然想起了小锐，忙问，"小锐呢？她考得怎么样？"小四儿说，"她考了第九名，没有奖状，你还问她哩，她听说没你考得好，都气哭了。"胖墩儿也说，"眼都哭红了，小心眼，以后我们不跟她玩了！"奖状拿回家，我爹娘很高兴，贴在墙上，家里来了人都会夸奖我几句，我心中很得意，又有点不好意思，我一直觉得小锐学习比我好，可能她只是没有考好，似乎是我偷了原来属于她的荣誉。

过了没有几天，我正在梧桐树下看蚂蚁，胖墩儿和小四儿来到我家，告诉了我一个令人震惊的消息，吴老师不教我们了，调到别的学校去了，董老师也调到别的学校去了。我听了大吃一惊，忙问是怎么回事，他们也说不知道，只说是今天赵老师在会上宣布的，先让苏老师代我们班的课，我听了之后愣在那里，不知道说什么好，又想到上学之后也见不到吴老师了，心中很难过，又慌又乱。那天我和胖墩儿、小四儿也没有心思去玩，我们爬到村南边高高的河堤上，坐在树荫下，看着湍急的河水向东流去，心中充满了淡淡的眷恋和哀愁。也就是在河堤上，小四儿告诉了我们一个秘密，他说他路过办公室，偷听到了几句，说把吴老师和董老师调走，是有一次，苏老师看到了他们在办公室偷偷亲嘴。这让我们很意外，也很震惊！不知道该怎么接受，怎么理解，心中很迷惘。那时候我们村里的道德观念很保守，我们的年龄也很小，我们不明白，我们喜欢的吴老师为什么会这样，也不明白董老师结婚了，为什么还会跟吴老师亲嘴？这些问题扰乱了我们的心思，让我们心里像长了草一样。

我的脚伤好了，终于可以上学了。我背着小书包，来到学校里，却再也见不到吴老师了，上课时，我坐在自己的座位上静静发呆。那天胖墩儿、小四儿和班上的同学打闹，被苏老师发现，狠狠打了一顿，一脚踹出门外，他们在门口罚站，呜呜地哭着，也在想念吴老师。我还见到了小锐，她的小辫子似乎更长了，上面还系了一个粉色的蝴蝶结，见到她，我心中有些不好意思，下课的时候，我走过去对她说，"我没你学习好……可能你考试的时候太紧张了，没有考好……"她白了我一眼，什么都没说，背起小书包，一蹦一跳地慢慢走远了。吴老师一走，好像什么都变了，我们在学校里也没什么意思。再也没有人带我们看日全食了，也没有人带我们去采草籽树籽了。一到学校里，我们听到的就是苏老师的打骂声，和赵老师装模作样的训话，我们都很怀念吴老师。

哈雷彗星就要来了，没有吴老师带领，我决定自己一个人去看。那天晚上，吃过晚饭，我爬上高高的麦秸垛，默默地凝视着布满星辰的天空，安静地等待着。我看到一弯新月悬挂在天际，散发出清冷的光芒，银河浩渺无际，遥远的星星闪烁着，那是来自几亿年前的光。我静静地坐在那里，艰难地辨认着大熊星座、小熊星座，它们离我们这么近，又是那么远。不知道等了多久，我看到哈雷彗星从左边飞了过来，越飞越近，越飞越大，它拖着长长的尾巴，闪着晶莹璀璨的光，横跨整个夜空，慢慢向我飞了过来，我呆呆地盯着它，眼睛随着它的轨迹慢慢移动着，在它的周围，出现了流星雨，天空中是一条条丝线，闪烁着，明灭着，似乎要垂落到我坐的麦秸垛上。不知道过了多久，我看着哈雷彗星缓缓向远方飞去，直到消失在遥远的天际。

在哈雷彗星消失的那个时刻，我的内心突然感到了一阵恐慌，我想再一次看到哈雷彗星，要等到76年之后了，而76年之后，不知道我是否还在人世？即使我活在人间，可以第二次看到哈雷彗星，那一定也无法第三次看到哈雷彗星了，人的生命有限，而哈雷彗星却是永恒的，它会一次次飞过地球，即使我不在了，我熟悉的所有人都不在了，哈雷彗星仍然会在它的轨道上运行，地球上的沧海桑田对它不会有什么影响，每隔76年它飞到这里来，只是远远地瞥一眼，就又飞走了。想到这里，我的心里有些悲凉，躺在麦秸垛上，看着满天繁星，突然感到人是多么渺小，但我也慢慢想到，或许正因为我们渺小，我们才需要珍惜每一刻的奇遇与美好。

哈雷彗星飞走了，整个夜空似乎一下子空了，望着这空荡荡的天幕，我眼前浮现出了吴老师的面孔，我想在刚才那个激动人心的时刻，吴老师一定也在观看，只是不知道他在哪里，和谁在一起。从此之后，我再也没有见过吴老师，只是听说他的生活并不如意，在那所小学，他并没有教太长时间，也没有从民办教师转正，最后只好回到村里，结婚生子。小四儿告诉我，他有一次在县城的街道上遇到过吴老师，那时吴老师推着一辆独轮车，车上装满了酱油、醋和各种酱菜，似乎在做小生意，他的衣裳不像以前那么整洁，眼神也不再那么清亮了，人还是有点腼腆，但一说起话来，又好像有了生意人的精明，小四儿给他敬了一支烟，他笑哈哈地抽完，又推着独轮车走了。再后来，我听说吴老师到南方去打工了，我不知道他在城市工地辗转的那些日子，是否仍然会想起哈雷彗星。

如今，哈雷彗星已经飞走多年了，我已不再是一个少年，但我时常会想起吴老师，想起他风度翩翩的样子，我觉得他让我看到了这个世界的奥妙，也给了我一种哈雷彗星的眼光，让我在尘世中漂泊的心灵，可以看到哈雷彗星，可以从哈雷彗星的角度远远凝视着这个不断变化着的人间。我想，在哈雷彗星再次飞临时，我们一定会再次相聚，一起回到从前的时光。我知道那些过去了的日子并未永远消逝，就像哈雷彗星一样，我们平常不会清晰地感觉到，甚至也不会想起，但是它们隐藏在遥远的地方，而在某一个时刻，它们就会像哈雷彗星一样突然出现，让我们的生命绽放出璀璨的花火。

2016 年 6 月 3 日

林间空地

那时候我们村里有很多树林子，村里很多，村外也很多。村里的树林在路边，在水坑旁，在几户人家的交界处，随处都是，林子也有大有小，小的只是一小片，夏日里也是一处绿荫，大的有好大一片，草深林茂，走到树林的深处，一切都安静了下来，除了绿影幢幢，就什么也看不见，什么也听不见了。那时候我们村好像隐藏在一片树林中，家家房前屋后都种满了树，杨树、柳树、桑树、榆树、梧桐树、桃树、梨树、杏树、苹果树，各种各样的树浓荫蔽日，花果飘香，整个村庄都是绿的。

我们村外的树林也很多，大加北有一片树林，种的主要是松柏树，那里埋葬着我们的祖先，村西，和邻村搭界的地方，是一大片毛白杨，秋天落叶的时候，我们经常到那里去打扫杨树叶子，收拢回来，拉到家里当柴烧。还有村东边，靠近河堤的地方，那里有一大片树林，离村子比较远，我家村东的地离这片树林很近，我们去地里干活的时候，中午不回家，就会到这片树林里去休憩。那时候我们家那块地，春夏种的是冬小麦，小麦收割之后，种上的是红薯、谷子和大豆，在豆子地里，也会套种一些甜瓜等作物。

那时候干农活是很辛苦的，我还记得秋收之后，种麦子之前，要往这块地里拉粪，装满一整车，我在前边驾辕，拉着走出我们村，一直向东走，要走两三里路，再向南走一里路，才到那块地里。那都是布满车辙印的田间小路，拉起来很费劲，我弓着身子埋头向前拉，汗珠啪啪砸在地上，一直拉到地里才能歇一歇，然后把粪肥一堆堆卸下来，均匀地撒到地里，这是犁地之前的准备。向回走的时候，拉着空车子会轻松一些，脚步也更加轻快。还有一次，麦子收割之后，我爹让我到地里去戗麦茬，所谓戗麦茬，就是用一个装了长长的木把儿的铲子，去戗麦子收割后留在垄上的麦茬，做的时候，需要用力推住长铲，切入麦子的根部，顺着麦垄一行行戗过去就行，那对大人来说不算是重活，但那时候我还小，戗了没多久，我就感到又累又热，就撂下铲子，躲到树林里凉快去了。等我爹来的时候，一看我戗了还没有一半，狠狠地责骂了我一顿，我也只能听着，再跟他去将那些麦茬戗完。等天快黑的时候，我爹将戗下来的麦茬，用三股叉挑到地排车上，用绳子系好，麦茬可以当柴烧，我再将车子拉回家。那时候拉着车子从地里往家走，一步拖一步，感觉是那么遥远。

到农闲的时候，在地里干了一阵活，休息时，大人们就蹲在树荫下抽烟，闲聊，我们就会摘两个甜瓜，或者拽一捧花生，跑到树林里去玩了。这片树林里什么树都有，最多的是槐树、桑树和榆树，从我们的地边一直向南到河堤，很大的一片。那时我家的地和胖墩儿、小四儿家的相邻，休息的时候，我们三个经常一起跑到林子里去。我们走进树林，天一下子就荫凉了，微风习习吹来，吹得我们的汗衫一抖一抖的，很凉爽。我们沿着一条小路向树林深处走，越走越暗，树林中间有一片空地，长满了青草，我们可以在草地上坐一会儿，或者躺一躺。

这片空地的北边，原先有一棵老槐树，不知道有几百年了，有一次下雨，天上打雷，把这棵老槐树劈死了半边，老人们都说天上的雷要劈的，其实不是这棵老槐树，而是躲在树洞里的一只狐狸精，可是那只狐狸精很狡猾，在雷劈的一瞬间逃脱了，就劈死了半边老槐树，现在这棵老槐树的身上还有被劈留下的痕迹，焦黑的树身上有一道创口，风雨剥蚀，残留下一些神秘的图案。空地南边还有一个小水潭，正好在树荫底下，我和胖墩儿到了这里，最喜欢在水潭旁边玩，撩起水来洗洗脸，一下子就清爽了很多，或者在那里互相打水仗，击起一片片白色的水花。这个水潭里的水很清，没有鱼，即使在夏天，潭里的水也很清凉，但我们都不敢到里面去游泳。据说这个水潭是直通东海的，还说龙王的九太子犯了天条，被囚禁在这个小水潭里面，他性格暴躁，时常兴风作浪。

那时候，六成叔经常在树林对面的河堤放羊，六成叔原先是我们生产队的饲养员，生产队解散以后，他仍然喜欢饲养牲口，就养了一批山羊，每天赶着羊到河堤南岸去放，六成叔是一个光棍，他很喜欢小孩，他给我们讲过龙太子的故事，他告诉我们，那一年夏天，我们这里下了一场大暴雨，一连三天三夜，天都是黑的，大雨哗哗的，像从天上往下倒，好不容易等雨停了，他到地里察看秧苗，发现麦苗都被水淹了。来到了这片小树林，他发现在草地上有一条小青龙，那条龙有两米多长，躺在草地上，像是受了重伤，身上的鳞片掉落了不少，在草地上熠熠生辉。六成叔说他看到那条龙可怜巴巴地躺在那里，又恨又怕又喜欢，喜欢的是亲眼见到了龙太子，恨的是它淹了我们村的麦苗，他赶紧回村叫来了几个小伙子，把这条小青龙抬起来，放在老槐树旁边的空地上。那时候天气很热，他们在地上铺了一张芦席，将那条小青龙放在上面，灼人的阳光照在龙身上，暴晒着，不一会儿飞来很多苍蝇，嗡嗡地围着龙的伤口在叮，那条小青龙痛痒难忍，不停地扭动着身躯，身上的鳞片一动一动的，像是在夹又像是在赶苍蝇，它的眼睛里流露出乞求的神色，不一会儿又流出了泪来，六成叔说他和小伙子看着那条龙也可怜，就拿起扇子帮它赶苍蝇，正扇着呢，突然天上乌云四合，电闪雷鸣，哗的一声下起了暴雨，这时候只见那条小青龙忽地腾空而起，张牙舞爪地向天上飞去，它身上的鳞片挂住了那张芦席，那张芦席也和它一起飞上了天，随风摇摆着，在云彩中忽隐忽现，六成叔说他只有这一张芦席，晚上睡觉还要用，舍不得丢，赶紧在后面追着跑，一直追到我们村的南边，那张芦席才从半空中飘飘忽忽落下来，落在了豆子地里，六成叔赶紧捡起来，抱回了家去。村里人都说那张芦席上还挂着一片龙鳞，被六成叔藏了起来，每到晚上都闪闪发光，我们问六成叔是不是真的，六成叔却只是笑一笑，不说话。

那时候我们躺在草地上，说得最多的是吃的东西。那时候我们都吃不饱，整天吃的都是红薯，蒸红薯，煮红薯，或者红薯干，或者是红薯干磨成面蒸成的窝头，偶尔改善一下，才能吃上玉米或高粱面的窝头，一年到头，也只有过年的时候才能吃上白面饺子。红薯吃得多了，人的胃里会烧得慌，我们那里都叫"烧心"，就是感到胃里像有火在烧，想吐又吐不出来的那种难受劲儿。那时候六成叔给我们讲故事，讲得最多的也是关于吃的。他给我们讲过一个狐狸报恩的故事，说是有一个猎人上山打猎，看到一只狐狸受了伤，躺在草丛中流血不止，猎人心生怜悯，就为它包扎伤口，将它放回了深山。过了没有多久，猎人又一次上山，坐在一棵大树下歇息，遇到一个白衣女子，两人聊得很高兴，那个女子说要请猎人吃饭，猎人很奇怪，说这深山野岭的，你怎么请我吃饭？只见那女子用手向空中一扯，拽出了一条毯子，铺在了地上，又向空中一伸手，端出了一壶酒，然后再一伸手，从空中逐渐端出了鸡鸭鱼肉等各种菜肴，两个人坐在毯子上，边喝酒边说话，慢慢地猎人喝醉了，卧在毯子上睡了过去，等他醒过来的时候，发现女子、毯子和菜肴等等都不见了，只是旁边石头上还放着那把酒壶。在讲这个故事的时候，六成叔说起每一道菜，都会啧啧称赞着，细致描述一番，我们听得涎水直流，想象着那个美妙的场景，心想我们要是也有那样的本领就好了，手向空中一伸，就能端出一盘盘菜来。

坐在树荫下的草地上，我们想象着那个狐狸变成的白衣女子，恍惚间觉得她也来到了我们这片小树林，我们看着她从树林

240

南边走过来，穿过纵横交错的树影和无数阳光的斑点，走到小水潭旁边，对我们说，你们想吃什么？我给你们变出来。说着她的手向空中一伸，扯出了一条毯子，铺在了我们身旁的草地上，又向空中一伸，端出了一壶酒，然后再一伸手，从空中端出了鸡鸭鱼肉等各种菜肴，一一摆放在毯子上，对我们说，你们好好吃吧。我和胖墩儿、小四儿看到那一道道散发着香味的菜肴，早就蠢蠢欲动了，抓起筷子狼吞虎咽地吃起来，那女子为我们斟上酒，还在劝我们，慢点吃，慢点吃，别着急。我们两个美美地吃着，喝着，互相招呼着，吃饱喝足，躺在草地上睡着了，一时竟不知身在何处。

　　长大之后，我常年在外地漂泊，很少回到家乡来，这一次回来，小四儿已当了我们村里的支书，他和几个老同学说要请我吃一顿饭，很多年不见，我也就答应了。在这个时候，我们村子已经发生了很大的变化，我们村离县城只有三里路，这些年来我们县城发展很快，不断向我们这个方向扩展，我们村已经被公路、工厂、大楼包围，也已经城镇化了。那一年，县里在我们村修了一条横贯南北的大路，那条路宽五十米，就是后来我们县里的东环路，在修这条路的时候，我们村里拆了很多房子，我家的老房子也是在这时候被拆掉。那时候我爹已经去世了，拆了老房子，我娘没有地方住，就在我姐姐家住了一段时间，又在我们村的旧代销点住了一段时间，那一年我暑假回家，看到我娘住在那间破房子里，夏天漏雨，房顶上苫盖着塑料布，院子里长满青草，她养的鸡在草丛中钻来窜去，心中说不出是什么滋味。过了两年，我们村在原先村西白杨树林那个地方，盖起了第一座楼房，我们在那里给我娘要了一所房子，我娘才结束了四处漂泊的生活，在楼上住了下来。但是我娘住惯了平房，很不习惯住楼的生活，楼上不能养鸡，不能养狗，不能养猪，地方也太小，家里原先那些农具都没有地方放，村里人你来我往串个门也很不方便。我娘时常抱怨，时常怀念我们的老房子，我们的老房子拆掉了，我心里好像也缺了一块，似乎切断了我和老家的某种联系，但我也只能安慰我娘，住在这里，至少刮风下雨不用愁了。

我们村里盖起了第一座楼房，很快是第二座、第三座……在村西原先的荒地上，很快出现了一个现代化的小区，简直像梦幻一样。同时，我们村的土地上也盖起了很多工厂，有的是租用我们村里的土地，有的是买断，还有我们村里人自己盖的。这些工厂像雨后的蘑菇一样，一个个冒了出来，有纺织厂、铸件厂、化肥厂，等等，分割蚕食着我们村的土地。这些工厂都盖起了高高的围墙，高高的大门，令人望而生畏。我们村里的人也不再种地了，有的进了工厂，有的外出打工，还有的自己开了厂子，发了大财，每次我回家，听到的都是谁又发了财的故事。这个时候，我们县里启动了环境整治美化行动，我们村南边的那条小河，曾经让两个造纸厂污染了很久，现在关闭了造纸厂，疏通了河道，引来了清水，河堤两岸垒起了花坛，栽上了各种层次的树木，修成了蜿蜒曲折的观光景道。在河南岸的田地里，还挖掘了一个很大的人工湖，这个湖和小河水道相连，上面建起了几座古朴的小桥，湖边种上了荷花、芦苇、睡莲等各种水生植物，一到夏天，波光潋滟，暗香飘浮，风景很怡人。

但是这么美的地方，又让我感到很是陌生，这还是我的家吗，还是我们的村庄吗？每次回到村里，我都有一种强烈的疏离感，好像来到了一个不属于我的世界。在我们村子的东边，还有一些没有拆掉的老房子，每次回去，我都会到那里去转一转，那些房子看起来很破旧，在新楼的衬托下更显得寒碜，但是看到这些老院子和院子里的那些树，我才真正有一种回家的感觉。现在我们村里人的观念也发生了变化，刚开始的时候，大家都不愿意住楼房，但是现在，我们村里的年轻人结婚，条件之一就是要买楼。为了买楼，我们村里还发生了各种稀奇古怪的故事，有反对拆迁的，有买不起楼的，有兄弟反目的，有父子成仇的，我感觉我们村正处在一个戏剧性的场景之中，我们村里人的生活与情感都在发生剧变。可惜我远在异地，无法更真切地感受，也无法参与其中。

对于我来说，感受最深的是，我家的老房子没了，原先的树林子也没了，我们村的地理空间发生了巨大的变化，一座座工厂拔地而起，一条条道路四通八达，以前我所熟悉的那个村庄已经消失不见了。每次回家，我还会到我家老房子的旧址去看一看，那座老房子已消失在东环路东侧，在越来越茁壮的行道树丛中，已经看不到丝毫踪迹了。我爹去世已有十年了，我想如果他再回来，一定找不到回家的路了。

那天下午，在去吃饭之前，在小四儿的办公室，他向我介绍了我们村下一步的发展规划，他要在我们村东面建一个蔬菜批发市场，这个市场占地20亩，已经盖好了商铺，还没有投入运营，他还要在我们村东南划出50亩地，建一个大型水上游乐园，这是考虑到我们县里可以游玩的地方很少，游乐园可以吸引大人孩子来玩，建造起来可以利用现有的水道，也很方便，这个项目现在还在规划设计中，他跟我说如果能帮助引进资金，那可是造福桑梓的大好事。我听了，只是默默地点头，不知说什么好，我只是一个飘荡在城市的浮萍，并没有什么能力帮助家乡。

吃饭的时候，小四儿让我坐上车，来到了我们村东面的蔬菜批发市场。这里已经建成了六排二层高的小楼，只是还没有营业，楼与楼之间是宽阔的空地，上方也搭起了高大的铁皮帐篷，将来可以在下面摆摊设点，现在却是一片空空荡荡的。这里已经开了三五家餐馆，我们来到最东面的那家"大自然烤羊腿"。天气很炎热，我们就坐在了外面的空地上，铁皮帐篷下，主人很快摆上了桌椅，端上了凉菜，搬上了啤酒，一会儿热气腾腾的烤羊腿也上来了，尝起来也很地道，我们坐在那里喝酒，很快就进入到热烈欢快的氛围。

喝着酒，我突然意识到，我们所在的这个地方，很可能就是当年村东那片树林子，问小四儿，他对我说，是啊是啊，就是那片树林子，当时为了平整这一片地，可费了不少劲呢，光是树根，就刨了两个月，拉了好多车。我听了连忙又问，那棵老槐树也刨了？他笑着说，那棵老槐树都快成精了，谁敢刨它？没有人敢刨，正好城里有人来买古树，就把它卖了，连根一起挖走了！我听了心里很难过，那棵老槐树，在我们村生长了几百年，现在被连根移走，不知被运到了什么地方，安置在城市里哪个角落。我又想起了那时候在地里干活的情景，在树林里歇息的情景，似乎不过一转眼的工夫，我们的土地变成了工厂，我们的树林变成了市场，这是当年我们做梦都不会想到的。桌上的菜肴一道道端上来，简直比那个白衣女子变幻出来的还要多，我突然想到，那棵老槐树被挖走了，那个狐狸精到哪里去找树洞？我又想到，我们现在吃饭的场景，是不是她变幻出来的，我们是否仍然在童年的那个梦中，一直没有醒来？

我睁开眼睛，阳光透过枝叶照射到草地上，一片绿油油的，微尘在阳光中浮动，周围很安静，胖墩儿还躺在那里睡觉，我轻轻地推推他，他一下子坐了起来，看看我，又看看四周的树木，对我说他做了个噩梦，我问他什么梦，他说他梦见整个树林都被人砍了，他护着林子不让砍，还差点让人打伤。我笑着说，谁会来这里砍树呢，别瞎想了。说着我们两个人一起，到小水潭那里洗了把脸，揉了揉眼睛，开始在树林里到处跑着玩，那天我们爬上了那棵老槐树，站在老槐树的枝头，我们可以看到广袤无垠的麦田，晶莹闪亮的小河，和炊烟正在袅袅升起的村庄。在河堤的南岸，我们看到六成叔正赶着羊群向回走，远远地望过去，那群羊只是散落在草地上的一些小白点，六成叔也只是一个挥着鞭子的小黑点，我们看到他从东面的山坡上走下来，慢慢向西走，在那里向北，跨过一座小桥，就回到我们村了。

那天晚上，在院子里吃过晚饭，我们全家人坐在树下乘凉。那时候我家的院子里也有很多树，槐树、枣树、梧桐树，有一棵大榆树种在院子西边，但树的枝条横跨过整个院子，在东厢房上方才垂下来，那时候一到春天，我们摘榆钱，爬不上这棵树，就会爬上东厢房，站在房顶上就可以够到这棵树的枝条。到了夏天，这棵树可以为我们遮下一地绿荫，夏天的晚上，我们坐在小板凳上，或者铺一张凉席坐在地上，摇着扇子乘凉。坐在树荫下，抬头可以看到星星在枝叶间眨着眼睛，四周是虫声唧唧，晚风习习吹来，很凉爽，很安静。我们坐在那里，听父母说着闲话，或者讲故事，一直到很晚了，才回到房间去睡觉。有的时候天气太热，我也不回屋了，就睡在院子里，那时我将凉席铺在院子中间，或者将地排车拉过来，将凉席铺在上面，就躺在凉席上睡觉。一时睡不着，我就抬头看天上的星星，那些星星很高，很远，好像将人的思绪也带到了辽远的地方，我凝望着那浩瀚的银河，和每一颗闪亮的星星，一时心中竟有些莫名的惆怅。

　　有一次我睡在院子里，半夜里突然电闪雷鸣，下起大雨来。我睡得很沉，竟然没有感觉到，还是我爹听到下雨了，从堂屋里冲出来将我摇醒，我才匆忙爬起来，搬着凉席到东屋里去睡了，我爹又将地排车拉到树底下，盖上塑料布，才回去睡。我躺在东屋的床上，听着窗外哗哗哗哗的雨声，很兴奋，竟然睡不着了。我又爬起来，走到东屋门口，打开门，看下雨的情景。外面的大雨已经停歇，现在是不紧不慢的细雨，像无数条丝线从天上垂下来，滴落到我家的院子里，在地上砸出一个个细小的坑。院子里已落满了雨，地上是闪亮的一层水，汇成微小的溪流，哗哗流淌着，向院门口流去，后来的雨从天上滴落下来，在小溪流上砸出一个个水泡，翻滚着，跳跃着，旋生旋灭，旋灭旋生。我正看得入神，堂屋里的灯亮了，我爹在屋里问我，这么晚了，怎么还不睡啊？我答应着，回到床边，拉灭了灯，躺到床上，一觉睡到了大天亮。

　　早上起来，我和胖墩儿到河堤上去玩，河水涨了很高，水势也变得汹涌，我们沿着河堤向东走，又来到了那片树林里。刚下过雨，那些树像是都被洗干净了一样，树林里空气新鲜，颜色鲜亮，有的树梢还残留着雨滴，在阳光的照耀下射出璀璨的七彩光芒，像一颗颗宝石，我们从小路上走过，突然猛踹一棵树，然后飞快地跑开，剩下另一个人淋一身雨。我和胖墩儿乐此不疲地玩着这个游戏，互相追逐着，叫着，喊着，大笑着，在树林里跑着。跑累了，我们就坐下来歇一歇，说会儿话。坐下来之后，我们才发现，一夜之间，地上突然蹿出了不少蘑菇，于是我们又开始采蘑菇，那些蘑菇在草丛中，在树荫下，一丛丛像花骨朵一样冒了出来，有各种颜色的，各种形状的，各种型号的，我们听大人说过，颜色太鲜亮的蘑菇，有毒，不能吃，但我们也不知道哪种有毒，哪种没有毒，就一股脑全采了下来，我们脱下褂衫，采了蘑菇就扔到里面，很快我们每人都采了一大兜。还有一次，我和小四儿竟然发现了木耳，树林中还有不少枯死的树，和被砍伐后留下的树根，在这些枝杈上，一下雨就冒出了不少木耳，一团团，一簇簇的，像很多黑色的小耳朵簇拥在一起，我们见了很高兴，就兴奋地采了起来。那时候我们很少能吃到肉，吃到蘑菇和木耳，就相当于吃到肉了，在采蘑菇和木耳的时候，我好像听到了我娘的夸赞声，好像嗅到了锅里飘出的香气。

采完蘑菇，我和胖墩儿坐在小水潭边休息。安静下来，我们才听到了林子里有不少鸟叫声，有喜鹊、百灵、云雀、布谷鸟，它们的叫声各不相同，有清脆的，有悠长的，它们一边鸣叫着，一边从天空飞过，或者在树枝间跳来跳去。我正在出神地倾听着，突然感觉胖墩儿拽了一下我的衣襟，我转过脸去看他，他嘘了一下，示意我别出声，我顺着他手指的方向往那看去，看见在树林深处，小路的旁边并排停着两辆自行车，林间小路的更深处，一对青年男女正牵着手往里面走，我们只能看得见他们的背影，那个男子穿着深色衣服，那个女子穿着白色的裙子，他们肩并肩向前走着，偶尔停下来，彼此望望，然后又向前走，最后他们在一棵大树下又停下来，那个男子轻轻拥抱住了那个女孩，那个女孩推了一下，没有挣脱，他们更紧地拥抱在了一起。

"我们去看看吧？"胖墩儿问我，我点了点头。我们听说，有不少谈恋爱的青年男女会到这片树林里来幽会，但这还是第一次见到，也很好奇。我们两个便钻进树丛，向那个方向绕过去，等到了那棵大树附近，他们已经不在那里了，我们四处张望，在树林更深处，只瞥见白裙的一角倏忽一闪，便又不见了。胖墩儿还要再去窥探，我提醒他小心草丛里有蛇，一说到蛇，我们两个都有点害怕了，便顺着林中的小路，又回到了小水潭边。

坐在那里，我们安静地待了一会儿，突然胖墩儿问我，"你说，那些大人他们在想什么，在做什么？"我摇了摇头，我不知道大人的世界是什么样子，也不知道等我们长大了，会变成什么样。

过了一会儿，胖墩儿又问我，"你说，六成叔说的小青龙的事儿，是真的吗？"我想了想，说，"是真的吧！要是假的，他也讲不了这么真吧？"正在这时，一阵微风吹过，树梢上的雨滴洒下来，滴在小水潭中，我们看到，平静的水面被打破了，每一滴雨都带来了一圈涟漪，涟漪在逐渐扩散，互相交织，形成了如绫如织的美丽花纹，然后又慢慢消失在小水潭的边缘。

那次同学相聚，我没有见到胖墩儿，但后来却意外地遇到了他。那时胖墩儿正弯着腰在扫马路，他身上穿着红黄相间的马甲，身旁是一辆铁皮的三轮清洁车。我们村城镇化之后，卫生标准提高了，便专门雇了一些人做清洁工，清理打扫小区、道路和风景区，雇的都是我们村里的人，大都年龄比较大，每次回家，我在楼下都能碰到，但我没想到胖墩儿也做了清洁工。胖墩儿后来的生活，我零零星星地听人说起过，他和我们村里大多数人一样，结婚很早，生孩子也很早，先是生了一个女孩，家里想要个男孩，偷着生了一个，还是女孩，他不甘心，就又偷着生了一个，这才生了个儿子。孩子一多，再加上计生罚款，他的生活就更加困难了，他到外面去打过一段时间工，也没有做出什么名堂，后来又回到我们村，到一家轴承厂上了几年班，他在一次操作时轧断了一根手指，厂子里赔了一些钱，但也把他辞退了。在我们村拆迁的时候，他嫌赔偿款太低，硬顶着不拆，成了远近闻名的钉子户，但最终他也没有拗过村里和开发商，他家里的老房子被拆了，但又没钱买楼，现在只能暂时住在他爹那院里。

我遇见胖墩儿的时候，他正在菜市场的大马路上打扫卫生，他双手握着长柄扫帚，将地上的垃圾聚成一堆，我从他背后走过，没有认出来，走了几步一回头，才看清原来是他。这时他也看到了我，不好意思地咧嘴冲我笑笑，说，"回来啦！"我走过去递给他一支烟，寒暄说，"在这忙着呢？"胖墩儿把扫帚斜靠在清洁车上，接过烟，打火，点上，又冲我笑了笑。我一时不知道说什么，我离家时间太久了，印象中的胖墩儿还是那个虎头虎脑的小男孩，现在的他竟然已成了胡子拉碴的中年人了，这让我很不适应。我们两个人抽着烟，走了两步到路边，在离清洁车不远的树荫下站住，闲聊了几句，我问他，"过得还好吧？"他搔着头皮说，"有啥好不好的，就那样，凑合着过吧。"他又问我，"听说你在城市里当了官，现在做什么呢？"我跟他说自己并没有当官，又解释了自己做的事，他听着只是不住地点头，但似乎也不明白，我也不好再说什么。又说起前两天跟小四儿吃饭的事，问他怎么没有去，他苦笑着说，"都是你们混得好的在一起喝酒，人家哪会叫上咱。"我一想也是，那天吃饭的同学都是有头有脸的，有开工厂的，有做生意的，也有给县领导开车的，在我们村都算是人物了。突然我又想到，胖墩儿把我也归入了混得好的人，内心不由得感到一阵惶愧，但也不好跟他说，我在城市里连房子都买不起。我愣了愣，只好又跟他寒暄，孩子多大了？他说，大的上初中了，两个小的在上小学。抽完了烟，我们一时好像也找不到别的话可说，我只好匆匆和他告别了。

刚走了几步，我突然想起一件事，又转过身来问他，"菜市场那片的树林砍了，以前那个小水潭还有吗？"

"什么水潭？"

"就是小时候我们一起去玩的那个小水潭。"

"水潭？……"

"就是有小青龙的那个小水潭。"

"噢，你说那个小水坑啊……"胖墩儿揉揉头发，恍然大悟地说，"有，那个小水坑还在。"

"在哪儿呢？"

"就离这儿不远，我带你过去。"说着，胖墩儿跨上清洁车，带领我穿过空旷的蔬菜批发市场，一直走到最东头，在那里向北一转，又走了两三百米，就来到了那个"小水坑"边。那个小水潭确实已变成小水坑了，水坑的四周砌起了水泥板，边上连一棵草都没有，光秃秃的，一点灵性都没有了。胖墩儿告诉我，当时砍伐树林的时候，原说是想把这水坑也填埋了呢，后来有一些村里的老人不同意，怕堵塞了龙宫的通道，才没有填埋。不过后来有人在这里洗澡洗衣服，一度将水都污染了，直到村里通了自来水，没有人来洗了，坑里的水才又慢慢变得清澈起来。我和胖墩儿在水泥板上坐了一会儿，又抽了一根烟，胖墩儿说他还要回去扫地，便骑上清洁车，慢慢走远了。

我一个人坐在水坑旁边，看着周围，周围是新建成的二层小楼，灰蒙蒙地矗立在那里，还散发出刚刚装修过的油漆味道，南边远处是我们村的小河，在河岸南边的草地上，我看到六成叔仍然在那里放羊，像多年前一样。我看着面前的小水坑，想到当年那片茂密的树林，觉得简直像梦幻一样，我突然想到，对于胖墩儿的孩子这一代人来说，或许永远也不会想到我们村有这样一片树林了，那么广阔的树林，如今却被蛛丝一样轻轻抹去，只能保留在我们的心中，想到这里，我不禁感觉有些悲哀和疼痛。

但是我又突然想到，或许这就是时间的魔力吧，他们不能理解我们，也正像我们不能理解上一代人。我记得我爹跟我说起过，在饥馑的那些年，他每天都要跑到那片树林里去捋树叶，挖野菜，剜树皮，整片树林的叶子都被采光了，夏天的树林里看不到叶子，所有的树都像死了一样，在狂风中呼号摇摆着。他记忆中最深刻的印象，与我的印象是多么不同。我又想起，那时候我们在院子里乘凉，有一次我问我爹，我们村南边的那条小河叫什么名字，我爹告诉我说，叫一干渠，我又问为什么叫一干渠，我爹告诉我这是当年我们县里修的水利工程，有一干渠，还有二干渠、三干渠，当时挖这条河，他还亲自参加了，好几个公社的人集中在一起，挥舞着红旗劳动竞赛，场面很热烈。当时我很惊讶地发现，原来我从小就熟悉的这条小河，并不是从来就有的。在我之前，这个世界就已经发生了变化，他们将一个变化了的世界带给我们，但世界并不会停止，而是将继续变化，正如我们的土地变成了工厂，我们的树林变成了市场，我们的小河变成了风景区。

在沧海桑田的巨大变幻中，那片林间空地、老槐树、小水潭、采蘑菇和木耳的时光，或许只是一个脆弱的梦，纵使这个梦在宇宙中渺若微尘，在时间长河中稍纵即逝，却是我在这人世间最值得珍爱的。当我想到这里的时候，抬起头，我看到天空中乌云慢慢聚合，突然间电闪雷鸣，下起了雨来，雨水越来越大，渐渐淋湿了我的全身。是的，在乌云的上方，我看到那条小青龙腾挪跳跃，穿越云海，正在向我飞奔而来。

2016 年 6 月 12 日

我们去看彩虹吧

　　现在想到小锐，我想到的第一个场景，是在我们学校前面那个大水坑前，那时候已经放了学，刚刚下过雨，我们一帮男孩子跳到水中玩。小锐是个女孩，她不下水去玩，但是她一直在水边远远地站着，烟雨迷蒙中，她一会儿看看我们，一会儿蹲下来，捡起树枝在地上胡乱画着。刚下过雨，天上还阴云密布，地上到处都是水洼，一踩可以踩出水花，小锐在那里又开始踩水花，等我们从水中爬上来，小锐对我们说，"我们一起去看彩虹吧！"我们说，"去哪里看呢？"小锐说，"到桥上去看，桥上能看到！"我们都没有见过彩虹，都很好奇，于是跟着她一起走，到了我们村南边那座小桥上。

　　那时候我们村的桥还是一座简易的桥，桥上面坑坑洼洼的，桥下水面涨高了很多，水流得很急，两岸河堤上都种满了杨树和柳树，靠近水面是柳树，堤岸上是杨树，站在小桥上，向东望过去，两岸的杨柳夹着河道，迤逦向东，在远处转了一个弯，就看不到了。堤岸的南边，是一望无际的田野，青色的麦苗湿漉漉的，半空中飘荡着一团团白色的雾，久久不散，偶尔有一只白鹭突然从天空划过，向远方飞走了。我们在桥上站了一会儿，看不到彩虹，都有点等不及了。胖墩儿、小四儿和我商量到麦地里去逮兔子，他们说天一下雨，兔子身上的毛淋湿了，就跑不快了，很好逮。我听了也有点心动，那时候我们的地里还有不少野兔、野鸡，有一次我们在地里玩，突然一只灰黄色的野兔从我们脚底下蹿过去，向东南方向跑了，我们赶紧去追，我们的狗也都汪汪叫着，兴奋地追逐起来，狗比我们跑得快，箭一样蹿在前面，我们在后面紧紧跟着，跑了好一会儿，突然前面传来几条狗大声地狂叫，我们跑过去，只见一条狗已经叼住了野兔，别的狗围着它在叫，那只野兔还在奋力地挣扎着，那条狗却紧紧咬住，毫不放松，一丝血迹顺着嘴角淌下来。想到野兔，我们都有点按捺不住了，都叫嚷着要去逮野兔，我们叫小锐一起去，她不去，一个人站在桥上。

我们跑到田地里，去转了一大圈，但是没有看到野兔，只是惊飞了几只鹧鸪，天上刚下了雨，田地里积存了不少水，我们踩得脚上都是泥，小四儿的小腿上还被蚂蟥紧紧咬住，差点钻进肉里去，胖墩儿脱下鞋来，狠狠地拍打了几下，才将蚂蟥拍死，我们拖着一身水一身泥，又回到了桥边，小锐还站在那里。这时候，西边的太阳钻出了云层，照亮了天空，天上的云像有火在烧一样，赤橙黄绿青蓝紫，变幻不定，霞光又映射到水面上，天水一色，水面上也是一片瑟瑟的红，我们在桥头遥遥眺望着。这时我们听见了小锐的喊声,"快看啊,这边有彩虹!"

我们连忙转过头去,只见在小桥的东面,一条彩虹横跨在河的两岸,从北边堤岸上的杨树林中升起,在天空中画了一个巨大的弧线,落在河南岸的草地上,那条彩虹很清晰,颜色的层次也很分明,像一条彩色的桥悬挂在天上,又像是在我们面前打开了一扇神奇的大门,我们似乎可以走进去,进入一个美妙的世界。小锐手扶着栏杆站在桥上,她似乎与彩虹融合在一起,成为了整个画面的一部分。我们三个人飞快地跑过去,和小锐站到一起,凝望着那一条彩虹,直到那条彩虹慢慢变淡,变浅,最后消失在铅蓝色的天空中。这是我第一次见到彩虹,多年之后,想起站在小桥上眺望彩虹的情境,我心中仍会感到激动与眷恋。

那时候,小锐的父亲在我们乡供销社上班,他每天早上骑自行车去上班,傍晚下了班,又骑着自行车回来了,遇到我们村里的人,就下车递一根烟,说两句话,说笑一会儿,我们村里人都知道他是老高中生,要是没有文化大革命,早就考上大学了,现在呢,他在乡里上班,也算是离开农村了。小锐家的生活比我们村里一般人家要好,她在学校里穿的衣服也很干净,很整洁,那时候我们穿的都是哥哥姐姐穿小了的衣服,新三年,旧三年,补丁摞补丁,很多女生也都是这样,但小锐不一样,她穿的都是新衣服,还是她父亲专门到城里给她买的成衣,又新颖,又大方,又有花样,让我们班里的女生很眼馋。在班里,小锐不怎么爱跟人说话,上学放学她都是一个人走,别人都觉得她有一点骄傲,但是她呢,似乎也并不在意别人怎么说。她最大胆的举动,就是喜欢跟男孩子玩，那时候在学校里，都是男生和男生在一起玩，女生和女生玩，但小锐似乎很少跟女生一起玩，要是玩的话，也是跟男生在一起，更多的是一个人静静地待着。

　　那一次，小锐说她父亲给她买了一对小白兔，很漂亮，很可爱，让我们放学后到她家里去看。小锐家在我们村后街，从我们学校出来向东走，在四海家那个胡同向南，前面有一片大坑，坑里种上了树，是一片疏疏朗朗的小树林。穿过这片树林，斜着向东南走，就走到了小锐家房子的后面。要去小锐家，我们要穿过树林，向东走上一条大路，再向南走一点，就是小锐家的大门了。她家的门楼很高大，进了门楼，也和我们村里普通人家一样，有厢房，有牛棚，有猪圈，有鸡窝，她家的院子里种了一棵高大的枣树，树上悬挂着青色的小枣。枣树下面，就是她父亲给她垒的兔子窝。我们仔细观察，那个兔子窝是用七八层红砖垒成的，外面涂上了灰泥，下面很大，越到上面越小，看上去像一个小砖窑，小锐说垒成这样，是怕兔子跳出去，下雨的时候，只要盖上一层塑料布就可以了，也不怕淋。我们趴到洞口去看，却没有看到那两只兔子，小锐说，兔子躲在洞里呢，得叫它们才出来。这时我们才注意到，在兔子窝的底部还有两个洞，是靠墙向里挖的，很深，平常兔子就躲在洞里，活动时才出来，小锐拿来了青草和胡萝卜，从洞口扔下去，叫着兔子的名字。不一会儿，我们看到，一只兔子从洞里钻出来了，它机警地四处看看，跑到胡萝卜旁边，快速地啃啮起来，又过了一会儿，另一只兔子也钻了出来，它的动作很迅疾，飞快地跑到那只兔子身边，这儿闻闻，那儿嗅嗅，也开始啃起胡萝卜来，两只兔子的脑袋一耸一耸的，发出清脆的声音，似乎吃得很香的样子。小锐也很高兴，一边指点着兔子，一边让我们看，她的两条辫子一跳一跳的，像是要飞了起来。

那天看完兔子，小锐送我们走出来，又来到了她家房后面的那片树林，正好阳光透过枝叶照射过来，整个树林里弥漫着清脆的绿意，我们走在那条斜斜的小路上，突然听到树顶上有鸟叫声，抬头去看，只见两三只布谷鸟在半空中划过，从一棵树飞到了另一棵树上，那时候我们也不知道布谷鸟的名字，只听到"布谷——布谷——"的叫声，小四儿从地上捡起一块石子，朝布谷鸟投了过去，那些布谷鸟又飞了起来，朝更远的树枝飞了过去，我们也在地上跟着这些鸟飞跑。那些鸟似乎害怕我们，见我们跑过来，在树枝上略站一下，又飞了起来，一直飞到大坑南沿一棵高大的槐树上。我们仍然要追，但这个时候，突然小锐一下子跌倒了，我们赶紧停下脚步，只见她躺在路边的草地上，哎哟哎哟叫个不停，我们忙过去扶起她，问她怎么了，她说可能是崴了脚，还要挣扎着往前走。但一迈步，脸上豆大的汗珠就滴了下来，我们见她痛得厉害，就把她背了起来，先是胖墩儿，再是我，再是小四儿，轮番倒换着把她背回了家。这时她父亲正好下班回来，便让她坐上自行车，带她到村西那家小药铺去看病了。

这些差不多就是我对小锐的全部印象了，作为一个童年伙伴，她在我的记忆中已经模糊不清了，我只记得她那时很活泼，好动，喜欢跟男孩子玩，但她又是骄傲的，安静的，总是穿着一件小花裙子，在上学的路上一个人走来走去。此后我们的人生轨迹，便很少再有交叉，有时我会听到一些她的消息，都是从村里人的闲谈中了解到的，那时候我姐姐嫁到了后街，跟小锐他们家算是较近的家族关系，她回到家里时，偶尔也会谈起小锐和她家里的事情。我听说，小锐上学上到初中就不上了，不是她学习成绩不好，而是这个时候，她的家庭出了变故，那就是她的母亲病逝了。她的母亲我也还有印象，她是一个个子不高又很瘦弱的女人，病恹恹的，但长得很好看，我们去她家里的时候，常看到她坐在树下绣鞋底。她对我们很和善，还拿出水果和糖给我们，但是听我们村里人说，她其实是一个心高气傲的人，心性很强，又爱生气，做什么事情都要拔尖儿，要是做不到，就会不高兴，就会生闷气。我们村里人都说，也是她的性格害了她，如果她不那么要强，不那么爱生气，也不会去世那么早，不过这都是人的命，我们村里人谈到她时，总会禁不住摇头叹息，说小锐她娘要是活着，他们家也不会这样。一个人有一个人的命。我们村里人都知道，小锐的母亲是一个独生女，人又长得美，从小就受到父母的疼爱，走到哪里也都会让人多看一眼，结婚是招赘小锐父亲做了上门女婿，小锐父亲那时候已经在乡里供销社上班，条件很好，入赘也是下了不小的决心。结婚后，家里也是她一个人说了算，小锐的父亲对她只能俯首帖耳，稍有不如意，她就会生气。生气时她也不吵不闹，就是躲在屋里一个人生闷气，饭也不做了，鸡也不喂了，整个家里的氛围很紧张，很荒凉，小锐的父亲跟她发过脾气，有一次还像我们村里男人常做的那样要打她，但他刚举起手来，她就气得躺在地上闭过了气，像是昏死了一样，吓得他连忙将她送到了医院，从此再也不敢轻易惹她了，只能顺着她的性子。小锐的母亲，唯一不顺心的，是她生了两个女儿，没有生儿子，那时候我们村里重男轻女的观念还很严重，在村子里她常会感到抬不起头，她又要强，又多病，四十多岁就去世了，据说她去世时似乎很不甘心，在病床上哭成了一个泪人。她去世后，我们村里人说起她来，都感到很可惜，尤其是看到小锐和她妹妹，我们村里的那些奶奶婆婆，说着说着就忍不住泪水涟涟。

母亲去世之后，小锐和父亲相依为命，生活了一段时间。但是过了没有多久，她父亲就再次结婚了，那时候她父亲还不算老，再婚似乎也很平常，但对小锐来说，就是雪上加霜了。那时候我们常听村里人说，后娘的心是最狠毒的，这似乎是自古流传下来的偏见，事实上可能是这样的，不管后娘这个人本身的好坏，她一旦嫁了过来，在生活中必然会取代娘的位置，必然会打破原有的生活秩序，重建一种新的家庭关系，而在这个过程中，小锐作为一个孩子，脆弱，敏感，又弱势，必然会受到心灵上的伤害，她要适应新的角色，她要调整心态，接受一个强加给她的现实。我们不知道，在那些年里，小锐的内心经历了怎样的变化与创痛，我们虽然在戏里看到过类似的情景，但似乎永远也无法真切地体会她的心情。我们只是知道，小锐在失去母亲之后，似乎又失去了自己的父亲。她父亲仍然关心她，但已不像以前那样了，这真是一种很微妙的感觉，似乎也很难说清楚，现在她们父女之间，似乎增添了一种障碍，或隔膜，小锐也能感觉到，在她和后娘的天平上，父亲是越来越倾向于后娘了，这让她难受，伤心，又负气。据我们村里人说，小锐的后娘性格很温婉，对小锐也很和气，从来也不打不骂的，并不像传说中的后娘那么可怕，但小锐呢，就是跟她亲近不起来，三天两头就会发生小纠纷，又都觉得自己很委屈。

过了两年，小锐的后娘生了一个儿子，她对女主人的地位更自觉，更敏感，也更看不惯小锐的样子了。那时候，大概是小锐最难熬的一段时间。她白天要下地干活，晚上要照看新出生的弟弟，没白没黑地忙个不停，受苦受累不说，心情也很受压抑。小锐年纪大两岁，后娘对她还忍让一点，小锐的妹妹小敏就更不用说了，小敏还不大懂事，挨了后娘的打骂，只知道呜呜地哭，小锐护着小敏，不时跟她后娘吵吵闹闹，我们村里人说，那时候他们常会看到小锐带着小敏到她娘的坟上哭。小锐她娘的坟在我们村的东南地里，过了小桥向东走，在南边一块麦地里，坟边上种着两棵白杨树。放羊的六成叔说，他在河堤南岸的草地上放羊，听到麦地那边传来一阵阵哭声，还以为是闹鬼了，或者自己幻听了，后来听听不像，忍不住走过去看一看，只见在那两棵杨树下，小锐和小敏正趴在娘的坟上哭，边哭边说，诉说她们的委屈，埋怨她娘不该撇下她们俩，这么早就走了，六成叔说他这个老头子，听得也掉下了泪来。我没有见到他说的场面，但是我也能够想象，小锐牵着妹妹的小手，跨过我们村南的小桥，沿着往东南地里去的那条小路，一步步走到她娘的坟上，她们跪倒在那里，哭诉着她们心中的委屈，哭了个天昏地暗之后，等天快黑时，她们互相牵着手，抹着脸上的泪水，又一步步走回我们村子。她们两个的身影是那么小，那么孤单，像是被随便抛在这个世界上的两棵蓬草。

　　也就是在这个时候，小锐找过我一次。那时候我刚考上大学，放寒假从学校回到家里，有一天我姐姐对我说，小锐跟你是同学，说有几个学习上的问题想问你，你什么时候来我家，跟她见面说说吧。我听了之后，心里很纳闷，小锐不是早就不上学了吗，还有什么学习上的问题？我姐姐告诉我，这丫头性格偏着呢，家里给她订了婚，说是过了年就嫁过去，可她却什么都不管不问，一门心思扎在学习上，整天关着门，抱着书本看。我听了越发感到奇怪，不知道小锐怎么了。

　　第二天傍晚，我来到我姐姐家，小锐正和我姐姐坐在床头说话，昏黄的灯光下，她的身影有点模糊，好多年不见，小锐这时已经出落成一个大姑娘了，她穿着黑色的棉袄，梳着一条长辫子，看上去有点陌生，有点拘谨，我一时也不知说什么话好。我姐姐见我们都不说话，就说，小锐，你不是有学习上的问题要问吗？慢慢问，我出去给你们倒杯水，说着走出去了。我和小锐寒暄了几句，她问我大学生活是怎样的？我简单介绍了一下大学的图书馆、学生社团、校园运动会，等等，她听了笑着说，真让人羡慕啊，你还是我们同学中的第一个大学生呢。接着她又问我，英语应该怎么学？她说她上初中的时候就很喜欢学英语，还考过班上的第一名呢，现在想再好好学一学，可是没有人教，自己也不知道怎么学。说着她拿过几本书来，《许国璋英语》《英汉大词典》，和一本英汉对照的《英文诗歌选》。我给她讲了一些语法问题，她高中的课程都没有学过，理解起来很吃力，我跟她说，学英语最重要的，一是要有语言环境，多说多练，二是不要拘泥于语法，要多背诵一些东西，背诵得多了，那些语法自然而然就掌握了。

小锐认真地听着，点点头，眼睛亮晶晶的，她对我说，她很喜欢背诵英文诗歌，每天早上一起来，天刚蒙蒙亮，她就拿着那本诗歌选，到她家房后那片小树林里，或者到我们村南的小河边，大声地朗诵课文。我们村里有早起拾粪的老头，听到树林里有人叽里咕噜地说外国话，都很惊讶，走到树林里一看，才发现是她，就跟她开玩笑，小锐，你说的是什么鸟语呀？或者说，小锐，你天天念洋文，是要去当翻译官吗，是要嫁到外国去吗？——我能想象到那些老头讶异的神情，我们村里人很少接触外语和翻译，他们看到最多的，就是《新闻联播》上坐在国家领导人后面的翻译，那时候我在大学里学的也是外语，他们就常常问我，等你毕业后，是不是也要去当翻译官？又说，你当了翻译官，离领导人那么近，要跟他反映一下咱们村的情况，让他好好管一管啊。我听了，也不知道怎么解释。小锐说，她听了那些老头的话，也就笑一笑，不说话，等拾粪的老头走了，她就更大声地朗诵课文，那时候树林里很安静，空气很清新，她斜靠着一棵树，或者坐在草地上，忘我地大声朗读，让自己完全沉浸进去，仿佛到了另外一个世界，偶尔停下来，看看湛蓝色的天空，看看风吹动树梢摇晃的影子，那时候一两只布谷鸟在半空中划过，出自幽谷，迁于乔木，高声鸣叫着，消失在远方。

小锐说，她也不知道自己为什么要学英文，为什么要背诗歌，只是觉得生活没有意思，只有在背诵的时候，似乎才能远远地看到前面有一丝亮光，她就只能模模糊糊地朝那个方向走去。她说她现在会背诵不少英文诗了，但是最喜欢这一首，说着她就打开那本《英文诗歌选》，让我看着，看她背得对不对：

I think that I shall never see

A poem lovely as a tree;

A tree whose hungry mouth is prest

Against the earth's sweet flowing breast;

A tree that looks at God all day,

And lifts her leafy arms to pray;

A tree that may in summer wear

A nest of robins in her hair;

Upon whose bosom snow has lain,

Who intimately lives with rain.

Poems are make by fools like me,

But only God can make a tree.

　　小锐背诵得竟然一字不差，虽然她的发音不是很标准，带着我们当地方言的味道，听着感觉有些奇怪，但这已经足够令我感到惊异了，这首诗我也没有学过，看书上的简单介绍，是美国诗人基尔默的一首名作，主要是赞叹大自然的鬼斧神工，和一棵树的神奇、美妙、不可思议，如果翻译过来，似乎应该是这样：

> 我想，我永远不会看到一首诗
>
> 如同一棵树一样可爱
>
> 一棵树，她饥渴的嘴唇吮吸着大地的甘露
>
> 一棵树，她整日望着天空，高擎着叶臂，默默祈祷
>
> 一棵树，夏天在她的发间，会有知更鸟砌巢居住……

小锐说她很喜欢这首诗，我想或许是她天性亲近自然吧，但是令我感到怪异的是，在我们这个偏僻闭塞的小乡村，她竟然一个人在读英文诗，这和周围的环境是多么不协调！而现在，在我姐姐家里，在浓烈的过年氛围中，我们两个竟然也在谈论遥远的英文诗，这又是多么出乎我的意料！后来我想，或许小锐平常里无人能够交流，又觉得我是可以谈论这个话题的人，所以她背诵得很认真，谈论得也很细致，她问我，诗里面的"robin"翻译过来是"知更鸟"，不知道是一种什么鸟？她说她没有见过，她只见过我们这里的喜鹊、鹧鸪、布谷鸟，在那片树林里读这首诗的时候，她就会将知更鸟想象成布谷鸟，在树上筑巢，在空中飞翔，这样一想，她就觉得诗人所写的就是她所在的那片树林，就是她所面对的那棵大槐树，她的思绪仿佛进入了另一个境界，忘却了所有烦恼，心中有一种莫名的欢喜……

听小锐谈论英文诗歌，我有点不知所措，我对英文和诗歌都没有什么了解，并不是她想象的适合的谈论对象，这让我心中隐

隐有点愧疚与不安，而周围不断响起的零星鞭炮声，让我觉得在此时此地谈论英文诗似乎也有点怪。小锐刚开始谈得很投入，不时抬头看看我，后来她似乎也注意到了我意兴阑珊的样子，便又转换话题，问我在大学里学不学英语，是怎么学的？我跟她说，大学里的英语课有精读、泛读、语法、听力、英美文学等好多门，她又问我都用什么书做教材，我一一给她做了简单介绍，她很感兴趣地说，能不能帮她买一下这些书，或者我读过现在不用的书，能不能借给她看看？我点点头，答应了。

这时候我姐姐出去串门回来了，见我们还在谈，就说，看你们谈得这么高兴，在这里吃了饭，再接着谈谈吧。小锐连忙说，不了不了，还得回去喂鸡喂猪呢，说着她站了起来，和我们打了个招呼，就向外走。刚走了两步，又转过身来对我说，对了，你给我留个地址，以后我有什么不懂的问题，就写信问你。我找了一张纸条，把学校的地址写在上面，递给她，她接过去，小心地夹在了那本英文诗选中，抬头冲我一笑，跟我姐姐一起出门去了。

我姐姐送完小锐回来，问小锐跟我都谈了些什么，我告诉她都是英语学习上的事，我姐姐也很奇怪，说，这个小妮子早就订好了人家，明年开春就要出嫁了，还学什么英语呢？又说，这孩子也是命苦，上学时她就爱学习，她娘要是活着，家里好好的，说不定她也能考上大学呢。那天我从姐姐家出来，从后街向我家里走，天色已经黑了下来。后街的路口，就在街心，种着几棵高大的枣树，我想起来，小锐的娘生病的时候，总是坐在枣树下面的石礅上晒太阳，小锐放了学，就到这里来接她，搀扶着她一步一步向家走，西斜的阳光照过来，勾勒出她们一大一小两个身影，那似乎已是很久以前的事了。我又想到小锐家的枣树，枣树下那个兔子窝，那两只雪白的兔子，我不知道那两只兔子后来怎样了，不知道小锐现在是否还在养兔子，还有那片树林里的布谷鸟叫声，我们站在小桥上看到的神奇彩虹，都已好像是一个遥远的梦了。

回到学校，我总是会想起小锐来。那时候每天早上起来，我都会到图书馆前面的树林中，在一个假山后面的角落里晨读，有时候读外语，有时候读诗词，有时候是大声朗读，有时候是低声默诵，晨光熹微中，读书让人很沉静，似乎很快就进入了一个新世界。偶尔停下来，我会不由自主地想到，在这个时候，小锐会不会也在她家房后那片树林里读书呢？在大学校园里读书，似乎是很自然的事情，在我晨读的时候，也有同学在另外的角落里读书，书声琅琅，我们相互之间可以听得到，但又互不打扰。但是在我们那个小乡村里晨读，跟周围的环境似乎总有点不协调，我不知道小锐会面临怎样怪异的眼光，也不知道她能够坚持多久。在那之后，我和小锐的联系并不多，我给她寄过几本书，还寄过几盒英语听力磁带，她给我写过几封信，主要是感谢，也问了一些英语学习上的问题。那时候我们班上的同学见我寄这寄那的，还跟我开玩笑是不是谈恋爱了，或者在老家是不是有个媳妇？这让我有一点尴尬。我对小锐有一点好感，但主要来自童年的美好回忆，并没有其他的。那个时候，在一般人的感觉包括在我自己的心中，都觉得考上大学，就是跳上龙门，远远地离开了乡村世界，要结婚谈恋爱，也不会再找留在村里的女孩，其间似乎有一条难以跨越的巨大鸿沟，在我是这样，我想在小锐也是这样的。她跟我的联系，除了学习上的问题之外，如果说还有别的什么，那或许也只是她觉得我能够理解她，所以我们之间既没有故事，也并不浪漫。

我和小锐的联系并不多，而且很快就中断了。但我常常会想起，小锐是否仍然在继续学英语，而这在我们那个穷乡僻壤又有什么用？等暑假的时候，我回到家里才听说，在即将结婚的前几天，小锐突然离家出走了，没有人知道她去了哪里。她父亲和她订婚的那一家，曾经到处去找，找遍了我们周围的城乡，也没有找到她的身影。到最后，订婚的那一家人只好取消婚约，索回了彩礼。小锐的父亲又气又急，在村子里宣布他和小锐断绝了父女关系，不再认她这个女儿了。从此之后，小锐就消失在了我们的视野之外，没有人再听说过她的确切消息。

小锐去了哪儿？我们村里人纷纷猜测，她是跑到南方的城市去打工了，那时候我们村里已经有不少人出去打工，这是当时年轻人的一个时髦选择，他们纷纷逃离乡村，走进了梦想中五光十色的城市。在那里，他们不必再遵循乡村里的繁文缛节，又能够挣到比种地更多的钱，是很有吸引力的。小锐从家里逃出来，跑到南方去打工，似乎是一个很好的选择，至少会比在家里更舒心吧。我们村在外打工的人，说曾在那边见过小锐，但小锐似乎不愿意和老乡来往，见面就装作不认识的样子，说话也闪烁其词，所以也不能确定那是不是小锐，不过我们可以确认的是，小锐从来没有回来过，别人出去打工，到过年的时候就回来了，但是小锐自那次离开家乡之后，就再也没有回来。也有人说看到小锐回来过，但是她并没有回到我们村，而是直接到县城的中学里找到小敏，给了她一些钱，又到东南地她娘的坟上烧了一些纸，在那里哭了一回，就又回去了。我不知道小锐在外面打工做什么，有一段时间我们村里人传说她发了大财，说是见过她戴着墨镜开车在街上走，穿得很时尚，有人说她是做生意发财的，也有人说她是做了小姐，众说纷纭。小锐的父亲在去世之前，想起以前的事情很后悔，说他很对不起小锐，很想再见见她，但是问谁，都不知道小锐在哪里，只能含恨而逝，留下了永久的遗憾。

有时候我怀疑我们村里人所说的那个人并不是小锐，我想小锐或许并没有外出打工，而是躲到了我们附近的某一个村庄或市镇，找到了一个她相中的人，在那里结婚生子，落地扎根了。这当然是一个平凡的结局，但是我们村里女孩的命运，大多也只是如此，小锐能有什么意外吗？——当然也不是没有可能，小锐是那么与众不同，我想她可能也会有与众不同的命运。我记得那一次看电视，介绍南非的自然风光，好望角、企鹅岛、桌山、维多利亚瀑布，等等，镜头上画面突然一闪，出现了一个华人女导游，操着流利的英语介绍南非风光，我觉得她看着很面熟，后来才想起，她长得跟小锐很像，但镜头一晃，就又不见了。那是小锐吗？我在网上搜到了那一期节目，反复观看，定格，确认，但不能肯定是不是她。我想起来，那年寒假小锐和我聊天时，还曾问起我到国外打工的可能性，据说在国外打工比国内工资要高很多倍，但我对国外的情况不了解，没有办法回答她。我又想起，小锐在给我的信中还提到，为了提高英语水平，她想专门去上一个培训班，我不知道她后来去读了没有。但是如果将这些串联起来，我想是否有可能是这样：小锐去读了培训班，到国外打工，然后留在了南非，在那里做了一个导游呢？我想是有这样的可能的，南非是彩虹之国，小锐又那么喜欢彩虹，她一定会喜欢南非的。我想小锐在那里，一定又像回到了我们的童年，她站在一座小桥上，看着彩虹从天边升起，久久地凝视着这天上的奇迹，在她的面前，一扇神奇的大门缓缓打开了。

2016 年 6 月 20 日

泉水叮咚响

现在城里的人，可能都不知道什么是压水井，在我们村里，也早就没有压水井了。我小的时候，我们那里家家户户都还在用。压水井，装在一块石板上，地底下是一个水泵，上面是一块铸铁的出水口，边上有一个长长的木柄，压住柄，向下按，压一下便流出一股清水。那时家里压水的任务常常会交给我。压一桶水要费很大的劲，还要小心，防止木柄脱手，打在身上，有一次，我没有抓住，木把一下打在我的下巴上，让我鼻青脸肿了好几天。压满一桶水，我就提进堂屋，倒进水缸里，我还记得，我提水的时候，要在院子里走 Z 形，这样利用摇摆的惯性，可以省一些力气。有时候，我姐姐在院子里洗衣服，我压满一桶水，就提到她身边，看我满头冒汗，她还会夸奖我几句，她一夸，我就更来劲了，提得也更快，水用不了那么多，我姐姐就说，先别提水了，歇一歇吧。我家的压水井在一棵大榆树的下面，我就坐在树荫下玩，或者乱翻书。现在一想起压水井，我就会想起小时候那些明媚的春天，阳光洒落在我们家的院子里，我一起一落地压着水，清水闪着白光欢快地流淌着，我的姐姐那时还没有出嫁，她喜气洋洋地洗着衣服，哼唱着那时最流行的歌曲，"泉水叮咚，泉水叮咚，泉水叮咚响，跳下了山冈，走过了草地，来到我身旁……"

说起来，压水井也是一个过渡，在压水井之前，我们吃水，要到村子的水井里去挑，那时我更小，几乎没有印象了。我们村有两口井，一口离我们家较近，就在我们胡同向西那个路口的西北角，井边有一棵枣树，歪斜着横跨过井口的上方，那时我们经常爬到树上去玩；另一口井在西边，靠近我奶奶家，要去挑水大约要多走三四百米，不过这口井里的水甜，我们家里吃水，都是到这口井里去挑。那时候我爹在三十里外的果园，很少回家，家里的活都是我姐姐在做。每天清晨我姐姐一起床，就挑着扁担去水井挑水，挑了两趟回来，才开始做早饭，刚吃过饭，生产队的钟已经敲响了，我姐姐扛起铁锨就下地干活去了。那一帮青年社员，说说笑笑着，从村里的大路上走过，我姐姐也加入其中。他们跨过村南的小桥，向东南方向走去，还有人唱起了歌，歌声越飘越远。有时候他们还会扛着红旗，红旗在空中猎猎飘舞，后面是迤逦的队伍。

那时候我姐姐十八九岁，已经是个大姑娘了，她梳着两条大辫子，穿着绣花的衬衫，两只眼睛很清亮，走在村里分外惹人注目。那时候很多人到我家来提亲，我爹和我娘都推辞了，我姐姐也不愿意，她担心自己嫁了人，家里的活就没人干了，她想等我们长大一些，能挣工分了，再考虑结婚。我们村里也有不少小伙子喜欢我姐姐，他们想提亲，提不成，约我姐姐去看电影，我姐姐也不去，简直是无计可施了。不知是谁最初将目光瞄向了我，想通过我，跟我姐姐建立一种联系。当然我也是后来才明白，一开始我是懵懵懂懂的，不知道为什么突然之间，村里的小伙子都对我莫名其妙地好了起来。我们村里的拖拉机手，刚在县里参加过培训回来，胸前还戴着红花，他驾驶着拖拉机突突突突冒着黑烟，在村里开来开去，神气得不得了。我们这帮小孩，只能跟在拖拉机后面跑，如果能扒上车斗，在上面趴一会儿，都会得意好半天。但是有一天，我们正追着拖拉机跑，拖拉机手突然停下车，向我们走了过来。我们一见他下车，都吓得四处奔逃，他却高声喊着我的名字，招手让我过去，我犹犹豫豫地走到他身边，他亲切地问我，"想不想坐拖拉机？"我简直不敢相信自己的耳朵，连忙拼命地点头。他拉着我的手，走到拖拉机头边上，将我抱上驾驶座，随后他也坐了上来，准备开车。这时候四散逃去的我的那伙玩伴，又纷纷围拢了过来，好奇地看着我，又是羡慕，又是惊讶。拖拉机手大手一挥，"你们几个，都到车斗上去吧！"我的伙伴们欢呼雀跃，他们手忙脚乱地扒住车帮，从不同方向跳进车斗。拖拉机开动起来了，突突突突地冒着黑烟，向村南的小桥驶去。我们都没坐过拖拉机，坐在上面，感觉又新鲜，又神奇。胖墩儿和小四儿扒住车帮，不停地高叫着，"快看，快看！"路旁一闪而过的房屋、树木和磨坊，让他们兴奋不已。最得意的当然是我了，我坐在拖拉机手旁边，看到前面的风景扑面而来，两旁的树旋转着向后闪去。拖拉机跨过小桥，驶出我们村，向南上了一条柏油路，从那里向西，朝我们乡里驶去。行驶在柏油路上，拖拉机更加迅速，平稳，突突突突冒着黑烟，简直像火箭一样快。外村的小孩见到拖拉机，也追在后面呼哧呼哧跑，我们的拖拉机开得快，他们追不上，追了一阵，他们只能停下来，无奈地看着拖拉机的影子越走越远。我们也曾有过追不上拖拉机的失望，但是现在坐在上面，感觉就不一样了，胖墩儿和小四儿扒着车斗，冲着他们哈哈大笑，感觉很得意。拖拉机载着我们，一直驶到乡里，又从乡里绕了一个圈子，从我们村北边驶过，在学校门口停下来。拖拉机手从车上一跃而下，又将我从座位上抱下来，打了一个响指，问我们，"感觉怎么样？"我们都用崇拜的眼光看着他，连连说太好了，他又吹了一声口哨，冲我说，"以后想坐拖拉机，就来找我！"说着朝我们挥挥手，跨上拖拉机，一溜烟开走了。

胖墩儿和小四儿他们围着我，叽叽喳喳地说，"这家伙以前那么神气，今天是怎么了，对我们这么好？"我想了想，也不明白是为什么，只好猜测说，"是不是我那天捡麦穗，捡到的都缴到队上了，他是要奖励我们？"胖墩儿和小四儿笑话我，"别美了，这家伙才不在乎这个呢。"我们想不明白，也就不再想了。后来拖拉机手每次见到我都很热情，让我们坐上拖拉机，拉着我们转上一圈，我们都很高兴。有一天，拖拉机手载我们回来，将我单独留下，对我说，"明天我要去县里拉化肥，你想不想去？"我们村离县城很远，我都没有去过几次，一听他的话，我就高兴地跳了起来，连忙说，"想去啊！"他又说，"你回家也问问你姐姐，看她想不想去？"我说好，就蹦蹦跳跳地回家了。

回到家，我姐姐正在洗衣服，我连忙将这个好消息告诉她，没想到我姐姐一听就拉下了脸，"我不去！"我听了很不解，负气地一转身，"你不去，我去！"我姐姐说，"你也不许去！"听她这么说，我感觉很委屈，眼泪都快掉下来了，我姐姐擦了擦手，赶忙过来哄我，"别哭了，改天我骑车带你去。"

"可是我要坐拖拉机去……"

"到了集上，我给你买好吃的。"

"可是我都跟人家说好了……"

"没什么，我跟他说……"

晚上吃饭的时候，我爹娘都回来了。坐在饭桌上，我又说起这件事，埋怨我姐姐，我姐姐什么也没说，抬起头瞪了我一眼，就低下头来默默吃饭。以前我和姐姐闹了矛盾，我爹娘都叫姐姐让着我，这一次却很奇怪，他们都没有理我，我爹看了姐姐一眼，放下酒杯，转而说起了果园里的事。第二天早上，我去上学，在学校门口就遇见了拖拉机手，他斜靠在学校门口，看到我，放下嚼在嘴里的一根麦草，问我，"怎么样，你姐姐去不去？"我不敢抬头看他，低下头，很不好意思地说，"她说她不去。"

"好，那我中午来接你，咱们一起去。"

"她也不让我去。"

他看了看我说，"那好，以后我再带你去玩……"说着他摸了摸我的头，向路边停着的拖拉机走去。我站在那里，看着他吹着口哨越来越远，心里对我姐姐充满了埋怨，我觉得她让我失去了一次去县城的机会，这让我感觉对不起人家的好心，也让我在小伙伴面前少了一个炫耀的资本。

那时候我读小学一年级。我最初到学校里去，是我姐姐送我去的。我们那时候上学的课程很少，只有语文和数学，也没有学费，只缴一两块钱的书本费，到时候就会发下新书来。我还记得那一天清晨，我姐姐给我洗过手脸，让我背上她给我缝的小书包，就拉着我的手向学校走去。学校在我们村的西北角，门口有一棵老枣树，从我家出了胡同，向西上了我们村的大路，再向北走，大约五六百米就到了，学校就在大路的西边。到了学校，我姐姐带我去报了名，将我送到教室，叮嘱我好好学习，她就回去了。我隔着窗户，可以看到她越走越远的身影。

我姐姐没有读过多少书，我们家里孩子多，家里又没人干活，我姐姐要照顾弟弟妹妹，我爹娘才能下地去干活。我姐姐也上过几年学，但是那个时候，她上学要带着我的两个小姐姐，手里牵着一个，怀里抱着一个。上课的时候，她们也不安分，不是哭了，就是叫了，扰得教室里很乱，让老师没法正常上课，我姐姐也很苦恼，最后实在没办法，她只好不再去了。我是家里最小的孩子，等我去念书的时候，我姐姐已经长大了。没有念书，是我姐姐一生最大的遗憾，直到多年之后她还常常提起，不过那个时候，她把不能念书的遗憾，都用在了对我的悉心照顾上。每次我发了新的课本，我姐姐都细心地给我包上书皮，她找来那时候还很少见的光滑的硬纸，在煤油灯下细细地裁开，叠好，小心地将书的封面夹住，再在书皮上用笔工整地描出"语文"或"数学"的字样，然后她将书递给我，嘱咐我在学校里好好学。我姐姐包的书皮干净整洁，在我们学校里是最好的，我一拿出课本来都会引起同学们的羡慕，他们的课本，没包书皮的，已经卷了边或窝了角，包了书皮的，也包得很粗糙杂乱，用纸不讲究，叠得不整齐，有的还沾了一块油渍，看上去又脏又乱，和我的书根本没法比。那时候我有不会写的字，也会问我姐姐。我记得最开始学数学，不知道为什么"9"这个数字怎么也不会写，前面八个数字写得很顺畅，一到这里就卡了壳，我拿着作业本去找姐姐，我姐姐正在煤油灯下纳鞋底，她听了，在昏暗的灯光下，把着我的手，告诉我该怎么写，"这么一转，这么一弯，就好了。"她把着我的手教了几遍，让我自己写，我又写了几遍，才像个样子了。

那时候正在播放电视剧《霍元甲》，我们这帮小孩看得很痴迷，有卖作业本的商家，瞅准了这个机会，在作业本的封面上印了霍元甲等人的头像，一时很风靡，但是也比其他作业本要贵两分钱，我们都很想要这样的作业本，有了这样的本子感觉很厉害，像是自己也成了大侠一样。不过那时我们家里都很穷，父母才不会给你买贵一点的本子，哪怕我们觉得很重要。我们班的语文老师对我们很好，有一次放了学，他叫住了我和胖墩儿、小四儿，送了我们每人一个印有大侠头像的作业本，我们都高兴得不得了。再后来，他还送了我一支圆珠笔，那时候我们写字都是用铅笔，感觉圆珠笔是中学生才能用的，有了圆珠笔，我感觉自己像是一下子长大了。

后来语文老师又交给我一样东西，但不是送给我的，是让我转交给我姐姐，他还嘱咐我要悄悄地给她。那是封在信封里的一样东西，隔着信封去摸，感觉像是一个小木梳，但我没敢打开来看，晚上回家，我悄悄地给了姐姐，姐姐问我是哪儿来的，我说是语文老师送的，她嗯了一声，塞在抽屉里，也不理会我好奇的眼光，继续纳鞋底，纳了一会儿，就盯着煤油灯跳跃的火苗出神。第二天上课，遇到语文老师，他悄悄地问我，给她了？我点了点头。他又问，她说什么了？我说，什么也没说。过了两天，语文老师又给我一样东西，让我转交给姐姐，仍然是信封包着的，我还是没敢打开，但隔着信封去摸，感觉像是一个小圆铁盒，像是我姐姐用的那种雪花膏。这次我给了我姐姐，姐姐问了是谁送的，仍然是什么话也没有说。第二天面对语文老师询问的眼神，我也只能摇了摇头。

又过了几天，语文老师又给了我一样东西，这次是个大纸包，仍然是封死的，我摸着感觉像是一条围巾或衣服，我悄悄给了姐姐，姐姐仍然是没有什么声响。这次我有点沉不住气了，我问姐姐，你怎么也不给人家回个信？姐姐瞪了我一眼，你小孩子家懂什么？我又说，人家见了我天天问呢。我姐姐好像一下子生气起来了，她说，天天问？那你就把这些东西还给他吧。说着，她把前两个信封和那个纸包一起塞到我书包里，说，明天你就还给人家。我一下子愣在那里，不知该说什么好，我姐姐又数落我，你在学校里就好好学习，人家让你送信你就送，让你捎东西你也捎，你到学校里是去念书了，还是去送信了？以后别人再让你捎什么，你就别捎了。我只能灰溜溜地低下头，答应了下来。第二天，当我将那些东西还给语文老师时，语文老师盯着我书包的眼光，一下从灼热变成了黯淡，面对他的失望，我也不知道说什么好，不知道是他连累了我，还是我连累了他。

　　我记住了姐姐的话，不再帮别人捎什么东西给她了，当然我心里也有点不高兴，感觉像是被取消了某种特权似的。那时候我们村里的风气很保守，男女结婚一般都是父母之命、媒妁之言，青年男女之间谈恋爱，是很少见的，即使一个小伙子喜欢一个姑娘，想要表白，也只能偷偷地私下接触，而如果一个姑娘喜欢上了一个小伙子，就更加被动保守了，好在那个时候生产队还没有解散，他们还能一起去下地劳动，但除去地里的劳动之外，私下接触的机会就很少了。在这里，需要说一下的是，让我帮着捎信的并不是只有拖拉机手、语文老师，其他还有不少人，有我们村的，也有外村的，有认识的，也有不认识的，有对我很好的，还有只是将我当作传话人的。那时候放了学，我在村子里跟胖墩儿、小四儿一起玩，突然就会有一个人叫住我，问，"你是那谁谁的弟弟吗？"或者"那谁谁是你姐姐吗？"我说是，那人就会拿出一封信或一样东西交给我，说，"帮我把这个带给她吧。"以前遇到这样的情况，我就会高兴地答应下来，谁让她是我姐姐呢？更何况让我捎信的人一般也会给我点小礼物呢，几块糖，一杆笔，一块橡皮擦，等等。虽然不多，但却让我在同伴面前很有面子，很得意。现在我姐姐不让我捎信了，再有人来问我，"你是那谁的弟弟吗？"我就没好气地说，"不是！"也有人认识我，说，"你帮我把这个带给她吧。"我也没好气地说，"不行，你自己去找她吧！"那些人听了我的话，只好尴尬地逃走了。这样一来，我自己倒是清净了很多，但心情也有点失落，如果说我姐姐是月亮，那我就是星星，现在月亮愈发璀璨，而星星则愈发暗淡了。

那时候放了学，我和胖墩儿、小四儿等人经常到处跑着去玩。我们村东北角有一个磷肥厂，那是我们村里的集体产业。那时候工厂很少，我们都觉得很神秘，很好奇，经常会从村里跑到磷肥厂去玩。到了那里，我们翻墙爬过去，能够看到一排排厂房，听到一阵阵机器的轰鸣声，感觉很震撼。生产磷肥会产生氨水，整个工厂也弥漫着一股氨水的气味，又酸又刺鼻，但那时候我们却都感觉很好闻，好像那是来自另一个世界的味道。有时候隔着门缝，我们可以看到巨大的机器在颤抖着发出嘶鸣，像一匹匹暴怒的烈马，我们感觉很兴奋，又很害怕。磷肥厂的工人也是我们村里的，但都是后街的，跟我们不是一个生产队，每次见到我们，就把我们向外赶，"小孩子看什么看？小心闪瞎了眼。"我们只好夹起尾巴溜走了。唯一不赶我们的，就是我们村那个返乡的高中生。

那个时候，在我们村里，高中生就是很有知识的人了，当年高考还没有恢复，学生读完高中后大多都是回乡参加劳动，我们村的高中生回来之后，就跟生产队的人一起，建起了这个磷肥厂。当时我们村里的人都不知道磷肥是做什么的，磷肥厂是做什么的，是他跟大队的人提建议、选址、建厂、买机器，几乎是一个人将磷肥厂建了起来。磷肥生产出来之后，我们村里的人撒在地里，才知道庄稼会长这么好，粮食能打这么多。磷肥厂的磷肥，不只供应我们村，还卖给周围的村镇，磷肥厂也有了效益，年底全村的分红都高了不少，全村的人都对磷肥厂啧啧称赞，说起来都很自豪，一说就是"我们的磷肥厂"。恢复高考后，高中生想要考大学，但几次都被我们村的老支书劝住了，他就留在我们村，当了磷肥厂的厂长，此后他的人生故事还有很多，不过我们现在还是回到当时吧。那时高中生是磷肥厂的技术员，他见到我们总是笑眯眯的，停下来跟我们说说话，问问是谁家的孩子，读几年级了，学习好不好，等等，那时候他总是穿一件蓝色工装，袖口都磨破了，但他人很瘦，很有精神，我们也知道他是磷肥厂的功臣，都很崇拜他，围着他问这问那的，他就笑呵呵地给我们讲这是干什么的，那是干什么的，我们听了，半懂不懂的，但都很好奇，很憧憬。等谈完了，天都黑了，我们三个走出磷肥厂的大门，踢踢踏踏地向回走，心中却充满了喜悦与兴奋。

那一次，我们走出了门，他又叫住了我，将一张纸条飞快地交给我，说，"将这个给你姐姐，别让人看见。"说着对他眨了眨眼。我明白了他的意思，将纸条揣在口袋里，对他点了点头，掀开门帘，跑出去追上了胖墩儿和小四儿。他们问我高中生叫我干什么，我嘴里说着没什么，手却在口袋里抓紧了那张小纸条。走在路上，我心里很矛盾，想着要不要将他的纸条给我姐姐，可是想到姐姐对我的批评，我不敢再拿给她了，等回到家里，我将那张纸条塞到了我家院墙的墙缝里。

我姐姐不让我捎信，一开始我还沉浸在自己的情绪中，但很快也就不当一回事了，该玩就玩，该撒欢就撒欢。但是没过多久，事情很快就发生了变化，反倒是我姐姐有点沉不住气了。有一天我回到家里，看到我姐姐正在洗衣服，我便帮着她去压水，我姐姐说，"把你的褂子脱下来，我一起给你洗了吧！"我脱了上衣扔在水盆边，我姐姐拿起我的上衣，翻了一下衣兜，没有掏出什么东西，脸上明显流露出失望的神色。我恰巧看到了，问姐姐，"姐姐，你在找什么？"

"没找什么……最近没有我的信呀？"

"你不是说，不让我帮你捎东西吗？"

我姐姐笑了，"咦，你什么时候变得这么听话了？"

姐姐的话让我一时反应不过来，仔细一想，才明白原来她并不是真的不让我传信，或者说她只是不让我传某些人的信，而对于某个人的信，她不但不拒绝，甚至是有点期待的。这让我很有些意外。这时，我才突然想起那个高中生的纸条，我连忙跑到院子里，从墙缝中将那张纸条抠了出来，前两天下雨，那张纸条洇湿了，看上去也有些皱巴巴的，但好在还很完整。吃过晚饭后，我将那张纸条偷偷拿给了我姐姐，我姐姐什么话也没有说，掖在床头，又开始在煤油灯下纳鞋底。

那时候我姐姐很关心我的学习，时常检查我的作业，看我的字写对了没有，算术算对了没有，她认的字虽然不多，但教我还是不在话下，每次她在煤油灯下看完，笑着抬起头来，对我说，

"今天写得不错。"我就高兴得不得了。不知道从什么时候开始，在检查完作业之后，我姐姐开始考我认生字，她在纸上写下一个字，问我念什么，有的字我认识，就大声念了出来，有的字我不认识，姐姐就给我讲解。有的字我不认识，我姐姐也不认识，我姐姐就写下来，让我到学校里问老师。那时候除了上课，我跟语文老师联系已经很少了，经历了那件事，再见他我总感觉有点不好意思。但他似乎并不在意，课间休息时我去问他字，他也很热情，对我说，"这是树林的'树'字，三年级才学到。"我再去问，他说，"这是泉水的'泉'，你看上面是一个白，下面是一个水。"我再去问，他说，"这是母爱的'爱'字，也是阶级友爱的'爱'。"我再去问，他说，"这是先后的'后'字，也是后天的'后'。"我再去问，他笑了，说，"没看出来，你还这么爱学习，我教你学习查字典吧。"我没告诉他是我姐姐让我问的，我也不知道我姐姐为什么让我问，不过在他的耐心教导下，我很快学会了查字典，但这个时候我才发现，我姐姐已很少考我生字了。

我姐姐很忙，白天要下地干活，回来之后还要做饭、洗衣服、喂鸡喂鸭喂狗。这时候生产队已经解散，大伙不再一起去上工了，而是各家忙活各家的，我家的劳力少，我爹又在果园里，家里的活就全压在我娘和姐姐的肩上了。那时候我能做的活很少，也就是放羊、割草、捉虫等几样。那时候每天放了学，我都和胖墩儿、小四儿赶着自家的羊，跨过村南的小桥，到东南地里去放羊。我们村东南，有一大片荒地，零星种着几棵树，我们经常到这里来放羊，到了那里，我们把羊撒在草地上，让它们随意吃草，自己就爬到树上去玩，等到天快黑时，羊已经吃饱了，我们就牵着它们到河边去饮水，等它们饮饱了，就赶着它们向回走。等我们跨过小桥时，时常可以看到我姐姐在河边洗衣服，有时是她一个人，有时是和她的女伴们一起，人多的时候她们叽叽喳喳，说说笑笑的，互相泼水，打闹，不知谁说了一句什么话，一个人起身去追另外一个人，那个人一边求饶一边咯咯笑着跑，周围的人都在看，在笑。一个人的时候，我姐姐就安静地在河边洗衣服，这个时候，阳光斜照过来，将她的身影勾勒得很清晰，她半蹲在河边，将衣服在河水中漂洗，又将衣服摊开放在河边的石头上轻轻捶打，等捶打干净后，她将洗好的衣服放在水盆中，端着盆子走上河岸，她的两条长辫子从身后垂下来，轻轻摇摆着，看上去很美，简直就是最美的一幅画。有时候我们刚跨上小桥，胖墩儿和小四儿就指着岸边对我说，"看！你姐姐在那里洗衣服。"我也喊起姐姐来，姐姐听到了我的喊声，朝我招招手，我跑到她身边，正好她也洗完了衣服。我就帮她端着盆子，一起往家里走，有时我姐姐心情好，还会轻轻哼唱起她喜欢的那首歌："泉水叮咚，泉水叮咚，泉水叮咚响，跳下了山冈，走过了草地，来到我身旁……"

放了学，没事的时候，我和胖墩儿、小四儿有时候还是会跑到磷肥厂去玩。我们在那里也时常会遇到那个高中生，有时候他指挥工人安装设备，有时候他一个人坐在宿舍里写东西。见到我们，他仍然笑眯眯的，有一次他还给我们讲起磷肥厂的远景，他说你们要好好学习，等将来毕业后回到我们村，把磷肥厂发展起来，到时候实现了工业化和机械化，我们村里就大变样了，家家都住小楼，人人都开汽车，地里的活都不用人干，有机器就行了……听着他的讲述，我们又吃惊，又向往，简直无法想象会有这么美妙的世界。等多年后，他所说的终于实现了的时候，他自己却陷入了困境，这是后话。但我却永远记得在他那间宿舍里，火炉上的水壶呼呼冒着白气，脸盆架上的镜子都模糊了，窗外是冰雪世界，屋内是一片阳春，他说话时眼睛闪闪发亮，像是看到了无限遥远的未来。但奇怪的是，自从他塞给我那张纸条之后，却再没有让我给我姐姐捎过什么东西，有时候我想，他那张纸条或许没什么特别的内容，只是跟姐姐说个什么事吧，有时候我也会想，这个高中生相貌堂堂，待人又和气，他要是能做我姐夫也很不错，想到这里，我很想提醒他，我姐姐念书不多，不要写纸条，可以送一点别的什么给她，但是他没再提起此事，我也不好意思跟他说起。我也听说不少人去他家里提亲，像他这样出色的人物，村里的不少姑娘都很喜欢，有时候我也会暗暗为我姐姐担心，但我也不敢跟姐姐说，我不知道她是怎么想的，她的事从来也不跟我说，好像我一直是个小孩似的。

那天傍晚，我从东南地放羊回来，没有向西走那座小桥，而是让胖墩儿和小四儿帮我把羊赶回去，我从河的南岸游到了北岸，想从北岸走过去，到小桥边跟他们会合。河的北岸是我们村的东头，那里有一大片树林，那时候正是桑葚成熟的时候，我想到那里有几棵桑树，可以爬上树摘些桑葚吃。到了那片树林，我很快找到了一棵老桑树，哧溜哧溜爬了上去，在那里我看到，枝叶间悬挂着的桑葚一串串垂下来，正是要熟透的样子，红得发紫，紫得发黑，黑得发亮，在阳光下闪烁着宝石一样的晶莹光泽，又在微风中轻轻摇曳着，散发着微甜的醉人气息。我跨坐在树杈上，忙不迭地摘下一串，细细品尝起来，那种略带酸味的甜蜜感立刻充满了我的口中，想到马上就能和胖墩儿、小四儿大吃一通，让我不禁心花怒发，忙不迭地摘了起来。

我正在树上采摘着，听到树林中传来窸窸窣窣的声音，低头向下一看，只见在密林的小径中，远远地走来了两个人，一男一女，等他们慢慢走近了，我才看清，那个男的是那个高中生，而那个女孩竟然就是我姐姐！看到他们，我一下子愣在那里，不知道这是怎么回事，心里又是惊讶，又是委屈。原来他们竟然背着我悄悄好上了，原来没有通过我这个信使，他们私下联系上了，这可太出乎我的意料之外了。本来他们两个好上，我心里是很高兴的，但现在他们竟然忽视了我，这又让我有点不痛快。这时候他们已走到了这棵老桑树的下面，我看到高中生大着胆子牵起了我姐姐的手，我想了一下，抓起一颗桑葚投过去，那棵桑葚打在他的手上，他的手抖了一下，连忙松开了。过了一会儿，他的手又摸索着要去拉我姐姐的手，这时我的第二颗桑葚又发射了过去，砰的一声打在他的手上，他的手还没碰到我姐姐的手，就连忙缩了回去。但这时，他仍然沉浸在甜蜜的感觉中，没发觉情况有异，还在那里说："等过了这阵，我就到你家去提亲，我想你爹会同意的……"

"我不同意!"我终于忍不住,在树杈上喊了起来。

我姐姐和高中生都吓了一跳,连忙抬起头来。

我像个猴子一样三蹦两跳,从树上蹿了下来。我姐姐一把抓住我,"吓死我了,原来是你这个坏小子!"又说,"好弟弟,今天的事你可别跟别人说啊!"高中生也从惊吓中缓过神来,连忙说,"好弟弟,你怎么跑到这里来了?"

"谁是你弟弟?"我白了他一眼,神气活现地说。

"你先走吧。"我姐姐朝他使了个眼色,高中生看了我和我姐姐一眼,略顿了一顿,就转身朝来时的那条路走了回去。我姐姐这时也回过神来,问我,"你不是去放羊了吗?羊跑哪儿去了?"我说胖墩儿和小四儿帮我赶着呢,她看着我身上桑葚汁液沾湿了的衣裳,说,"又弄脏了,还得给你洗。"又说,"咱一起回家吧。"说着拉住我的手向家里走,一边走一边对我说,"今天的事,你可千万不能给别人说呀,给咱爹咱娘也不能说。"我点了点头,过了一会儿,又说,"我要是不说,你会对我好吗?""那是当然。"我姐姐咯咯地笑了起来,"你要是说了,我就再也不理你了,你要是不说,你想要什么姐姐就给你买什么。"

从那以后,我过上了一段幸福美好的生活。在那个时候,我想要什么,我姐姐就给我买什么,我想去哪里,我姐姐就带我去哪里。我姐姐带我去电影院看电影,去集上买吃的,我还让她跟我一起坐上拖拉机手的车,突突突突冒着黑烟,到县城转了一大圈,那个拖拉机手很兴奋,但回来后却又很失落,他不明白我姐姐为什么对他忽冷忽热的,但我在胖墩儿和小四儿面前却着实风光了一番。我姐姐要去哪里，我也跟着她去，那时候她跟那个高中生见面的机会本来就很少，现在我像个小尾巴一样跟在身边，她跟他只能在人多的场合见面，只能用眼睛说话。那个高中生见了我就更加热情了，看戏他就给我买瓜子，上街他就给我买花生，一见我，他就是一副笑脸，也不知道是不是由衷的。

　　不过这样的好日子并不长，大约半年之后，那个高中生就用一辆自行车将我姐姐从家里接走了——他们结婚了。他们结婚后生活得很好，对我也很好，但我总感觉，是那个高中生从我的生活中抢走了我姐姐，所以我一直不能决定是否在内心真正原谅他，所以即使在 30 年后的今天，我仍然会想起那天清晨的情景，仍然会想起那天他将我姐姐接走后，我一个人站在路边，看着他们消失的背影，轻声哼唱起了那首歌："泉水叮咚，泉水叮咚，泉水叮咚响，跳下了山冈，走过了草地，来到我身旁。泉水呀泉水你到哪里你到哪里去唱着歌儿弹着琴弦流向远方……"

2016 年 12 月 25 日

小偷与花朵

　　那时候的小偷，也都很讲规矩，从来不会在自己村里偷东西，要偷东西，他们就趁月黑风高，跑到别的村里去偷，如果有小偷在自己村里偷，那是最让人看不起的，要是被村里人抓到了，非要被打个半死不可。我们村里的小杰就是小偷，我们村里的人都知道，见了他就嘻嘻哈哈开玩笑，问他最近又去哪里去偷了，他也不急不恼，嘻嘻哈哈笑着，随便说两句就走过去了。我们村里人很少见到小杰，大部分时间他都在外面游逛，我们也都不知道他去了哪里，等他回来了，见他脚穿着皮鞋，身上的衣服也很光鲜，简直就像城里人一样。他几乎从不下地干活，回来了就窝在家里，他家地里的草比庄稼还高，他也不管。等休息了几天，他就骑一辆崭新的自行车在村里闲逛，这里转转，那里转转，遇到熟人就坐下来聊天，有人问他最近去哪儿了，他笑而不答，只是眯着眼抽烟。我们村里人好奇，再三问他，他才跷起二郎腿，讲他到城里看到的光景，那里有多么高的楼，多么好的车，多么漂亮的女人，他讲的我们村里人都没有见过，他说起来头头是道，吐沫乱飞，我们村里的人都听呆了，简直像听天书。

我们村里有一个小偷，这虽算不上什么光荣，但似乎也没什么大不了的，小杰虽然是小偷，但还是"我们村"的人，我们对自己村很有认同感，我们村里的人，即使是一个小偷，似乎也可以宽容。如果有村外的人——警察、被偷的人家，到我们村里来抓小杰，还会有人给他通风报信，或者故意将抓人的人引向歧途，掩护他逃跑。小杰对我们村里的人当然也很有感情，他和他的同伙不仅不在我们村里偷东西，就是我们村里谁家丢了东西，去找他，他也能通过道上的朋友问一问，有时甚至可以将被偷的东西物归原主，被偷的人家摆一桌酒席，请小杰居间，与那伙朋友欢聚一堂，解除"误会"，交流感情，这让小杰很有面子，也可以减少再次被偷的风险，在席间大家说起来，原来小偷和原主还有曲里拐弯的亲戚关系，就互相感叹，这可真是大水冲了龙王庙了，喝几杯酒赔罪，热热闹闹的，这么一回事就算过去了。现在想想，我们村里人对小杰的态度很复杂，有点看不上，有点不认可，但又能够包容，当他讲起外面的世界，则又有点羡慕，有点向往，其实大家也知道，小杰的嘴里很少有真话，任他说得天花乱坠，大家也只是半信半疑，姑妄听之，就当作一个笑话或热闹，听听也就完了，没有人太当真。对于小杰，很多人也都是敬而远之，听他讲的时候，时而哈哈大笑，时而询问一些细节，但回头一瞥，发现自己的孩子也在，不由得踢他一脚，"你听什么听，快滚回家去!"小杰也听懂了其中的潜台词,眼神中飘过一丝尴尬,但他很快就镇定下来,若无其事地接着讲下去。或许小杰也知道他在村里人心目中的感觉,或许他是故意向村里的陈旧秩序挑战,所以他讲来满不在乎,毫无顾忌。

那一年夏天,晚饭之后,我爹坐在院子里乘凉,和三两个邻居聊天,我在院子里跑着玩。那时候晚上太热,我们时常睡在院子里,在树荫下铺一张凉席,或一块塑料布,就睡在地上或地排车上,有时候甚至会将床抬出来,晚上蚊子多,就在床上再搭上蚊帐,感觉凉快舒畅多了。那天晚上,小杰不知怎么来到了我家,坐在凉席上,跟我爹聊起来,那两个邻居跟小杰开玩笑,让他讲讲偷东西的故事,小杰那天好像喝了点酒,也很放得开,大咧咧地讲起了他是怎么做小偷的。小杰说,在乡下偷东西和在城里是不同的,乡下值得偷的东西不多,也就是牛羊猪鸡鸭鹅等活物,他们几个人合伙,先摸熟了远处哪个村的路,选准了人家,等天黑了下来,他们就骑自行车赶到那个村,到后半夜,万籁俱寂,人都睡熟了,他们就偷偷摸到人家里,从墙上打个洞,悄无声息地将牛羊牵出来,赶到村里的路上,只要出了村,就没有危险了。如果是偷鸡和狗,就比较麻烦,它们一受惊就会叫,事先要准备好用酒泡过的馒头或谷粒,到时把馒头扔给狗,把谷粒撒给鸡,它们吃了之后就慢慢醉了,睡了,等它们昏睡过去,他们就摸到那户人家,将鸡和狗塞到麻袋里,捆在自行车后座上,一路狂奔骑出村,就算得手了。得手之后,他们就跑回来喝一场酒,以示庆祝。不过有时候他们也会遇到危险,牵着一头牛走在街上,迎面走来一个人，喝问他们，"干什么的？"他们匆忙应答几句，能糊弄过去就糊弄过去，糊弄不过去，只好撒腿就跑，有一次他们被村里人发现了，大喊，"抓小偷啊！"一下从村里跳出来不少人，在他们后面穷追不舍，他们骑着自行车疯狂地蹬，跑了好远，才将那些人甩下，一个个汗流浃背，吓得要死，他们知道，要是被那村里的人逮住，不被打死也得打残，现在想起来，还是一身冷汗。在城里做小偷就不一样了，城里人多，车多，可偷的东西也多，还有更重要的一点是，城里人不像乡下到处都是熟人，在乡下，你偷了一家的东西，一个村的人都追你，在城里就不一样，你偷了一个人的东西，边上可能会有人帮腔，但不会有人豁出命去追，所以说在城里是更安全一点，但在城里，要求也更高，你要手疾眼快，要眼观六路耳听八方，否则一不小心被抓住，被扭送到派出所就麻烦了。

那天晚上，小杰坐在凉席上侃侃而谈，旁若无人，我听得目瞪口呆，觉得他身上有一种神秘感和陌生感，他所讲述的那个世界，对我来说是那么遥远，但又似乎很有魅力，那是一个充满艰险和刺激的过程，让人向往。那天晚上，小杰聊了很久，夜色凉了下来，虫声唧唧，树梢上的鸡偶尔叫一两声，星星在我家小院的上方闪烁着。堂屋门楣上的电灯散发出淡黄色的光，将门两侧的梧桐树照得很清晰。我家窗台上摆放着一盆凤仙花，那是我姐姐染指甲用的，小杰看到了，慢慢走到窗台前，摘下一朵花，放在鼻翼嗅了嗅，又拿在手中轻轻掐着，对我们挥挥手说，"走啦，天也不早了！"说着，他摇晃着身子，大模大样地从我家院子里走了出去。

　　小杰比我大五六岁，但是比我长一辈。小时候我们听说过不少他的故事。他的父亲，我们称作武爷，是我们这一族里辈分最高的，按以前的说法，就是族长。但是到了我们这个年代，家族和族长已不像以前那样重要了，大家见面喊他一声武爷，心里也没有特别尊重的意思。武爷不是一个很有本事的人，在族中也就没有特别的威严，只是在红白喜事上会请他执事，请他坐上席，其他时候，很少有人将他当族长或长辈看待。像我这一辈的，年龄大的兄长们就敢跟他开玩笑，说，"武爷，你家的庄稼咋长得跟狗啃似的呀？"或者，"武爷，上次在六庄，你咋醉成那熊样了？"武爷听了，恼也不是，急也不是，只好呵呵地笑笑，或者笑骂一句，"你们这帮兔崽子！"说着就骑上自行车走了。但是每年大年初一清晨，我们这一族的人，还是要到武爷家去，给他磕头，也给他家供奉的祖先牌位磕头，我们这一族的族谱是挂在武爷家。那时候我们一帮人，走到武爷家的门口，就有几个调皮的人大喊，"武爷，磕头的来了，快准备好敬烟！"我们走进院子，看到武爷将堂屋的正门开得很大，我们站在院子里，可以看见挂在正中的牌位和族谱。我们一喊，武爷小跑着从屋里出来，笑着跟大伙寒暄，"都来了？起这么早啊？快抽根烟，抽根烟！"有人跟武爷开玩笑，"武爷，你这是几块钱的烟呀？也不准备点好烟。"武爷呵呵笑着。我们这边领头的人说，"别闹了，先磕头吧。"于是我们就排成几排，先给祖先牌位磕头。我们那里的讲究，过年给祖先或去世的长辈磕头，要磕四个，给现在的长辈磕头，只要磕一个。当我们给祖先牌位磕头时，武爷就站在西侧，面向我们躬身，拱着手，那是一种老礼，是请受与答谢的意思。给祖先牌位磕完头，有人就喊武爷，"咱顺便也给武爷磕一个吧？"这有点开玩笑的意思，武爷笑着过来阻拦，"给老人家磕了就行了，咱就别磕了……"他说着，我们已磕完了头，有人还跟武爷开玩笑，"武爷，一年给你磕一个，你就请受着吧，死了可就请受不着了……"武爷就笑骂，"这小兔崽子！"大伙磕完头，闹闹哄哄向外走，武爷在后面赶着来送，他右手拿着烟，左手向外抽出来，分散，嘴里还说着，"抽一根再走，点上，点上吧。"有人开玩笑说，"武爷，你就省省吧，再来了人就没烟了……"大伙哄笑着走出院子，到下一家去磕头，走很远，回头一看，武爷还站在门口望着我们。

武爷让人轻看的一个原因，就是他媳妇跟人跑了，那是很早以前的事了，小杰大约才三四岁。据说，那时候外村的一个木匠四处游荡给人打家具，在我们村住了很久，武爷的媳妇看上了他，一来二去，后来就跟他私奔了。当时的详情我们已经不知道了，听说武爷还曾带着很多人找到那个木匠的家，砸了一个稀巴烂，要将自己的媳妇抢回去，但是他媳妇和木匠早已躲到了别处，铁了心要跟他离婚。那时候离婚在我们乡村还很少见，武爷又是族长，觉得很丢人，坚决不同意，说要打死这对狗男女，但这时候是新社会了，一个女人要是铁了心不跟你过，谁也没有办法，武爷一开始义愤填膺，后来也慢慢泄了气，两年之后才跟他媳妇离了婚。

离婚之后，事情并没有结束，武爷媳妇和那个木匠再婚之后，又生了两个女儿，那时候乡村里重男轻女的观念还很严重，武爷的媳妇没有生儿子，就想把小杰要过去，武爷呢，武爷离婚之后没有再婚，只是和小杰相依为命，当然不愿意将儿子给她。这个时候发生了不少戏剧性的故事，趁着月黑风高，武爷的媳妇让人将小杰从我们村里偷走了。那天晚上小杰没有回家，武爷还以为他去亲戚家了，或者跟小伙伴玩去了，骑着自行车到处去找，找了几天没找到，这才想起是不是被他娘带走了。武爷偷偷到那个木匠的村里去看，发现小杰果然在那里，他没敢惊动那家人，悄悄回到村里。到了晚上，他喊上我们村里十几个大汉，偷偷溜进那个村，潜入到木匠家，等夜深人静，全家人熟睡了，他们偷偷摸到屋里，从炕上将小杰抱出来，骑上车子飞快地向村外跑。武爷的媳妇听到动静，惊醒了，一摸身边，才发现小杰不见了，大声哭喊起来，惊醒了木匠，木匠也叫喊起来，惊醒了四周的街坊邻居，纷纷来问是怎么回事。听说孩子丢了，有人突然说，是不是被他爹偷走了？下午就见到有人在附近鬼头鬼脑地窥探，怕是要来抢孩子的。众人一听，连忙去追，他们跨上自行车，就往村口跑，边跑边大声嚷嚷着，"有人偷咱村的小孩，别让他跑了！"这一嚷，惊醒了更多的人，很多人刚从睡梦中惊醒，一听是有人偷孩子，这可是天大的事，连忙骑上自行车去追。在这里需要说一下，那时候的人对自己的村庄很有感情，尤其是面对外村人的时候，欺负一个人就相当于欺负一个村，那时候村与村之间还会有械斗，两个村之间为了一块地或一口井，就会打得头破血流，好多年互不往来。现在早就不是这样了，现在村里出了什么事，很多人都是能躲就躲。

木匠村里的人追到村口，影影绰绰看到一队人正向村外逃窜，他们熟悉地形，一帮人在后面继续追赶，另一帮人从小路迂回包抄，终于将我们村里的人截在了村西边，双方展开了厮打。木匠村里的人越来越多，我们村里的人知道不能恋战，边打边退，边打边跑，这边闹哄哄地厮打着，那边武爷抱着小杰先跑了。一场混战下来，木匠村里的人打赢了，但是一看孩子没了，都傻了眼。我们村里的人铩羽而归，但抱回了孩子，也算是一个胜利。据说小杰被抱回家的时候，还在酣睡着，并没有被惊醒，我们村里的人纷纷称奇，都说这孩子将来是干大事的。那时候的小杰，他娘偷过去，他爹偷过来，他娘又偷回去，他爹又偷回来，反反复复发生了好多次，直到最后他长大了，才在我们村里安定下来。我不知道这样的经历对小杰有什么影响，但是小时候听到这些故事，让我们都感觉很神秘，很害怕，在无数个暗夜里，那些偷小孩的人似乎四处窥探着，我们一不小心就会被偷走。

武爷虽然偷来了小杰，但是两个人的关系并不是很好，小杰从小性子就野，不太服管教，武爷一直没有再婚，家里没有女人，只有他们爷俩，武爷对小杰好起来，要什么就给他买什么，心情不好了，就是拳打脚踢。那时候生产队已经解散了，武爷以前是生产队的会计，现在也回到了家，他不善于侍弄庄稼，就在家开了个肉铺，干起了杀猪匠。刚开始武爷只是帮人杀杀年猪，后来才开始专门杀猪。那时候家家户户都养猪，养上一年，等过年的时候正好膘肥体壮，富裕的人家就杀一头猪过年，穷人家把猪卖了，过年时也要买半扇猪肉。年前杀猪的时候是最热闹的了，每到杀猪的时候，我们这帮孩子都要围着看。

要杀猪就得先逮猪，武爷和两三个人跳到猪圈里，将猪掀翻，摁倒在地上，捆住它的四个蹄子，这可需要一膀子力气，那些猪也知道寿命将尽了，哼哼着东躲西藏，被抓住时拼命挣扎，奋起蹄子乱蹬，乱踹，但是武爷更有力气，他们将猪死命地按在地上，就像捆粽子一样，利落地就把四蹄捆绑了起来。捆好后，有人拿来一根木棒，穿过那头猪被捆束的前蹄和后蹄，一前一后，两人抬起来，猪被悬吊在木棒的下面嘶哑地叫着，就被抬到了武爷家的后院。那里早已准备好了一口巨大的锅，下面是熊熊燃烧着的火，锅里是滚开的水和不断蒸腾的热气，旁边是一个巨大的案板。抬猪的人将猪放在案板上，猪还在哼哼着，但是已无力挣扎了。武爷手拿一把长刀，来到它面前，定睛看一看，一刀从颈窝捅进去，直抵心脏，那头猪嗷的一声死命叫起来，全身抽搐着，但是挣扎着挣扎着，很快气息就微弱下来，轻轻哼着，武爷将长刀迅速抽出，一股鲜血喷涌出来，跌落在事先摆在地上的瓦盆里。猪翻了个白眼，慢慢没了声息。

我们这帮小孩一直屏住呼吸，瞪大了眼睛看，这时才敢喘出一口气来。杀了猪，武爷他们将猪抬到大锅里，给猪煺毛。煺完毛之后，他们又将猪抬到案板上，在四个蹄子上方各割一个小口，不停地往里吹气，我们看着那头猪慢慢膨胀起来，变得又白又胖，皮都紧绷绷的，体积也比先前大了一圈，让人感觉很陌生。我们都不明白为什么要像吹气球一样将猪吹起来，懂的人告诉我们，这是要将血从肉里吹出来，这样肉就更好吃了。武爷手拿一根铁棍，在膨胀起来的猪身上这儿敲敲，那儿打打，猪皮像一面鼓一样，发出嘭嘭的声音。过了一会儿，武爷感觉差不多了，就让人将扎起的口子解开放气，然后开始切割。我们围在旁边，看他挥动着斧头，很快将猪破膛，掏出心肝肺，又将肉剁成一大块一大块的。到这里杀猪的过程就结束了，如果是帮人杀猪，按乡下的规矩，那些猪下水就是武爷的报酬，如果是卖肉的话，武爷就将一块块肉用铁钩子挂在木架上，谁要买哪一块，他就摘下来再切。那时候杀猪还有一项属于孩子的娱乐，那就是掏内脏时，大人会将猪尿泡掏出来，扔给小孩去玩，猪尿泡可以像气球一样吹，能吹得很大，孩子们牵着到处跑着玩，玩累了就不停地踢、追、踩，直到最后砰的一声爆炸了，才算完。

武爷过年杀猪很热闹，但是过了年，他的肉铺就很冷清，那时候我们村里的人都很穷，很少有人天天吃肉，他杀猪也是三天打鱼两天晒网的，有时候杀了一头猪，好几天卖不完，最后只好腌成腊肉。干了一段时间，见卖肉生意不好，每到我们县城有集的时候，武爷就拉着车子到集上去卖，在家里他也兼营一些食杂百货。那时候我们上小学，放了学，三个一群两个一伙跑到武爷家，买一根冰棍，两三个糖球，就高兴得不得了。

那时候小杰上了初中，在学校里他三天两头跟人打架，偶尔还有点小偷小摸，有一次他竟然连老师都打了，学校找到武爷家，武爷正好打麻将输了，肚子里窝着一团火，手里抓起一根棍子就朝小杰打过去，小杰一闪，棍子打在墙上，啪的一声断了，武爷一见，更来了气，狠狠地骂道，"还反了你了？今天不把你吊在梁上打，我就不是你爹！"那时候，在我们那里，老子教训儿子，"吊在梁上打"是常常挂在嘴边的话，但大多都是说说而已，很少有人将儿子真的吊起来打，但武爷是族长，更重规矩，这次也是真的动了气，他从墙上摘下捆猪的绳子，将小杰按倒在地上，三下两下，就熟练地将他捆缚了起来。这时周围的人见武爷真的动怒了，连忙上来劝，武爷拉下了脸，"你们谁也别劝，这孩子要是管不住，犯了法，到时别说我怪你们！"他这么一说，那些拉他的人都讪讪地住了手。武爷像捆猪蹄一样将小杰捆了起来，将小杰拽到房梁下，将绳子向房梁扔去，扔了三次，绳子才穿过房梁，他拽住绳头，向下用力一拉，小杰便被吊在了半空中，摇摇晃晃地。武爷将绳子系在柱子上，拎了一条鞭子来到小杰面前，大声喝问他，"你知道错了不，改不改？"说着一鞭子甩过来，打在小杰身上，小杰抖了一下，没有吭声，武爷又问，"你说，你改不改？"说着又是一鞭，小杰仍然一声不吭，"我叫你犟，我叫你犟！"武爷挥舞着鞭子，劈头盖脸地抽下来，打在小杰身上啪啪响。这时，周围看热闹的人忍不住了，有人上去拉住了武爷，劝他，"管自己的孩子，也不能这么下狠手啊！"有人拉住在半空晃悠的小杰，劝他，"快跟你爹说，再也不敢了！"小杰还是一声不吭。有人跑过去解开武爷系的绳扣，将小杰从空中轻轻放下来，他身上的衣服已被鞭子抽烂了，鞭痕上沁出血来。他们赶紧解开小杰的手脚，将他抬到地排车上，盖上一床被子，匆忙拉到村西铁腿他爹的药铺。家里的人还在劝武爷，"管孩子也不能这样，把孩子打死了，你不心疼啊！"武爷将鞭子抛在一边，颓坐在椅子上，眼神涣散，很长时间不说一句话。

小杰回来后，躺在床上，养了半个月的伤。武爷每天给他做好吃的，端到床前，他连看都不看武爷一眼，等他走了，才端起碗来。武爷跟他说话，他连理也不理，目光也是冷冷的。最开始武爷还没当回事，但是时间一长，也感到了不对劲，感到了后悔，但这个时候已经晚了。小杰伤好之后，对武爷总是冷冰冰的，说不了两句话就吵，村里的人都说他们是拴不到一个槽的两头驴。也就是从这个时候开始，小杰有时两三天不回家，整天在外面游荡，不知跟什么人混在一起，他回来就往自己的小屋一躺，什么话也不说，武爷问他去了哪里，他也不理，问急了，他就哼一声，"要你管呢？"武爷又急又气，可是又没有办法。我们村里人都说，小杰也是从这个时候开始跟道上的人混的。

小杰比我大五六岁，但小时候我们在一起玩得并不多，小孩总喜欢跟大孩子一起玩，但是大孩子却总是不愿意带小孩玩，我的玩伴是黑三、胖墩儿、小四儿，小杰则是跟他们的哥哥玩，那时候我们看他们，好像他们已经是大人了，但他们看我们永远都是小孩。我家和小杰家原先是一个生产队的，生产队解散后，我们两家的地相隔也不远，那时候我到地里去，时常可以看到小杰一个人在地里，锄草、打药、浇地，他都是一个人，他干活的时候还会唱歌，吹口哨，有时候庄稼棵子深，我们从他家地头走过，看不到他的身影，只能听到远处飘来的歌声，村里人都觉得小杰很奇怪，干活还唱什么歌？有一次，我和黑三在地里玩，隐约听到地里有歌声，但是看不到人影，我们顺着玉米棵子到地里去找，向西走了很远，才发现小杰正坐在田垄上，背对着我们，一个人轻轻哼唱着什么，他的锄头放在旁边。我们一喊他，他才吃惊地转过头来，这时我们发现，原来他的脸上流满了泪。让我们这两个小孩看到，小杰可能有点不好意思，他用袖子揩了一把脸，对我们说，"这天太热了，看看出的这汗！"我们说，"杰叔，你咋哭了？""谁哭了，有什么可哭的？"他突然笑了起来，"我给你们捉蚂蚱，快！"一个青色的蚂蚱从脚边跳了过去，小杰扑上去，那个蚂蚱又飞远了，他跟着蚂蚱一蹦一跳，最后终于一把抓住了，他捏住蚂蚱的翅膀，小心地拿给我们，"好好抓着，别让它跑了！"那天小杰对我们很好，带我们捉蚂蚱，还在田垄上摘"甜溜溜"给我们吃，那是长在一种草棵上的果实，黑黑的，小小的，圆圆的，一嚼起来有点甜，那时我们都叫它甜溜溜。那天他还带我们去挖花，我们跟着他向那块地的西头走，才发现在那里，在玉米棵子中间，长出来几株凤仙花，也不知道是他种的，还是地里发出来的。他带我们坐在边上，看着那些花，对我们说，"好看不？这是我们的一个秘密，谁也不能告诉别人，你们能做到吗？"我们两个连连点头，他满意地看着我们，又说，"为了奖赏你们，我送你们俩每人一棵花，你们俩挑吧？"我和黑三都很惊喜，围着那个秘密的小花圃跳来跳去，最后每人选了一株，小杰用锄头将花棵挖出来，根部带着很大一坨土，他小心地将花株放到我们手里，还嘱咐我们，"到家种在花盆里，多浇点水。"我们俩捧着一株花，各自回家了，心里觉得他对我们真好。我们觉得小杰对我们好，还有一个原因，就是此前他曾好多次骗过我们，比如那时候犁地都是用拖拉机犁，有些边角的土地犁不到，那就需要人用铁锹将地翻过来，那一次就是这样，小杰在他家的地里翻地，见到我和黑三，让我们跟他一起翻，说等翻完了地，他就带我们去树上捉鸟，我和黑三高兴地答应了，很卖劲地跟着他翻，等到终于翻完了，我们让他带着去逮鸟，他却对我们说，现在天晚了，鸟早飞走了。这时我们才发现是被他骗了，类似这样的事情还有不少。所以当我们捧着花往家里走的时候，才觉得那天小杰给我们的蚂蚱、甜溜溜和凤仙花，都是那么难得。

那一次我跟我姐姐去赶集。那时候不是每天都有集，我们县城是每逢二、七才有集，一到赶集的时候，周围三里五乡的人都像潮涌一样赶过来，冷冷清清的县城也热闹起来，猪市、羊市、牛市，到处都是熙熙攘攘的人群。我姐姐骑自行车，从家里带我到集上去，到了那里，我就能吃到平常里吃不到东西，一路上心里都是甜的。我姐姐喜欢逛花市、布市，在那些花花绿绿的布市摊子前摸一摸，看一看，问问价钱，我就跟在她身边，我姐姐攒下的钱也不多，更多的时候也只能问问，很少买。我跟着她的自行车，心里只想着吃的，觉得她看来看去的太慢了，烦。我们正在人群中穿行，突然我姐姐停下来，指着前面一个人问我，"你知道那是谁吗？"我抬头看看，只见前面不远处，一个中年女人推着自行车，后座上还坐着一个小女孩。那个女人不是我们村的，我不认识，就对我姐姐摇了摇头，我姐姐悄声对我说，"那就是小杰的娘。"我吃了一惊，我从来没见过小杰的娘，虽然我听说过不少她的故事，那都是和暗夜中的恐惧、神秘联系在一起的，这还是第一次见到传说中的人走进现实，心中有点异样。再仔细去看，发现她跟我们村里的女人也没有太大的差异，只是她两双手上的十个指甲都染红了，在阳光下泛着鲜亮的光泽，而那个小女孩的鬓边，也插着一朵凤仙花，在微风中轻轻摇曳着。

正当我看时，突然一个人影闪过来，倏忽一下就不见了。前面的人群顿时骚动起来，有人大喊大叫着，"抓小偷啊，抓小偷啊！"边喊边从东边跑过来，路过我们，又向西边追了过去，我顺着他们追的方向去看，竟然在路边发现了小杰。那时他背靠着一棵树，正在向这边偷偷眺望着，他手里拈着一朵花，眼里似乎闪烁着泪光。我顺着他的目光看去，看到了他娘骑着自行车远去的背影，那个小女孩鬓边的凤仙花却不见了。那一帮人去追小偷，追了一阵没追上，骂骂咧咧地向回走，路过小杰身边时，突然有人伸手一指，大喝一声，"他跟小偷是一伙的，别让他跑了！"小杰一看不好，拉开架势想跑，但是已经来不及了，三五个壮汉将他紧紧围住，拳打脚踢，隔着人墙，我们可以看到，小杰捂住胸口，他的身躯慢慢倒下去，但他还在竭力向他娘远去的方向张望着，像是在寻求什么救助，但迎接他的是另一阵更猛烈的拳打脚踢，小杰重重跌倒在地上，双手紧紧抱住头，周围的人从不同方向伸出拳脚，不断殴打着他，边打边骂着，"打死这个小偷，打死这个小偷！"也有人呼喊着，"别打了，别打了，再打就要出人命了！"

正在这时，突然从包围圈外闯进来一个人，那是武爷，他抓着杀猪刀抢到了小杰身边，面向众人挥舞着，大喝一声，"我看谁敢过来！"那三五个壮汉立刻住了手，看热闹的闲人纷纷闪避，有人瞅冷子想去夺武爷的刀，武爷的刀在空中一甩，一道寒光闪过，那家伙啊地叫了一声，捂住手向后躲去，一股鲜血从手指间淌了出来。众人看了面面相觑，又向后退了几步。武爷一手挥刀指着那几个壮汉，另一只手去搀扶小杰。小杰躺在地上呻吟着，武爷一只手搀他，扶不起来，两人重重地跌在了地上。武爷将杀猪刀放在地上，两只手去搀他，小杰勉强站在那里，他的脸上、头上、眼上都是淤青，不断地有鲜血滴下来。那个包围圈又缩小了，几个壮汉摩拳擦掌的，但是看着这鲜血淋漓的场面，也没有立即动手。这个时候，圈外有人喊，"警察来了，警察来了！"人们纷纷躲闪，让出一个通道，两个穿制服的公安走了进来，厉声地喝问，"怎么回事？"有人指着小杰说，"他是小偷！"公安又说，"谁打的？"又有人指了指那几个壮汉，警察又走到武爷身边，问他，"你是干什么的？"武爷没吭声，边上有人说，"这是卖肉的武爷！"警察指了指小杰和几个壮汉，"你，你，你，还有你！跟我到派出所走一趟！"小杰走了两步，跟踉了一下，差点摔倒，警察拍了拍壮汉的肩膀，两个壮汉连忙走上去，搀住了他。

武爷愣了一会儿，捡起地上的杀猪刀，跟在他们后面，一起向外走，那个警察转过身来，吓了一跳，"你想干什么？"武爷把刀往地上啪地一扔，突然跪了下来，朝他们大喊着，"你们别逮他！要逮就逮我吧，那是我儿子，是我没有管教好他，我没有管教好他啊！"说着他趴在地上，呜呜地痛哭了起来，全身都在颤抖着。警察瞥了他一眼，没有说话，转过身，继续向前走。这时小杰挣扎着转过头来，他看着跪在地上的武爷，眼神中飘过一丝异样。我还看到，他的右手仍紧紧握着那朵凤仙花，经过刚才暴风骤雨般的拳打脚踢，那朵花竟然没有受到丝毫损害，此刻安静地卧在小杰的手掌中，在阳光下熠熠生辉。

2017 年 1 月 6 日

后记：我怎么写起小说来

我从上大学的时候开始写小说，时断时续，一直到最近才开始集中写起小说来，说起为什么写小说，在大学的时候是因为读了一些小说，觉得像这样的作品自己也能写，于是便写了起来。那时很有热情，写起来很快，一两个星期就能写一个中篇或短篇。那时候我读的是外语系，中文系的同学住在隔壁，彼此都很熟悉，我写完了就拿给他们看，这星期刚拿给他们一个短篇，下星期又拿过来一个中篇，他们都笑话我，你写得太快了，我们都来不及读。那个时候我写了很多东西，但大多不讲章法，不讲文采，只有初学写作的热情，所以只在我们学校的院刊和文学社的刊物上发表了几篇，其他的也就废弃了。

由于爱好写作，爱好文学，在快毕业的时候，我决定跨系报考北大中文系的研究生，我通读了文学史，也阅读了大量的现当代作品，最后终于考上了。但是等我到了学校，发现和我想的并不一样，刚一入学就迎来当头一棒，我们的老师告诉我们，"中文系不培养作家"，中文系是培养学者的，主要在知识、理论、学识方面进行学术训练，使他们成长为一个合格或优秀的学者，那时候我写小说的心思虽然没有断，但也受到了极大的影响，这不只是外在的，而是渗透到了内心里，在上那些文学史和理论课的时候，在听各种人物所做的讲座的时候，我也禁不住为他们吸引，他们的思想为我打开了另一片广阔的天地，照亮了我的心，我觉得我阅读的每一本名著，似乎都比自己写的东西重要，那么自己还有什么写的必要呢？我这样想，写作的心思也渐渐冷了下来，所以在北大6年，我写的小说也不过寥寥可数的几篇。我将主要精力放到了研究和评论上，尤其在"底层文学"兴起之后，我作为一个评论家也开始为人所知，我全身心地投入到这一新的文艺思潮的倡导、解读和评论之中，跟踪阅读，做出阐释，与作家访谈，在报刊上推荐等等，我做了大量工作，也乐在其中，与很多作家保持着良好的关系，同声相应，同气相求。

这时我毕业之后，已到了中国艺术研究院工作，但是仍延续着在学校时的勤奋与热情，编辑《文艺理论与批评》，创办"青年文艺论坛"，做了不少与学术和批评相关的事情。在此期间，我受朋友鼓励，写了《父亲和果园》《舅舅的花园》两篇小说，发表在《十月》杂志上，其中《舅舅的花园》还获得了十月文学奖，但是我似乎已经适应了做研究和评论的生活，在那之后并没有继续写下去，总觉得有比写作更重要的事情，或者将来总有时间可以写，现在似乎不必着急。

真正的变化发生在我到了《文艺报》之后，到了这里，我变得更加忙碌了，这个时候我才真切地意识到，如果自己现在不写，可能将来再也没有机会写了，于是我便提起笔来，写下了《界碑》，写下了《暗夜行路》，写下了《电影放映员》。在作协工作有一个好处，那就是你整天看的，想的，琢磨的，都是文学，在这样的氛围中，一个人的潜能总是会被激发出来，寻找到它的出口和方向。在这个时候，回想起以前，我才发现自己浪费了多少时光，但是这或许也是一种天意，如果我仍在以前的环境中，可能现在也不会提笔去写。而且现在的我，也比以前更加成熟，更有沧桑感了，或许就小说的写作来说，这是一个最佳的年龄了，我也只能这么安慰自己。

到现在为止，我所写的内容大多是故乡、童年和乡村的故事，这是我最熟悉的题材，也寄予了我最深的感情，我总是念念不能忘，生命最初的那些人与事，历经人世变化的沧桑，在我内心留下了种种印痕，我们的时代变化太快，有时候我总是在想，如果我不将它们一一记下，或许它们很快就在时光的流逝中湮没无闻了，于是我在内心中穿越到那个时代，去想象一个没有手机、没有网络，甚至没有电的世界。那也曾经是我的生活，但现在于我却是那么陌生，我想在这里，隐藏着我们这个时代最深的秘密。我们总是在发展，在进步，偶尔停下来细想想，竟然无法记起自己的来路，忘却了初心，又胡为乎来哉？我们走了那么久，又要到哪里去呢？我们真正想要的生活是什么？这些都是时常萦绕在我心中的问题，我也没有答案，但我想以小说的方式进行探讨。

所以我的小说总是穿梭在过去与现在之间，总是细细刻画自己在某一刻的生命体验，总是希望说出那些稍纵即逝的真实或真相。在小说中，我不太注重技术，也不太注重情节，我希望以最简单的方式写下最真诚的情感，我相信这素朴的诗是足以打动人心的，我的人生是什么样子，我就用什么样子将之写出来，不粉饰，不做作，像一篇散文，像一首长歌。但这也并不是说，我的小说中所写的都是真事，我也写过真事，但我在写的时候才发现，真事往往受到很多限制，尤其是有个人心理上的障碍，反而是那些虚构的部分更自由，也更像真事。我想在这里隐藏着小说作为叙事艺术的秘密，从一个小小的由头出发，我虚构场景，虚构人物，虚构故事，就可以充分表达出个人的感受，可以将我所感觉到的传达给我的读者。当然这里所说的虚构也并不是绝对的虚构，正如鲁迅先生说的，"人物的模特也一样，没有专用过一个人，往往嘴在浙江，脸在北京，衣服在山西，是一个拼凑起来的脚色。"所以有朋友误将小说中的人物，认作是现实生活中的人物，这样谈起来，就离得比较远了。

有朋友说我的小说像散文，而不像小说。确实我那篇《电影放映员》，就曾作为散文发表了出来，不过我认为小说有各种各样的，现在我们看到的大多是太像小说的小说，这样的小说更注重故事、情节和戏剧冲突，而缺少来自生活的质感，相比之下，我更喜欢俄罗斯文学中的"生活故事"，或者法国文学中的"巴黎风俗""外省风俗"，这样的说法让我们看到，我们既是在讲故事，也是在讲生活，既是在谈事件，也是在谈风俗，而生活和风俗总是多姿多彩的，我们讲述的方式自然也可以多种多样，不必限定于某种固定的模式。你有什么样的生活故事要讲，或者你有什么生活中的体会要和别人分享，那就自然而然地去讲好了，或许这样的方式可以更贴近你，也更贴近读者。我想只有最自然的方式，也最真诚，也才能最打动读者的心。

由于我大部分时间是做评论的，常有朋友会问到，你的小说和你的评论有什么关系？会不会受到评论的影响，我想对于我来说，小说和评论是面对世界的两种方式，评论更多的是理性的思考与评说，而小说则更多的是经验、细节与情感，两者之间有区别，但也有联系。有的影响是正面的、积极的，比如当我开始写小说的时候，由于我自己经历了从构思、选材到剪裁、创作的过程，对于作家的创作心理及其中的甘苦可以感同身受，再去做评论时，就会带着一种理解、体贴的心情去贴近他们，而不再像以前那样与作家有一种距离，似乎站着说话不腰疼。但是也有不好的影响，那就是频道很难转换，你不可能上午刚完成一篇论文，下午就开启小说写作模式，这中间需要情绪节奏的调节，需要心境的转换。这种转换是很困难的，有时枯坐在电脑前一整天，也无法为一个小说开头，在这样的时刻，没有别的办法，唯一可以做的就是耐心地等。但也有顺畅的时候，那样的状态下，三五天就可以完成一个短篇小说，可惜这样的状态总是不可多得。

至于将来，我想至少在三两年内，我同样还是小说和评论一起做，而小说也仍然是以故乡、童年和乡村故事为主，写起来我才发现，原来还有那么多素材可以挖掘，简直就像一个宝贵的源泉，取之不尽用之不竭，那些逝去的人物和事件，仍然活在我心中，我想我有义务让他们重生，让他们获得存在的形式。当然我也不会长久地沉浸其中，我想做更多的尝试，而这应该只是一个起点，我有很多的写作计划，现在我所需要的只是时间和耐心，"或许真正的我还没有出现"，我很喜欢这一句话，愿意与从事创造性劳动的朋友共勉。

2017 年 6 月 6 日

图书在版编目（CIP）数据

再见，牛魔王／李云雷著 . -- 北京：作家出版社，
2017.11

ISBN 978 – 7 – 5063 – 9683 –7

Ⅰ. ①再… Ⅱ. ①李… Ⅲ. ①短篇小说 – 小说集 –
中国 – 当代 Ⅳ. ①I247.7

中国版本图书馆 CIP 数据核字（2017）第 226968 号

再见，牛魔王

作　　者：李云雷
责任编辑：李宏伟
装帧设计：申晓声
出版发行：作家出版社
社　　址：北京农展馆南里 10 号　　邮　　编：100125
电话传真：86 –10 – 65930756（出版发行部）
　　　　　86 – 10 – 65004079（总编室）
　　　　　86 – 10 – 65015116（邮购部）
E – mail: zuojia@zuojia.net.cn
http: // www.haozuojia.com（作家在线）
印　　刷：三河市北燕印装有限公司
成品尺寸：142 × 210
字　　数：213 千
印　　张：10.375
版　　次：2017 年 11 月第 1 版
印　　次：2017 年 11 月第 1 次印刷
ISBN 978 – 7 – 5063 – 9683 – 7
定　　价：39.00 元